조선 음다풍속의 재발견

조선 음다풍속의 재발견

유동훈 지음

이른아침

일러두기

이 책에 수록한 논문은 체제에 맞춰 본래 제목과 내용을 수정하고 보완한 것이다.
학회에 발표한 논문의 제목과 출전은 다음과 같다.

1 「『東醫寶鑑』을 통해 본 조선시대 음다풍속 고찰 - 藥用을 중심으로 - 」, 『한국차문화』
　제5집, 한국차문화학회 2014년 5월, 105~122면.

2 「文緯世의 「茶賦」를 통해 본 장흥지역 飮茶風俗 考察 - 固形茶를 중심으로 -」, 『한국
　차문화』 제3집, 한국차문화학회 2012년 5월, 89~108면.

3 「부풍향차보(扶風鄕茶譜) 고찰(考察)」, 『한국차문화』 제7집, 한국차문화학회, 2016년
　10월, 69~90면.

4 「『상두지(桑土志)』의 국방 강화 재원마련 方案 『기다(記茶)』」, 『한국실학연구』 제40호,
　한국실학학회 2020년 후반기, 85~117면.

5 「茶山 黃茶의 特徵과 傳承 考察」, 『한국차문화』 제2집, 한국차문화학회 2011년 6월,
　119~141면.

6 「다산 정약용의 고형차(固形茶) 제다법 고찰」, 『한국차학회지』 제21권 제1호, 한국차학
　회 2015년 3월, 34~40면.

7 「다신계(茶信契)가 강진지역 다사(茶史)에 미친 영향」, 『한국차학회지』 제23권 제4호,
　한국차학회 2017년 12월, 9~18면.

머리말

필자가 조선시대 떡차에 관심을 가지게 된 계기는 1998년부터 하이텔 차茶사랑 동호회 회원들과 함께 매년 떡차를 만들면서부터이다. 2009년 국립목포대학교 대학원 국제차문화과학 협동과정에 진학하여 석·박사 학위 논문으로 조선시대 차문화에 관해 쓰려고 마음먹으면서 좀 더 깊이 있게 연구하였다. 이 과정에서 그동안 우리나라에서 떡차는 조선 말기와 일제강점기 차 산지에서 조금씩 만들어 약용으로 음용했던 조금은 특별한 차로 알고 있었는데 실상은 전혀 달랐다. 조선시대 내내 떡차가 일반적으로 만들어졌으며, 기호음료가 아닌 약용으로 음용하였다. 조선시대 많은 문헌 자료가 이 같은 사실을 분명하게 알려준다.

조선시대는 같은 시기 중국과는 다르게 왜 이러한 음다풍속이 성행하였던 것일까? 단순히 조선시대 차문화가 쇠퇴하였기 때문에 나타난 현상으로 설명하기에는 부족하다. 떡차를 만들고 약용으로 음용하는 음다풍속은 특정한 시기 혹은 지역에서 일시적으로 나타났던 현상이 아니고, 조선시대 전반에 걸쳐서 광범위하게 나타나고 있으며, 일제강점기까지 이어지고 있기 때문이다. 더욱이 조선 후기 차문화 중흥기를 주도했던 다산·초의·추사를 비롯하여 주변인들이 남긴 많은 문헌 자료를 통해서도 이 시기 이들이 만들고 음용했던 차는 대개 떡차였으며, 약용으로 음용하였던 사실이 분명하게 확인된다. 이처럼 조선시대 차문화의 중심에는 언제나 떡차가 자리하고 있었으며, 중국과는 분명하게 구분되는 차문화의 특징이 나타났다.

이 책은 그동안 학회지에 발표했던 조선시대 차문화 관련 논문 7편을 모은 것으로, 필자가 조선시대 차문화에 관해 천착해온 결과물이다.

1편 「『동의보감』을 통해 본 조선시대 음다풍속」은 16세기 저술된 『동의보감』을 통해서 조선시대 떡차를 약용으로 음용하는 음다풍속을 살핀 글이다. 2편 「문위세의 「다부」를 통해 본 장흥지역 음다풍속」은 「다부」와 함께 여러 문헌 자료들을 통해서 장흥지역에 전승되어온 음다풍속의 특징을 살핀 글이다. 3편 「이운해의 『부풍향차보』」는 18세기 저술된 향약차에 관한 내용이 담긴 『부풍향차보』를 검토한 글이다. 4편 「『상두지』의 국방 강화 재원마련 방안 『기다』」는 국방 강화에 필요한 재원을 마련하기 위한 차 무역의 구체적인 실행 계획과 절차를 설명한 『기다』를 검토한 글이다. 5편 「다산 황차의 특징과 전승」은 다산 정약용이 직접 만들었던 황차의 특징과 전승을 살핀 글이며, 6편 「다산 정약용의 고형차 제다법」은 다산이 유배 시절 직접 만들고 가르쳤던 고형차 제다법을 문헌 자료를 통해 고찰한 글이다. 7편 「다신계가 강진지역 다사에 미친 영향」은 1818년 해배된 다산이 강진의 제자들과 함께 '다신계'란 모임을 결성하면서 작성한 『다신계절목』을 검토하고, 다신계의 약속이 제자들에 의해서 어떻게 지켜지고 전승되었는지를 살핀 글이다. 이와 같이 이 책에 실은 7편의 논문은 16세기부터 19세기까지의 조선시대 음다풍속이 주된 내용이다. 초의 관련 논문은 이 책에 함께 싣지 않고 추후 별도의 책으로 내려 한다.

오랜 기간에 걸쳐 쓴 논문을 한 책으로 엮어 보니 자료의 인용과 논의가 중복되고 부족한 점이 많이 눈에 띤다. 또 논문으로 이루어진 학술서로 내용이 조금은 어렵고 읽기에도 편한 글은 아니다. 독자들의 이해를 바란다.

필자가 이렇게 의미 있는 결실을 만들기까지 여러분들의 도움이 있었다. 이 책을 내는데 정민 교수님께서 특별히 많은 격려와 도움을 주셨다. 그간의 연구성과를 모아서 학술서로 발간하라고 권유해주시고, 책의 구성에 대해서도 세심하게 조언해 주셨다. 이 책에 새롭게 실은 사진 자료들도 대부분 교수님께서 제공해주신 것이다. 진심으로 감사드린다. 그리고 어려운 여건에도 불구하고 까다로운 학술서 출판을 선뜻 허락해주신 이른아침 김환기 사장님과 편집과 교정으로 수고해주신 디자이너 유솜이 선생께도 감사의 인사를 드린다. 끝으로 부족한 자식을 위해 물심양면으로 돌보아주시고 늘 기도해주신 어머님과 항상 곁에서 응원해준 아내와 아들 재준이에게도 사랑과 고마운 마음을 함께 전한다.

2023년 봄 유동훈

차 례

1

『동의보감東醫寶鑑』을 통해 본
조선시대 음다풍속

『동의보감東醫寶鑑』을 통해 본 조선시대 음다풍속

이 글은 『동의보감東醫寶鑑』[1]에 기록된 약재로서의 차의 활용을 살펴, 조선시대 차를 약용藥用으로 음용하는 음다풍속飮茶風俗을 고찰해보는 데 목적이 있다.

『동의보감』은 전통 처방과 오랜 기간 축적된 민간의 경험방을 바탕으로 저술되었다.[2] 따라서 『동의보감』에 나타난 차의 활용 또한 조선시대 음다풍속과 깊은 관계가 있다고 본다.

우리나라는 중국과 지리적으로 밀접한 위치로 인하여 동시대의 중국으로부터 차문화의 영향을 직접적으로 받아왔다. 중국으로부터 한반도에 전래된 차문화는 삼국시대와 고려시대까지 중국과 유사하게 발전하였지만, 조선시대에 들어와서는 중국과는 얼마간 다른 양상으로 전개되었다.

중국의 차문화는 오랜 역사 속에서 다양하게 발전해왔다. 차를 처음부터 기호음료로서 음용한 것은 아니며, 오랜 기간 약용으로 이용되었다. 그러다가 당唐 중기 이후부터 기호음료로 널리 음용되기 시작하였다는 것이 일반적인 견해이다.[3]

중국의 명明·청淸 시기에는 전시대 고형차固形茶 중심의 차문화가 쇠퇴하고 이후에는 주로 산차散茶를 중심으로 기호음료로 음용하는 차문화가 발전되었다.

하지만 명·청대와 시기가 같은 조선에서는 중국과 달리 고형차와 산차가 공존共存하면서 차문화가 전개되는 양상이 나타난다. 이러한 차문화가 근대까지 꾸준히 이어진 특징은 우리나라만의 독특한 현상이라고 할 수 있다.

조선시대 차문화에 나타나는 특징 중 하나는 차를 기호음료로서뿐만 아니라 약용藥用으로 음용하고 있었다는 점이다. 조선시대에 차를 약용으로 음용하는 음다풍속이 성행한 이유는 첫째, 차가 약재藥材로 사용될 만큼 약리적인 효과를 가지고 있었기 때문이다. 둘째, 차를 당시 조선에서 생산되는 약재인 향약鄕藥으로 인식하여 백성들이 널리 사용하도록 국가적으로 장려했기 때문이다.

『동의보감』은 백성들이 주변에서 쉽게 구할 수 있는 약재인 향약을 보다 쉽게 이용할 수 있도록 한글로 적은 향약명鄕藥名을 병기併記하고 있다. 이 가운데 차도 '쟉셜차'라는 향약명을 함께 기록하고 있는 것에서 차를 우리나라에서 생산되는 약재 가운데 하나로 인식하고 있었음을 알 수 있다.

『동의보감』에서는 각종 질병 치료에 차를 다양하게 활용하였다. 구체적인 예만 보더라도 약 161가지나 보인다.[4] 『동의보감』에서 차의 활용 예가 많은 것은 차의 약리적인 효과가 질병치료에 적극적으로 활용할 수 있을 만큼 뛰어나다는 뜻이다.

향약鄕藥으로 활용된 차茶의 역사

향약이란 중국산 약재인 당약唐藥에 상대하여 우리나라에서 재배되고 생산되어 보다 쉽게 이용할 수 있었던 약재를 일컫던 말이다.

향약을 써서 질병을 치료하려는 노력은 고려 후기부터 시작되었다.[5] 13세기 초 고려시대에 간행된 현존하는 가장 오래된 의서醫書인 『향약구급방鄕藥救急方』은 기존에 사용되던 값비싼 외국산 약재를 일반 백성들이 쉽게 구할 수 있는 향약으로 대체할 수 있도록 한 향약 의서다. 실제로 이때부터 향약 자립의 기반이 싹트기 시작하였던 셈이다.

조선시대에 들어와서도 향약에 대한 관심은 더욱 높아졌다. 향약 생산과 재배를 관장하는 종약색種藥色과 향약 문서의 편찬과 보급을 시행하는 제생원濟生院 등의 관청을 두어 향약 장려정책이 꾸준히 지속되었다.

세종世宗(재위 1418~1450) 시대에는 향약 장려정책이 더욱 발전하여, 1428년(세종 10)에는 전국적으로 향약의 분포를 조사하여 향약 채취의 편리를 도모하기 위해, 조선시대 최고의 본초서本草書라 할 『향약채취월령鄕藥採取月令』이 간행되었다. 뒤이어 1433년(세종 15)에는 향약 의서인 『향약집성방鄕藥集成方』이 간행되었다. 당시 국가적으로 널리 향약의 재배를 권장하고 이를 사용하고자 했던 노력을 볼 수 있다.

『향약집성방』에서는 차를 「명고차명茗苦樣茗」[6]으로 기록하였으며, 처방의 구성 약재로 쓰이거나, 환丸과 산제散劑를 복용하는 데 이용되었다. 또한 차나 찻가루[茶末]를 외용外用하는 등 매우 다양한 방식

으로 활용되었다. 이로 보아 향약으로서 차에 관한 연구 경험은 상당히 축적되어 있었음을 알 수 있다.[7]

향약으로서 차의 활용을 국가적으로 장려했음을 보여주는 또 다른 자료는 1454년(단종 2)에 편찬된 『세종실록지리지世宗實錄地理志』이다. 이 책에서는 전라도 고부군에서 생산된 작설차雀舌茶와 광양현과 보성군에서 생산된 차를 약재로 구분하여 기록하였다. 차를 향약으로 인식하고 활용하고자 했음을 보여준다.

〈표 1〉 『세종실록지리지』에 나타난 차 산지

도명	산지수	기재조	기 재	차 산 지
경상도	8	토공土貢	작설차雀舌茶	밀양도호부 울산군 진주목 고성현 산음현 진해현
		토산土産	작설차雀舌茶	함양군 하동현
전라도	27	토공土貢	작설차雀舌茶	나주목 영암군 영광군 강진현 무장현 함평현 남평현 무안현 고창현 흥덕현 장성현 구례현
			차茶	부안현 정읍현 순창군 장흥도호부 담양도호부 순천도호부 무진군 낙안군 고흥현 동복현 진원현
		약재藥材	작설차雀舌茶	고부군
		약재藥材	차茶	광양현 보성군
		토의土宜	차茶	옥구현

궁중宮中에서도 차를 약재로 적극 활용하였다. 유희춘柳希春(1513~1577)의 『미암일기眉巖日記』 1568년 8월 9일자 내용을 보자.

식후에 의정부로 출근을 했다. 사인청에 들어가 약 창고로 올라가 당약과 향약을 살펴보고, 평생 마셔 본 적 없는 육안차를 보았다.

食後仕進于府. 入舍人廳, 升藥庫, 閱唐鄕藥, 見平生所未嘗飮陸安茶.[8]

유희춘은 궁중 약재 보관 창고에서 당약과 향약을 살펴보고 육안차陸安茶를 처음 보았다고 썼다. 당시 궁중에서 차가 약재로 활용되고 있었음을 짐작하게 한다.

육안차는 중국 안휘성安徽省에서 생산되는 명차다. 명나라 도륭屠隆(1542~1605)의 『고반여사考槃餘事』에서는 육안차에 대해 "품질이 또한 훌륭하고, 약에 넣으면 효과가 가장 좋다[品亦精 入藥最效]"[9]고 썼다. 허차서許次紓(1549~1604)는 『다소茶疏』 「차 산지産茶」 항목에서도 육안차에 대해 "남쪽 지방에서는 이 차가 능히 찌꺼기와 기름기를 없애주고 쌓인 체증을 제거해준다고 하여 또한 보배롭게 아긴다[南方謂其能消垢膩去積滯 亦其寶愛]"[10]고 하여 그 약리적인 효능을 적고 있다. 육안차의 뛰어난 약효로 인해 당시 궁중에서 육안차를 수입하여 당약으로 사용하고 있었던 셈이다.[11]

한편 중국의 다서茶書에서 육안차를 약리적인 효능이 뛰어난 차로 기록한 반면, 『동의보감』과 『기다記茶』 및 『동다송東茶頌』 등 조선시대 문헌에서는 육안차를 다만 맛이 뛰어난 차로 기록한 점이 주목된다.[12]

영조英祖(재위 1724~1776) 대에 들어와 중국에서 수입된 차 대신 전라도에서 생산되는 작설차의 효능이 더 좋다고 인식한 사실도 『승정원일기承政院日記』의 다음 기록을 통해 확인할 수 있다.

인하여 주상께서 물으셨다. "작설이 효과가 있는가?" 상한이 말했다. "좋습니다." 주상께서 말씀하셨다. "우리나라 재료인가?" 약로가 말했다. "우리나라 사람들은 먼 데 것을 귀하게 여기나, 작설차는 우리나라 것이 좋습니다." 주상께서 말씀하셨다. "그렇다면 우리나라에 작설이 나는 밭이 있는가?" 상한이 말했다. "전라도에서 나는 것입니다."

仍下詢曰: "雀舌有效乎?" 象漢曰: "好矣." 上曰: "鄕材乎?" 若魯曰: "我國人貴遠者, 而雀舌則我國種好矣." 上曰: "然則有雀舌田乎?" 象漢曰: "全羅道所産矣." [13]

위 내용은 영조와 신하들 간에 작설차의 효능과 산지에 대해 문답한 내용이다. 당시에도 전라도에서 생산되는 작설차가 중국 것보다 약효가 더 좋다는 인식이 있었다. 이같은 기록들을 통해 당시 차가 약재로 적극적으로 활용되고 있었음이 확인된다.

『동의보감』에 나타난 차茶의 활용

『동의보감』은 질병에 시달리는 가난한 백성들이 값비싼 수입 약재를 대체할 향약을 보다 쉽게 이용할 수 있게 하려고 편찬되었다. 이같은 취지는 서문에 잘 나타나 있다.

우리나라에 향약이 많이 나는데, 사람들이 능히 알지 못할 뿐이다. 마땅히 종류를 나누고 향명을 함께 써서 백성들로 하여금 쉬 알게 하도록 하라.

我國鄕藥多産, 而人不能知爾, 宜分類並書鄕名, 使民易知. [14]

『동의보감』 탕액편湯液篇에는 각종 약재의 채취와 가공법, 그리고 약재의 처방법과 달이고 먹는 방법에 대한 설명이 자세하다. 탕액편에 수록된 1,400가지[15] 약재 중 649개의 약재가 당시 조선에서 생산되던 향약이다. 약재에는 향약명을 한글로 병기倂記하여 질병으로 고통받는 백성들에게 향약을 쉽게 구해 질병 치료에 이용할 수 있게끔 배려하였다.

이 중 차도 향약명을 한글로 '쟉셜차'라고 기록했다. 『동의보감』에서 질병치료에 활용된 차를 당시 조선에서 재배되고 생산되던 향약으로 분류한 것이다. 『동의보감』에서 질병치료에 차가 활용된 예例는 약 161가지 나온다. 그 내용을 표로 정리하면 다음과 같다.

〈표 2〉 『동의보감』에 나타난 차의 활용

분 류	내 용	횟 수
복약服藥	환약丸藥이나 산제散劑를 찻물로 복용하는 예	109회
처방處方	차가 다른 약재藥材와 함께 사용된 예	37회
단방單方	차 한 가지로 질병을 치료하는 예	9회
외용外用	찻물을 바르거나 찻물로 씻어내는 예	6회

위 표에서 보듯 『동의보감』에서는 차가 복약服藥, 처방處方, 단방單方, 외용外用 등으로 다양하게 활용되었다.

복약은 환약이나 산제를 차를 끓여 만든 차청茶淸이나 차탕茶湯으로 복용하는 것을 말한다. 이때 찻물이 약제의 약성藥性을 병의 장소로 끌고 가는 인경약引經藥의 역할을 맡았다. 차가 인경약 역할을 했기 때문에 주로 머리, 눈, 귀, 인후 등 인체의 상부上部와 피부질환에

찻물과 함께 복용해서 치료 효과를 높였다.[16]

처방은 다른 약재와 함께 차가 사용되는 경우다. 다른 구성 약재와 같은 비율로 처방되어 함께 달여 마시거나, 약재와 함께 가루를 내서 알약[丸]을 만들어 먹는다. 주로 두통頭痛, 이질痢疾, 내상內傷, 황달黃疸, 제창諸瘡(부스럼, 종기 등의 피부병), 해독解毒 등에 약재와 함께 처방되었다.

단방은 차 한 가지로 질병을 치료하는 것을 말한다. 잘 조는 것을 없애거나[除好睡], 배가 불러 잠이 편치 않을 때[飽而睡不安], 머리와 눈을 맑고 시원하게 하거나[淸利頭目], 잘못해서 여러 벌레를 삼켰을 때[誤呑諸蟲], 오래된 가슴앓이[久心痛], 지나친 비만[太肥], 갑저창甲疽瘡(손톱이나 발톱의 눈이 상해서 곪은 부스럼), 토吐할 때, 체한 음식을 내리려 할 때[消宿食], 버섯에 중독되었을 때[菌蕈毒] 등에 단방으로 차를 처방하였다.

외용은 주로 상처 부위에 찻물을 바르거나 씻어내는 경우에 해당한다. 잇몸에서 피가 나거나[齒衄], 종기나 부스럼으로 짓물러 썩는 냄새가 날 때[膿瘡臭爛], 여러 헌 데에 생긴 벌레를 죽일 때[諸瘡殺虫], 바깥쪽에 생긴 염창을 치료할 때[治外膿瘡], 옻독으로 생긴 피부병[漆瘡], 이를 튼튼하게 하는 수양법[修養固齒法] 등에 외용으로 처방되었다.

『동의보감』에서 차의 활용이 이처럼 많이 보이는 것은 그만큼 오랜 시간 동안 차를 질병 치료에 적극적으로 활용해 온 경험이 반영된 결과다.

『동의보감』에 나타난 차茶의 효능과 형태

조선시대 차가 향약 가운데 하나로 질병치료에 다양하게 활용된 것은 약리적인 효능이 뛰어났기 때문이다. 『동의보감』「고차苦茶」항목에서는 차의 효능과 형태에 대해서 다음과 같이 자세하게 설명했다.

> 작설차는 성질은 조금 차고, 혹은 서늘하다고도 한다. 맛은 달고 쓰며 독이 없다. 기를 내리고 오래 정체된 음식을 소화시킨다. 머리와 눈을 맑게 하고, 소변을 이롭게 한다. 소갈증을 그치게 하고, 사람으로 하여금 잠이 적게 한다. 또한 굽거나 볶아서 생긴 독을 풀어준다. 나무는 작고 치자나무 비슷한데 겨울에 잎이 난다. 일찍 딴 것을 차茶라 하고 늦게 딴 것은 명茗이라 한다. 그 이름은 다섯 가지가 있는데, 첫째 차茶, 둘째 가檟, 셋째 설蔎, 넷째 명茗, 다섯째 천荈이다. 옛사람들은 그 싹을 작설, 맥과라고 하였는데, 그것은 지극히 어린 것을 말하니 납차가 바로 이것이다. 어린싹을 채취해서 찧어서 떡을 만들고 불에 잘 말린다.
> 작설차 性微寒, 一云冷. 味甘苦無毒. 下氣, 消宿食. 淸頭目, 利小便, 止消渴, 令人少睡. 又解炙炒毒. 樹小似梔子, 冬生葉. 早採爲茶, 晩採爲茗. 其名有五, 一曰茶, 二曰檟 三曰蔎, 四曰茗, 五曰荈. 古人謂其芽, 爲雀舌麥顆, 言其至嫩, 卽臘茶是也. 採嫩芽, 搗作餠, 竝得火良. [17]

향약으로서 작설차의 여러 가지 효능과 형태에 관해 적었다. 흥미로운 점은 약재로 이용하는 작설차의 형태를 "어린싹을 채취해서 찧어서 떡을 만든다"라고 한 내용이다. 이로 보아 『동의보감』에서 약재

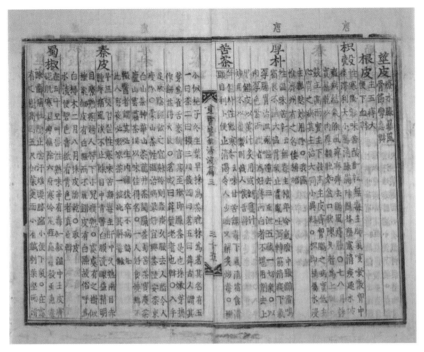

『동의보감』 탕액편 「고차」, 국립중앙도서관 소장.

로 사용했던 작설차는 어린싹으로 만든 고형차固形茶였음을 알 수 있다. 작설차를 '불에 잘 말린다'라고 한 것은 한의학韓醫學에서 약재의 기운이 너무 강하거나 부작용이 우려될 때 약재의 효능은 높이고 부작용을 덜어보려는 법제法製의 한 방법이었다.[18] 따라서 『동의보감』 「고차」 항목은 고형차 형태의 작설차를 약재로 이용했던 것을 알게 해준다.

『동의보감』에서 고형차를 약재로 활용할 수 있었던 이유는 조선시대에 고형차의 음다풍속이 여전히 성행하여 고형차를 손쉽게 구할 수 있었기 때문이었다. 『동의보감』이 편찬된 조선 중기 고형차의 음다풍속은 많은 문헌을 통해서 확인된다.

최립崔岦(1539~1612)은 「입춘 날에 동파의 시에 차운하다[立春日次東坡韻]」에서 "맛있는 음식을 먹고 난 뒤 입가심은 봉룡단[羣羞壓用鳳龍團]"[19]이라 하였고, 오준吳竣(1587~1666)은 「밤에 운을 불러 휘둘러 쓰다[夜坐呼韻走筆]」에서 "심심한 때 군입에 용단차 반가운데[閑來口業喜龍團]"[20]라고 말했다. 윤순지尹順之(1591~1666)도 「가야가 – 옛 유람을 기록하다[伽倻歌記舊遊]」에서 "조호미로 지은 밥에 둥근 용차 마신다네[雕胡之飯團龍茶]"[21]라고 하였다. 이처럼 문헌자료들을 통해서 당시에 고형차를 일상적으로 음용했던 것을 알 수 있다. 고형차를 일상적으로 음용할 정도였다면 일반 백성들도 손쉽게 고형차를 구해서 약재로 활용이 가능했을 것이다.

『동의보감』에서 고형차를 약재로 이용했던 것처럼 조선시대 시문詩文에서도 고형차를 약용으로 음용한 사례가 다수 확인된다.

서거정徐居正(1420~1488)은 「차를 끓이다[煎茶]」에서 소갈병消渴病에 고형차를 약용으로 음용한다고 했다. 해당 부분만 읽어본다.

소갈병을 앓고 나니 차가 몹시 생각나서　　　　病餘消渴苦思茶
돌솥에 한가로이 작설 같은 싹 끓이노라　　　　石鼎閑烹雀舌芽
봄이 일찍 왔으니 일창一槍으로 차를 처음 만들고　試焙一槍春已早
단차 몇 덩이 나눠받을 땐 눈보라가 몰아치네　　分團數餠雪交加[22]

서거정은 소갈병을 앓은 후 차가 생각나서 선물 받은 단차團茶를 직접 끓여서 마셨다고 말했다. 소갈병은 당뇨병을 말한다.[23] 3구의 '시배試焙'는 그해에 가장 처음 만들어진 차를 뜻한다. 북송北宋 시기 황유黃儒가 지은 『품다요록品茶要錄』에 시배에 관한 내용이 보인다.

차를 만드는 일은 경칩 전에 시작된다. 응조鷹爪와 같은 싹을 따서, 처음 만든 것을 '시배試焙' 또는 '일화一火'라고 한다.
茶事起於驚蟄前. 其采芽如鷹爪, 初造曰試焙, 又曰一火.[24]

위 내용으로 보아 서거정은 가장 먼저 만들어진 단차를 선물 받았던 셈이다. 「진원 박태수가 차를 보내 준 데 대하여 사례하다[謝珍原朴太守寄茶]」에서도 "몇 년째 소갈병을 어찌하지 못하였더니[年來病渴可如何], 소중한 그대가 좋은 차를 부쳐주었네[珍重煩君寄美茶]"[25]라고 가까운 벗이 소갈병을 앓고 있는 자신에게 약용으로 음용할 수 있도록 차를 보내주었다고 말했다.

허균許筠(1569~1618)도 「새 차를 마시다[飮新茶]」에서 소갈증에 고형차인 천지차天池茶를 약용으로 음용한다고 했다.

새로 쪼갠 용단이 좁쌀 같은 가루 되니	新劈龍團粟粒鋪
뛰어난 품수는 밀운룡처럼 좋구나	品佳能似密雲無
의연한 설수는 한가로운 풍미이니	依然雪水閑風味
모르는 이들 낙노酪奴라 부르지 마오	遮莫諸傖號酪奴
소갈증으로 일곱 잔을 모두 마시니	消渴能吞七椀無
답답함을 없애주어 제호보다 낫구나	屛除煩痞勝醍醐
호남에서 따온 차가 특별히 맛있다니	湖南採摘嘗偏美

이로부터 천지차는 복노僕奴의 신세라네 　　　　　　從此天池是僕奴[26]

허균은 자신이 앓고 있는 소갈증에 제호탕醍醐湯[27]보다 효능이 더욱 뛰어나고 맛이 좋은 천지차天池茶를 자신의 복노僕奴, 즉 사내종과 같이 늘 곁에 두고 마실 것임을 비유적으로 표현했다. 이러한 내용을 통해서 당시에 차가 소갈병에 약리적인 효능이 있다고 인식하고 있었음이 확인된다.

김안국金安國(1478~1543)은 「사상使相의 「취승정야연」에 차운하여[次使相聚勝亭夜宴韻]」에서 "술이 몹시 취하여 목이 타니[深醉定知成酒渴], 숙취를 풀기 위해 용단차를 마시네[解醒須待試龍團]"[28]라고 하여 숙취를 풀기 위해 고형차인 용단차를 마셨다고 하였다.

이덕형李德馨(1561~1613)은 「김창원의 글에 답하다[答金昌遠書]」에서 "천지차는 체한 것을 내려가게 하고 음식을 소화시키는데 식후에 복용하면 금방 좋아진다[天池茶導滯消食, 食後服之快好]"[29]고 하여 천지차가 체증을 풀어주고 음식을 소화시키는 효능이 있음을 말했다. 정약용丁若鏞(1762~1836)도 1830년 3월 15일 제자 이시헌에게 보낸 서찰書札 「강진 백운동 이대아의 책상에 공손하게 바치다[康津白雲洞李大雅書几敬納]」에서 "지난번 보내준 차와 편지는 가까스로 도착하였네. 이제야 감사를 드리네. 올해 들어 병으로 체증이 더욱 심해져서 잔약한 몸뚱이를 지탱하는 것은 오로지 차병에 힘입어서일세[向惠茶封書, 間關來到. 至今珍謝. 年來病滯益甚, 殘骸所支, 惟茶餠是靠]."[30]라며 체증을 해소하기 위해서 고형차인 차병茶餠을 음용한다고 하였다. 체증을 해소해주는 효능에 대해서는 이규경李圭景(1788~1856)도 『오주연문장전산고五洲衍文長箋散稿』 「도차변증설茶茶辨證說」에서 "우리나라 사람들이 차를 마시는 것은 체증을 해소하고자 함이다[東人之飮茶 欲消滯也]"[31]라며 체증을 해소해 주는 차의 효능에 대해서 증언하였다.

김령金坽(1577~1641)은 「봄날[春日]」에서 "이렇게 좋은 날 몸져누웠으니[如許佳辰多病久], 창 아래 소룡단을 새로 달이네[午窓新瀹小龍團]"[32]라고 하였으며, 정약용도 「미천가尾泉歌」에서 "시험 삼아 용단차로 고질병을 다스리니[爲試龍團治癖疾]"[33]라고 한 내용을 통해 고형차를 특정한 질병뿐만이 아니라 만병통치약으로 생각하고 음용했던 것을 알 수 있다.

이처럼 고형차를 약용으로 음용할 수 있었던 이유는 조선시대에도 여전히 고형차의 음다풍속이 성행했기 때문이었다.

차茶의 부작용

『동의보감』 「고차」 항목에서 "어린싹을 채취해서 짓찧어 떡을 만들고 불에 잘 말린다"라고 설명한 내용 중 '불에 잘 말린다'는 부분은 약재의 효능을 높이고 부작용은 덜어보려는 법제法製의 한 방법이다. 차를 법제하여 사용하고자 한 이유는 차의 약성藥性이 강하기 때문에 차를 약용으로 음용할 때 부작용을 우려했기 때문이었다.

『동의보감』 「고차」 항목에서는 차의 부작용에 대해서 다음과 같이 설명했다.

수족궐음경에 들어가는데 마실 때는 마땅히 뜨겁게 마셔야 한다. 차갑게 마시면 담이 쌓이게 된다. 오래 마시면 기름기가 제거되어 마르게 된다.『입문』.

入手足厥陰經, 飮之宜熱. 冷則聚痰. 久服去人脂令人瘦. 入門.

차는 뜨겁게 마셔야지 차갑게 마시면 담痰이 생긴다고 설명한 내용이다. 담이란 체내에서 순환작용이 원활하지 못할 때 나타나는 비정상적인 체액으로 농도가 높아서 진득진득해진 상태로 일정한 부위에 뭉쳐있는 것을 말한다.[34] 한의학에서는 담이 쌓이게 되면 여러 가지 질병이 생기는 원인으로 본다. 그리고 차가 지방을 분해하는 효과가 있기 때문에 오래 마시게 되면 지방이 분해되어 몸이 마르게 된다고 하였다. 차를 적당히 마시면 살이 빠지는 긍정적인 면도 있지만, 오랫동안 과용하게 되면 몸이 마르게 되는 부작용이 생길 수 있다는 뜻이다.

『동의보감』에서는 「고차」 항목 이외에도 차의 부작용에 대해서 "주담酒痰은 술을 마신 것이 소화되지 않았거나 술을 마신 후 찻물을 많이 마셔 생긴다[酒痰因飮酒不消 或酒後多飮茶水]"[35]라고 하였고, "여름철 찬 음식을 많이 먹거나 찻물과 얼음물을 너무 마셔서 비위를 상하면 토하고 설사하는 곽란이 생긴다[夏月多食冷物 過飮茶水氷漿 致傷脾胃 吐瀉霍亂]"[36]라고 하여 차를 과음할 때 생기는 부작용에 관해서도 설명하였다. 이러한 부작용 때문에 『동의보감』에서는 "공복에 차를 마시지 말라[腹空莫放茶穿]"[37]고 하였으며, "차는 일 년 내내 많이 마시지 말아야 한다. 사람의 하초下焦를 허하고 차게 한다[茶之爲

物 四時皆不可多喫 令人下焦虛冷]"[38]라고 하여 차를 음용하는 데 있어서 주의할 점에 대해서도 적었다.

『동의보감』과 같이 조선시대 차를 소재로 한 시문詩文에서도 차의 부작용에 대해서 언급하고 있는 내용이 다수 확인된다.

16세기경 지어진 문위세文緯世(1534~1600)의 「다부茶賦」에서는 차를 많이 마시는 것을 경계한 내용이 보인다. 해당 대목만 읽어본다.

진실로 한번 마심 법도 있으니　　　　　誠一服之有式
많이 마셔 몸 상케 함 비웃는도다　　　　笑斛飮之損躬
세속의 차 즐기는 이들 위하여　　　　　爲世俗之喜嗜
바보에게 경계하는 글을 짓노라　　　　乃作戒於庸愚[39]

차를 너무 많이 마셔 몸이 손상되지 않도록 차를 즐기는 사람들에게 경계한 내용이다.

아암兒菴 혜장惠藏(1772~1811)은 「탁옹께서 내게 시를 보내시어 좋은 차를 구하셨다. 마침 색성 상인이 먼저 드렸으므로 다만 그 시에 화답만 하고 차는 함께 보내지 않는다[籜翁貽余詩 求得佳茗 適賾上人先獻之 只和其詩 不副以茗]」라는 시에서 "차 따는 사람에게 얘기 들으니 [聞諸採茶人], 대숲에서 나는 것이 가장 좋다고[最貴竹裡挺]. 이 맛은 세상에 드문 것인데[此味世所稀], 마실 때 차갑게 마시면 안 되네[飮時休敎冷]"[40]라고 하여 차를 차갑게 마시지 말라고 하였다.

노수신盧守愼(1515~1590)은 「마음을 다스리고 위를 기르며 신장을 보호하는 요령[治心養胃保腎之要]」이라는 글에서 차를 마실 때의 주의

할 점과 부작용에 대해서 다음과 같이 적었다.

음식을 소화시키고 기를 내리게 할 경우 반드시 뜨거워야 하고 적게 마셔야 하며, 마시지 않는 것이 더욱 좋다. 배가 고프면 오히려 역효과가 있으므로 오직 배부른 뒤의 한두 잔이 무방하다. 밥을 먹은 뒤 입을 씻어내는 경우는 따뜻해야 한다. 옛사람이 말했다. "체한 것 풀어주고 막힌 것을 흩어지게 하는 것은 하루의 이로움으로 잠시 좋은 것이고, 기를 마르게 하고 정기를 깎는 것은 평생의 누가 됨이 매우 크다."

消食下氣, 宜熱宜少, 不飮尤佳. 飢則功忌, 惟飽後一二盞不妨. 食後漱口, 宜溫. 古人云: "釋滯散壅, 一日之利暫佳, 瘠氣侵精, 終身之累甚大."[41]

『동의보감』「고차」 항목의 내용과 같이 차는 반드시 뜨겁게 마셔야 하며, 마시더라도 조금만 마시라고 말했다. 여기서 옛사람이 말했다고 한 "체한 것 풀어주고 막힌 것을 흩어지게 하는 것은 하루의 이로움으로 잠시 좋은 것이고, 기를 마르게 하고 정기를 깎는 것은 평생의 누가 됨이 매우 크다"라는 내용은 당대唐代 기모경綦毋㷡이 차의 폐해를 지적한 글[42]을 인용한 것이다. 그런데 정약용의 「걸명소乞茗疏」와 윤형규尹馨圭(1763~1840)의 「다설茶說」에서도 기모경의 글을 다음과 같이 인용했다.

「걸명소」

병든 숫누에는   病裏雄蠶
마침내 노동盧仝의 일곱 사발 차를 마셔 버렸다오   遂竭盧仝之七椀

비록 정기를 고갈시킨다는
기모경綦母㷙의 말을 잊지는 않았으나

雖浸精瘠氣
不忘綦母㷙之言[43]

「다설」

하지만 또한 달여 마시는 사이에 폐해도 적지 않으니 어찌하겠
는가? 하물며 의서醫書에서는 차의 이로움과 해로움에 대해 이
렇게 말했다. "한때의 효과는 몹시 적고, 평생에 누가 됨은 도리
어 크다." 그렇다면 이것이 어찌 오래 복용할 물건이겠는가? 어
쩔 수 없어서임을 알 수가 있다.

而其亦煎服之際, 爲弊不少, 奈何? 況醫書言茶之利害曰: "一時之效甚少, 終身
之累反大." 此豈可長服之物乎? 不得已可知也.[44]

「걸명소」에서는 기모경이 차가 정기를 소모시킨다고 하였지만, 병
이 들었기에 차를 마신다고 하였다. 「다설」에서는 의서醫書에서도 기
모경의 말을 인용하여 차가 해로움이 커서 오래 마시면 안 된다고
했지만, 효능 때문에 어쩔 수 없이 마시는 것이라고 말했다. 이처럼
조선시대에 차를 소재로 한 많은 시문에서 차의 부작용에 대해서 언
급한 것은, 차가 약리적인 효능이 크다고 생각했기 때문에 약재로서
활발하게 활용하고 있었다는 것을 의미한다.

지금까지 『동의보감』에 기록된 차의 활용을 통해서 조선시대 약용
으로 차를 음용하던 음다풍속에 대해 살펴보았다. 『동의보감』의 편
찬 이유는 무엇보다도 질병에 시달리는 가난한 백성들을 위해서였다.
값비싼 수입 약재 대신에 조선에서 재배되고 생산되어 손쉽게 구할

수 있던 향약을 보다 쉽게 이용할 수 있도록 한 것이기에 백성들이 차를 약재로 활발하게 활용할 수 있게 되었다. 차를 약용으로 음용하는 음다풍속이 성행할 수 있었던 이유는 차가 약재로 사용될 만큼 다양한 질병에 약리적인 효능을 가지고 있었기 때문이다.

이제 살펴본 내용을 간략하게 정리한다.

첫째, 1454년(단종 2) 편찬된 『세종실록지리지』에서도 전라도지역 고부군에서 생산되던 작설차와 광양현과 보성군에서 생산되던 차를 약재로 기록하고 있을 정도로 국가적으로도 차를 자국산 약재인 향약으로 인식하고 활용하였다.

둘째, 향약으로서 차의 활용을 국가적으로 장려했음을 알 수 있는 것은 『향약집성방』, 『동의보감』 등과 같은 향약 의서의 편찬이다. 특히 『동의보감』의 편찬으로 백성들은 질병치료에 향약을 보다 쉽게 이용할 수 있게 되었으며, 향약 가운데 하나인 차도 약재로 활발하게 활용할 수 있게 되었다.

셋째, 『동의보감』에서 약재로 활용된 차는 고형차였다. 이는 당시에 고형차의 음다풍속이 여전히 성행하고 있어 주변에서 손쉽게 이를 구해 약재로 활용할 수 있었기 때문이다.

넷째, 『동의보감』에서는 약재로 활용되었던 고형차의 약리적인 효능은 더욱 높이고 부작용은 없애기 위해서 법제하여 이용하였다. 이처럼 차의 부작용을 우려했다는 것은 그만큼 차가 약재로서 활발하게 이용되었다는 것을 의미한다.

2

문위세文緯世의「다부茶賦」를 통해 본
장흥지역 음다풍속

문위세文緯世의 「다부茶賦」를 통해 본
장흥지역 음다풍속

이 글에서는 풍암楓巖 문위세文緯世(1534~1600)의 「다부茶賦」와 조선시대 및 근대에 저술된 문헌자료들을 함께 살펴서 장흥長興지역에 전승되어 온 음다풍속의 특징을 정확하게 파악해보고자 한다.

전라남도 장흥은 고려 인종仁宗(재위 1122~1146)이 왕비 공예태후恭睿太后의 고향 정안현定安縣을 개명하여 부府로 승격시키면서 생긴 지명地名이다. 장흥지역은 고려시대부터 차를 재배하고 생산하여 나라에 바치던 전라도와 경상도 지역의 다소茶所 19개소[1] 가운데 13개소[2]가 있던 차의 주산지였다. 또한 조선시대를 거쳐 근대까지 고형차固形茶인 돈차[錢茶]의 유습遺習이 가장 많이 남아있던 지역이기도 하다.[3]

일제강점기 일본인 모로오카 다모쓰[諸岡存, 1879~1946]와 이에이리 가즈오[家入一雄, 1900~1982]는 고형차의 생산과 음다풍속에 관하여 현지조사한 내용을 1940년 출간한 『조선의 차와 선[朝鮮の茶と禪]』에 자세하게 실었다. 이를 통해 장흥지역에서 고형차 생산과 음다풍속이

근대까지 이어지고 있었음이 널리 알려지게 되었다. 최계원崔啓遠 (1929~1991)은 『우리茶의 再照明』에서 1947년경까지도 장흥군내에서 청태전을 팔러 다니는 것을 보았다고 하였다. 이로 보아 장흥지역은 한반도에서 고형차의 음다풍속이 가장 늦게까지 남아있던 지역이라 고 할 수 있다.[4]

중국에서는 고형차가 당대唐代와 송대宋代에 성행하고, 명대明代에 들어와서는 산차散茶로 전환되면서 더이상 만들어지지 않게 되었다.[5] 명대와 청대淸代 차문화는 주로 산차를 중심으로 음용되고 발전하였 다. 하지만 시기가 같은 조선에서는 고형차와 산차가 공존하면서 이 어져 온 특징이 나타나며, 고형차가 근대까지도 꾸준히 전승되고 음 용되어 왔다는 사실은 매우 특이한 점이다.

조선시대 음다풍속의 또 한 가지 특이한 점은 차를 약용藥用으로 음용했다는 점이다. 이러한 음용 양상 역시 고형차의 음다풍속에서 두드러지게 나타나는 특징이었다. 특히 전라남도지역에서는 근대까 지 고형차를 약용으로 음용하는 음다풍속이 꾸준히 이어져 내려왔으 며, 이러한 음다풍속이 가장 늦게까지 남아있던 지역도 장흥지역이 었다.

지금까지 장흥지역의 음다풍속을 엿볼 수 있는 문헌자료로는 19세 기 문인 이유원李裕元(1814~1888)의 문집 『임하필기林下筆記』와 『가오 고략嘉梧藁略』에 실려 있는 「죽로차竹露茶」, 일제강점기 일본인에 의 해 저술된 『조선의 차와 선』 정도였다. 하지만 최근 풍암 문위세의 「다부」가 발굴되면서 조선시대 장흥지역의 음다풍속을 새롭게 살펴

볼 수 있게 되었다.[6]

필자가 문위세의 「다부」에 주목하는 이유는 이를 통해 16세기 장흥지역의 음다풍속을 살펴볼 수 있고, 나아가 이 음다풍속이 조선 후기와 근대까지 전승되어 온 과정 또한 파악할 수 있다고 생각하기 때문이다.

풍암楓庵 문위세文緯世의 생애

「다부」의 저자 풍암 문위세는 조선 선조宣祖(재위 1567~1608) 때의 학자다. 자는 숙장淑章, 호는 풍암楓庵, 본관은 남평南平이다. 삼우당三憂堂 문익점文益漸(1311~1400)의 9대손으로 지금의 장흥군 부산면 부춘리에서 태어나 일생을 장흥에서 살았다. 호남의 대문장가이자 대선비인 외숙부 귤정橘亭 윤구尹衢(1495~?)와 미암眉巖 류희춘柳希春(1513~1577)에게 학문을 배웠다. 14세 때부터는 안동의 퇴계退溪 이황李滉(1501~1570)의 문인이 되어 성리학을 깊게 연구하였다. 명종 22년(1567) 사마시司馬試에 급제하여 진사進士가 되었으나 벼슬에 나아가지 않고 장흥 유치면 늑룡리 백운암白雲庵에서 제자를 양성하면서 학문 연구에 매진하였다. 선조 25년(1592) 임진왜란이 일어나자 그해 7월 박광전朴光前(1526~1597), 임계영任啓英(1528~1597) 등과 상의한 뒤, 다섯 아들과 조카, 집안의 노복 등 수백 명을 거느리고 창의倡義하여 백의白衣 의병장義兵將으로 명성을 떨쳤다. 군무를 계획하고 처리하는 지략이 뛰어나 제갈량에 비유되기도 하였다. 권율權慄(1537~1599) 장군이 호남 의병의 활약상을 조정에 보고할 때 문위세를 첫머리에

올림으로써 용담현령龍潭縣令에 제수되었다. 정유재란 때에도 500여 명으로 의병을 조직하여 적을 방어하였다. 그 공으로 파주목사坡州牧使에 제수되었으나 부임하지 않고, 지금의 장흥군 유치면 능룡리 사군대思君臺에서 가야금과 글을 벗하다가 67세에 세상을 떠났다. 인조 22년(1644) 강성서원江城書院에 배향되었다. 저술로 『풍암선생유고楓庵先生遺稿』 2권 1책이 전한다.

「다부茶賦」에 나타난 음다풍속

16세기경 저술된 문위세의 「다부」는 '부賦'[7]의 형식으로 차를 노래한 작품이다. 전체 내용은 이렇다.

① 산집은 적막하고	山堂寥闃
② 가을 날씨 추워져도	秋天漸凉
③ 매일 천 권 책 읽느라	日耕千軸
④ 나도 몰래 창자 말라	不覺枯腸
⑤ 검은 사발 가져다가	爰取烏甌
⑥ 운각雲脚을 한 잔 마시니	一啜雲脚
⑦ 혼탁함 다 씻어주어	滌盡昏濁
⑧ 뼛속까지 시원하다	淸泠徹骨
⑨ 이 차 정말 훌륭하다	嘉此茗荈
⑩ 여러 풀 중 으뜸일세	拔乎羣萃
⑪ 무협巫峽 땅 개인 봄날	春晴巫峽
⑫ 꽃은 희고 잎 푸른데	花白葉綠
⑬ 안개비가 적셔주니	烟雨添潤

⑭ 그 향기 더욱 짙다　　　　　　　　　　馨香郁然

⑮ 산 사람 대그릇 들고　　　　　　　　　山人携籠

⑯ 저 암천巖泉을 따라 올라　　　　　　　遵彼巖泉

⑰ 운근雲根 헤쳐 채취하니　　　　　　　掘取雲根

⑱ 흰 이무기 꿈틀꿈틀　　　　　　　　　白蛟蜿蜒

⑲ 돌솥을 말끔 씻자　　　　　　　　　　爰濯石鼎

⑳ 솔바람이 일더니만　　　　　　　　　颯颯松聲

㉑ 게 눈 일자 처음 익어　　　　　　　　蟹眼初熟

㉒ 자옥하게 김이 난다　　　　　　　　　蕩然烟生

㉓ 맛과 향이 빼어나고　　　　　　　　　味香勝絕

㉔ 화기和氣가 성대하다　　　　　　　　和氣氤氳

㉕ 체해 막힘 풀어주니　　　　　　　　　釋滯消壅

㉖ 안개 걷힌 가을 하늘　　　　　　　　　霧霽秋旻

㉗ 신통한 효험 이와 같아　　　　　　　神效若此

㉘ 사람 즐김 당연하다　　　　　　　　　固人所嗜

㉙ 따는 사람 많을수록　　　　　　　　　採者彌夥

㉚ 세상에 이름 퍼져　　　　　　　　　　名播天地

㉛ 기이한 향 서초瑞草 중에 으뜸이거니　異馨魁於瑞草

㉜ 두목杜牧이 그 향기를 칭찬했네　　　少陵稱其郁馥

㉝ 잠 깨우는 훌륭한 공 드러난지라　　美功見於破睡

㉞ 이백은 그 상쾌함 자랑했지　　　　　謫仙誇其爽潔

㉟ 국화나물 육반차六班茶와 맞바꾸었고　菊英換其六班

㊱ 조설潮舌이 봉병鳳餅보다 달다고 했네　潮舌甘於鳳餅

㊲ 어찌 다만 문인들의 벽癖만 됐으랴　豈啻騷人之成癖

㊳ 신통한 공이 시에서도 드러났다네　著神勳於吟詠

㊴ 차 단지는 공현鞏縣에서 만들었지만　瓷偶作於鞏縣

㊵ 복건福建 사람 맑고 흼을 자랑했지　　　　　　建人矜其淸白

㊶ 밝은 달을 대신하여 벗으로 삼고　　　　　　代明月而寄友

㊷ 진한 술과 대체해 손님 대접해　　　　　　　替醇酎而遇客

㊸ 석화石花가 검남劍南에서 활짝 피어나고　　　　石花發於劍南

㊹ 자순紫筍은 고저顧渚에서 돋아나누나　　　　紫筍生乎顧渚

㊺ 달기는 빙순冰蓴보다 한결 더 낫고　　　　　甘滑勝其冰蓴

㊻ 술을 깸도 농어보다 알려졌다네　　　　　　醒醒聞乎鱸魚

㊼ 그 향과 맛 어이 오래 비밀로 하랴　　　　　豈香味之久秘

㊽ 임금께 바치는 이 있음 마땅타　　　　　　　宜有人之獻王

㊾ 차세茶稅는 당나라 때 처음 시작돼　　　　　稅初起於唐時

㊿ 여러 곳서 공물로 바쳐졌다네　　　　　　　致輸貢之多方

(51) 작은 대그릇을 송 황제께 진상하고서　　　　小籠進於宋后

(52) 채양蔡襄은 은혜 입어 영화 누렸지　　　　　蔡極榮於恩光

(53) 어이 향과 빛깔만 아낀 것이랴　　　　　　　詎香色之獨愛

(54) 내 정신의 청량함을 기뻐한 걸세　　　　　　喜吾神之淸凉

(55) 기이한 차의 품격 찬미하노니　　　　　　　美玆茶之品奇

(56) 참으로 풀 가운데 이물異物이로다　　　　　實卉中之異物

(57) 하지만 양기陽氣 깎고 음기陰氣를 돋워　　　然消陽而助陰

(58) 손해됨이 이익보다 외려 크다네　　　　　　損反勝於有益

(59) 진실로 한번 마심 법도 있으니　　　　　　　誠一服之有式

(60) 많이 마셔 몸 상케 함 비웃는도다　　　　　笑斛飮之損躬

(61) 세속의 차 즐기는 이들 위하여　　　　　　　爲世俗之喜嗜

(62) 바보에게 경계하는 글을 짓노라　　　　　　乃作戒於庸愚[8]

전체 글은 모두 62구 313자로 이루어졌다. 차의 효능, 채취, 차 끓이기, 차시茶詩, 차의 종류와 효능, 차의 역사, 차의 해독害毒 등의 내용을 체계적으로 기술하여 장흥지역의 음다풍속을 이해할 수 있는 중요한 내용을 담고 있는 작품이다.

⑤~⑥구에서 "검은 사발 가져다가, 운각雲脚을 한 잔 마시니"라고 한 것으로 보아 가루차를 점다點茶하여 마셨던 듯하다. '검은 사발'과 '운각'은 점다법點茶法과 관련이 있기 때문이다.

점다법이 성행했던 송대에는 흑유黑釉를 두껍게 바른 검은색의 건 잔建盞을 사용했다. 송대宋代 채양蔡襄(1012~1067)의 『다록茶錄』 「차잔 茶盞」 항목에 관련 내용이 보인다.

> 차의 색이 희므로 검은 잔이 알맞다. 건안에서 만든 것은 감흑 색에 무늬는 토끼털 같고, 그 잔은 조금 두꺼워 불에 쬐면 오래 도록 열이 식지 않아 가장 유용하다.
> 茶色白, 宜黑盞. 建安所造者, 紺黑, 紋如兎毫, 其坯微厚, 熁之久熱難冷, 最 爲要用.[9]

복건성福建省 건안建安 지역에서 만든 검은색 잔은 남색이 도는 흑 색으로, 잔이 두꺼워서 열이 식지 않아 찻잔으로 가장 유용하다고 하 였다.

⑥구의 운각雲脚은 가루차를 점다할 때 생기는 거품, 즉 유화乳花를 말한다. 채양의 『다록』 「점다點茶」 항목에 나온다.

> 차가 적고 탕이 많으면 운각雲脚이 흩어지고, 탕이 적고 차가 많 으면 죽면粥面이 모인다. 건안 사람들은 그것을 운각, 죽면이라

한다.

茶少湯多, 則雲脚散, 湯少茶多, 則粥面聚. 建人謂之雲脚粥面.[10]

점다법에서 엷은 유화를 운각, 농도가 진한 유화를 죽면粥面이라 한다고 하였다. 이로 보아 ⑤구와 ⑥구의 내용을 통해서 고형차를 가루내어 점다하여 마셨던 것을 알 수 있다.

조선은 건국建國 후에도 조정과 왕실의 제도나 의례에서 고려의 음다풍속을 잇고자 노력하였기에[11] 고형차의 음다풍속이 그대로 이어졌던 것으로 보인다. 장흥지역 또한 고려시대부터 차를 생산하여 나라에 바치던 다소茶所가 13개소나 있던 지역이어서 고형차를 만들고 가루차를 마시던 고려시대 음다풍속이 자연스럽게 이어졌던 듯하다. 이러한 추론을 뒷받침할 수 있는 문헌자료가 1653년 조선에 표류하여 13년간 억류 생활을 하며 당시 전라남도지역의 사회상을 직접 경험한 선원들의 증언이 기록된 니콜라스 위트센Nicolaas Witsen의 『북방과 동쪽의 타르타리안[Noord en Oost Tartaryen]』[12]이다. 이 책에서는 당시 전라남도지역의 음다풍속에 관하여 다음과 같이 기록하였다.

그 지역에는 아주 많은 차가 산출된다. 그것을 분말로 만들어 뜨거운 물에 섞어서 전체가 탁해진 상태로 마시고 있다.[13]

이 내용은 17세기 전라남도지역에서 많은 차가 산출되었으며, 차를 분말로 만들어 뜨거운 물에 섞어서 마셨던 가루차의 음다풍속에 관한 중요한 정보를 제공해준다. 앞에서도 살펴보았듯이 조선시대 시문

詩文에 고형차를 이용한 가루차의 음다풍속이 상당히 많이 보이는 것으로 볼 때, 고형차의 음다풍속은 끊이지 않고 계속해서 이어져 왔던 것으로 보인다.

고형차固形茶와 약용藥用

㉕구에서 ㊻구까지의 내용은 차의 약리적인 효능에 대해서 언급한 부분이다. 체해서 막힌 것을 풀어주고, 잠을 깨우고, 술을 깨우는 차의 효능 때문에 채취하는 사람들이 더욱 많아졌으며, 차의 명성이 널리 알려지게 되었다고 하였다. 이를 통해 차가 많이 산출되는 장흥지역에서도 차는 기호음료가 아니라 주로 약용으로 음용하였음을 알수 있다.

차를 약용으로 음용하는 음다풍속은 장흥지역뿐만 아니라 조선시대 전반에 걸쳐서 나타나는 현상으로 조선시대에 저술된 많은 문헌자료를 통해서 확인된다. 특히 17세기 초에 저술된 우리나라의 대표적 의학서적인 『동의보감東醫寶鑑』「고차苦茶」항목에 잘 나타난다.

작설차는 성질은 조금 차고, 혹은 서늘하다고도 한다. 맛은 달고 쓰며 독이 없다. 기를 내리고 오래 정체된 음식을 소화시킨다. 머리와 눈을 맑게 하고, 소변을 이롭게 한다. 소갈증을 그치게 하고, 사람으로 하여금 잠이 적게 한다. 또한 굽거나 볶아서 생긴 독을 풀어준다. 나무는 작고 치자나무 비슷한데 겨울에 잎이 난다. 일찍 딴 것을 차茶라 하고 늦게 딴 것은 명茗이라 한다. 그 이름은 다섯 가지가 있는데, 첫째 차茶, 둘째 가檟, 셋째 설蔎, 넷

째 명茗, 다섯째 천荈이다. 옛사람들은 그 싹을 작설, 맥과라고 하
였는데, 그것은 지극히 어린 것을 말하니 납차가 바로 이것이다.
어린싹을 채취해서 짓찧어 떡을 만들고 불에 잘 말린다.
苦茶 작설차 性微寒, 一云冷. 味甘苦無毒. 下氣, 消宿食. 淸頭目, 利小便, 止消
渴, 令人少睡. 又解炙炒毒. 樹小似梔子, 冬生葉. 早採爲茶, 晚採爲茗. 其名有五,
一日茶, 二日檟 三日蔎, 四日茗, 五日荈. 古人謂其芽, 爲雀舌麥顆, 言其至嫩,
卽臘茶是也. 採嫩芽, 搗作餠, 竝得火良.[14]

　　작설차의 효능과 형태에 대해서 자세하게 설명한 내용이다. 작설차
의 효능 가운데 "오래 정체된 음식을 소화시킨다"라고 한 내용은 ㉕
구에서 말한 "체해 막힘 풀어주니"와 동일한 효능이다. 여기서 한 가
지 눈여겨볼 대목은 작설차를 "어린싹을 채취해서 짓찧어 떡을 만들
고 불에 잘 말린다"라고 한 부분이다. 이로 보아『동의보감』에서 약
용으로 사용했던 작설차는 떡차, 즉 고형차였음을 알 수 있다. 고형차
인 작설차를 약용으로 이용한 사례는 1755년 부안扶安 현감 이운해李
運海(1710~?)가 지은『부풍향차보扶風鄕茶譜』를 통해서도 확인된다.
　　『부풍향차보』에서 차의 근본을 설명한「다본茶本」에서는『동의보
감』「고차」항목을 그대로 인용하였다. 서문에서는 찻잎을 따는 시기
에 대해서 "10월부터 11월과 12월에 잇달아 채취하니, 일찍 채취한
것이 좋다[自十月至月臘月連採 而早採者佳]"고 적었다. 여기서 12월에
딴 차가 바로「고차」항목에 기록된 '납차臘茶'를 말한다. 제목에 쓰
인 '향차鄕茶'는『동의보감』「고차」항목의 '쟉설차'와 같이 조선에서
생산되는 약재를 가리키는 '향약鄕藥'과 같은 뜻이다.

『동의보감』은 약용으로 이용하는 고형차에 대해서 매우 중요한 내용을 담고 있다. 차가 각종 병증病症에 처방되어 음용하는 용도로 사용된 경우에는 예외 없이 모두 어린싹과 잎으로 만든 차만 쓰였으며, 쉰 잎으로 만든 차는 음용하는 용도로 사용하지 않았다는 점이다.[15)]

당시에 차를 약으로 인식하고 음용했던 사실은 18세기 조선 후기 학자 이만부李萬敷(1664~1732)의 「답리생문목答李生問目」과 이규경李圭景(1788~1856)의 『오주연문장전산고五洲衍文長箋散稿』 「도차변증설荼茶辨證說」을 통해서도 확인된다. 차례대로 읽어본다.

> 다보에는 차의 이름이 하나가 아니나 대체로 지금의 작설차 종류는 음식을 소화시키고 기를 내리는 약제다.
> 茶譜, 茶之名目非一, 然大抵今雀舌之類, 消食降氣之劑.[16)]

> 우리나라 사람들이 차를 마시는 것은 체증을 해소하고자 함이다.
> 東人之飮茶, 欲消滯也.[17)]

위 내용을 통해서 조선시대에는 차가 기호음료보다는 주로 약용으로 음용된 것을 알 수 있다.

㊼구부터 ㊽구까지는 차가 양기陽氣를 쇠하게 하니 많이 마셔 몸을 손상시키지 말라고 경계한 내용이다. 이는 당대唐代 기모경綦毋炅이 지은 「벌다음서伐茶飮序」의 서문에 차의 해독害毒을 지적하면서 차를 지나치게 많이 마시는 것을 경계하는 글과 매우 유사하다. 그

내용은 이렇다.

체한 것 풀어주고 막힌 것 뚫는 것은 하루의 이로움으로 잠시 좋은 것이고, 기를 마르게 하고 정기를 소모시키는 것은 평생의 누가 큰 것이다. 이익을 얻으면 공을 차의 힘에 돌리고, 병이 생겨도 차의 재앙이라 하지 않는다. 어찌 복은 가까워서 쉽게 알고, 화는 멀어서 보기 어려운 것이 아니겠는가?

釋滯消壅, 一日之利暫佳, 瘠氣耗精, 終身之累斯大. 獲益則歸功茶力, 貽患則不爲茶災. 豈非福近易知, 禍遠難見者乎.[18]

기모경의 이러한 차에 대한 인식은 후대에 지속적으로 많은 영향을 미치게 된다. 조선시대에도 「다부」를 비롯하여 차와 관련된 많은 시문詩文에서 확인된다. 이처럼 중국 당나라 시대에 나타났던 차의 해독害毒을 경계했던 글이 조선시대에 나타나는 이유를 추측해 본다면, 첫 번째는 조선시대 음다풍속이 중국 당나라 시대와 유사하게 고형차를 주로 마셨기 때문이다. 고형차는 가루내어 마셨기에 진하고 강하다. 그러므로 고형차를 많이 마시게 되면 몸에 부담을 느낄 수 있다. 두 번째는 차를 기호음료로 마신 것이 아니라 주로 약용으로 음용했기 때문이다.

한편 19세기 장흥지역의 음다풍속을 살필 수 있는 문헌자료는 이유원의 『임하필기』「호남사종湖南四種」과 『가오고략』에 실려 있는 「죽로차」란 시이다. 먼저 「호남사종」을 읽어본다.

강진 보림사 대밭의 차는 열수 정약용이 체득하여 절의 승려에게 아홉 번 찌고 아홉 번 말리는 방법을 가르쳐 주었다. 그 품질은 보이차 못지않으며, 곡우 전에 채취한 것을 더욱 귀하게 여긴다. 이는 우전차라고 해도 될 것이다.

康津寶林寺竹田茶, 丁洌水若鏞得之, 教寺僧以九蒸九曝之法. 其品不下普洱茶, 而穀雨前所採尤貴. 謂之以雨前茶可也.[19]

이유원은 보림사가 강진에 있다고 기록하고 있지만 실제로는 장흥에 위치한 사찰이다.[20] 아마도 다산茶山의 유배지가 강진이었기 때문에 다산이 차를 만들던 보림사도 강진에 있다고 생각했던 듯하다. 「호남사종」에서는 다산에 의해서 보림사에서 만들어졌던 차의 구증구포 제다법에 대해서는 적었지만, 차의 형태에 대해서는 기록하지 않았다. 하지만 이유원은 「죽로차」라는 시에서는 구증구포로 만든 보림사 차에 대해서 자세하게 기록했다.

① 보림사는 강진 고을 자리 잡고 있으니　　普林寺在康津縣
② 호남 속한 고을이라 싸릿대가 공물일세　　縣屬湖南貢楛箭
③ 절 옆에는 밭이 있고 밭에는 대가 있어　　寺傍有田田有竹
④ 대숲 사이 차가 자라 이슬에 젖는다오　　竹間生草露華濺
⑤ 세상 사람 안목 없어 심드렁이 보는지라　　世人眼眵尋常視
⑥ 해마다 봄이 오면 제멋대로 우거지네　　年年春到任蓓蓓
⑦ 어쩌다 온 해박한 정열수丁洌水 선생께서　　何來博物丁洌水
⑧ 절 중에게 가르쳐서 바늘 싹을 골랐다네　　教他寺僧芽針選
⑨ 천 가닥 짤막짤막 머리카락 엇짜인 듯　　千莖種種交織髮
⑩ 한 줌 쥐면 동글동글 가는 줄이 엉킨 듯해　　一掏團團縈細線

⑪ 구증구포 옛 법 따라 안배하여 법제하니　　蒸九曝九按古法

⑫ 구리 시루 대소쿠리 번갈아서 맷돌질하네　　銅甑竹筛替相碾

⑬ 천축국 부처님은 아홉 번 정히 몸 씻었고　　天竺佛尊肉九淨

⑭ 천태산 마고선녀 아홉 번 단약을 단련했지　　天台仙姑丹九煉

⑮ 대오리 소쿠리에 종이 표지 붙이니　　筐之筥之籤紙貼

⑯ '우전雨前'이란 표제에 품질조차 으뜸일세　　雨前標題殊品擅

⑰ 장군의 극문戟門이요 왕손의 집안으로　　將軍戟門王孫家

⑱ 기이한 향 어지러이 잔치 자리 엉겼구나　　異香繽紛凝寢讌

⑲ 뉘 말했나 정옹丁翁이 골수를 씻어냄을　　誰說丁翁洗其髓

⑳ 산사에서 죽로차를 바치는 것 다만 보네　　但見竹露山寺薦

㉑ 호남 땅 귀한 보물 네 종류를 일컫나니　　湖南希寶稱四種

㉒ 완당 노인 감식안은 당세에 으뜸일세　　阮髥識鑑當世彦

㉓ 해남 생달桂樨, 제주 수선, 빈랑檳榔 잎 황차黃茶러니　　海樨耽蒜檳榭葉

㉔ 더불어 서로 겨뤄 귀천을 못 가르리　　與之相埒無貴賤

㉕ 초의 스님 가져와서 선물로 드리니　　草衣上人齎以送

㉖ 산방에서 봉한 편지 양연養硯 댁에 놓였었지　　山房緘字尊養硯

㉗ 내 일찍이 어려서 어른들을 좇을 적에　　我曾眇少從老長

㉘ 은혜로이 한잔 마셔 마음이 애틋했네　　波分一椀意眷眷

㉙ 훗날 전주 놀러가서 구해도 얻지 못해　　後遊完山求不得

㉚ 여러 해를 임하林下에서 남은 미련 있었다네　　幾載林下留餘戀

㉛ 고경古鏡 스님 홀연히 차 한 봉지 던져주니　　鏡釋忽投一包裹

㉜ 둥글지만 엿 아니요, 떡인데도 붉지 않네　　圓非蔗餹餅非茜

㉝ 끈에다 이를 꿰어 꾸러미로 포개니　　貫之以索疊而疊

㉞ 주렁주렁 달린 것이 일백 열 조각일세　　纍纍薄薄百十片

㉟ 두건 벗고 소매 걷어 서둘러 함을 열자　　岸幘褰袖快開函

㊱ 상 앞에 흩어진 것 예전 본 그것일세　　床前散落曾所眎

㊲ 돌솥에 끓이려고 새로 물을 길어오고	石鼎撑煮新汲水
㊳ 더벅머리 아이 시켜 불 부채를 재촉했지	立命童竪促火扇
㊴ 백 번 천 번 끓고 나자 해안蟹眼이 솟구치고	百沸千沸蟹眼湧
㊵ 한 점 두 점 작설雀舌이 풀어져 보이누나	一點二點雀舌揀
㊶ 막힌 가슴 뻥 뚫리고 이뿌리가 달콤하니	胸膈淸爽齒根甘
㊷ 마음 아는 벗님네가 많지 않음 안타깝다	知心友人恨不遍
㊸ 황산곡黃山谷은 차시茶詩 지어 동파 노인 전송하니	山谷詩送坡老歸
㊹ 보림사 한잔 차로 전별했단 말 못 들었네	未聞普茶一盞餞
㊺ 육우陸羽의 『다경茶經』은 도공陶公이 팔았으나	鴻漸經爲瓷人沽
㊻ 보림사 차를 넣어 시 지었단 말 못 들었네	未聞普茶參入撰
㊼ 심양 시장 보이차普洱茶는 그 값이 가장 비싸	瀋肆普茶價最高
㊽ 한 봉지에 비단 한 필 맞바꿔야 산다 하지	一封換取一疋絹
㊾ 계주薊州 북쪽 낙장酪漿과 기름진 어즙魚汁은	薊北酪漿魚汁腴
㊿ 차를 일러 종을 삼고 함께 차려 권한다네	呼茗爲奴俱供膳
(51) 가장 좋긴 우리나라 전라도의 보림사니	最是海左普林寺
(52) 운각雲脚이 유면乳面에 모여듦 걱정 없다	雲脚不憂聚乳面
(53) 번열煩熱과 기름기 없애 세상에 꼭 필요하니	除煩去膩世固不可無
(54) 보림차면 충분하여 보이차가 안 부럽네	我産自足彼不羨[21]

이유원은 장흥 보림사에서 만들어지던 죽로차를 채다採茶에서부터 제다製茶 과정 그리고 음다飮茶의 내용을 순차적으로 매우 자세하게 기록했다. 「호남사종」과 동일하게 보림사 죽로차가 다산이 구증구포로 만드는 방법을 절의 승려들에게 가르쳐서 만들게 하였으며, 차의 형태는 고형차, 즉 떡차였음을 반복적으로 말했다. 또한 ⑲구의 "뉘 말했나 정옹丁翁이 골수를 씻어냄을"과 (53)구에서 "번열煩熱과 기름기

없애 세상에 꼭 필요하니"라고 말한 내용을 통해서 보림차를 약용으로 마셨던 것을 알 수 있다. 이러한 내용을 통해서 19세기 장흥지역의 보림사는 다산과도 매우 밀접한 관계가 있었음이 확인된다.

한편 기모경의 차에 대한 인식은, 장흥 보림사에서 죽로차를 만들었던 다산의 차 관련 여러 시문에도 나타난다. 다산은 기모경이 말한 "기를 마르게 하고 정기를 소모시킨다[瘠氣耗精]"는 차의 해독을 없애기 위해 찌고 말리는 과정을 여러 번 반복하는 구증구포九蒸九曝의 방법으로 죽로차를 만들었던 것으로 보인다.[22] 다산 역시 차를 약용으로 음용했기에 차의 해독을 경계했던 것으로 짐작된다. 앞에서 살펴보았듯이 『동의보감』에서는 약으로 음용하는 차는 모두 어린싹으로 만들었다. 다산이 어린싹으로 죽로차를 만들었던 이유도 약용으로 음용하기 위해서였던 듯하다. 다산이 일반 찻잎이 아닌 대숲에서 자라는 차나무의 어린싹으로 죽로차를 만들었던 까닭은 죽로차가 약리적인 효능이 더 뛰어나다고 생각했기 때문이었다.

조선시대에는 대숲에서 자라는 차가 일반적인 차보다 효능이 더욱 높다고 생각했다. 이와 같은 인식은 이덕리李德履(1725~1797)의 『기다記茶』에서도 잘 드러난다.

> 차는 산 중에 돌이 많은 곳에서 많이 난다. 들으니 영남은 집 둘레에 대숲이 곳곳에 있다고 한다. 대숲 사이에서 나는 차는 특히나 효험이 있다. 또한 계절이 늦은 뒤에도 딸 수 있는데, 해를 보지 않았기 때문이다.
>
> 茶之生, 多在山中多石處. 聞嶺南則家邊竹林, 處處有之. 竹間之茶, 尤有效. 亦

可於節晚後採得, 以其不見日故也.²³⁾

이 내용은 『기다』 중 「다사茶事」 10번째 항목으로 이덕리는 대숲
에서 나는 차가 특별한 효험이 있다고 적었다. 다산과 가깝게 지냈던
아암兒菴 혜장惠藏(1772~1811)도 「탁옹께서 내게 시를 보내시어 좋은
차를 구하셨다. 마침 색성 상인이 먼저 드렸으므로 다만 그 시에 화
답만 하고 차는 함께 보내지 않는다[籜翁貽余詩 求得佳茗 適賾上人先獻
之 只和其詩 不副以茗]」라는 시에서 "차 따는 사람에게 들으니[聞諸採
茶人], 대숲에서 나는 것이 가장 좋다[最貴竹裡挺]"라고 했던 것을 볼
때 대숲 속에서 자라는 차가 효능이 더 좋다는 생각은 이 당시 사람
들에게는 일반적인 상식이었다. 이러한 내용을 통해 차가 주로 약용
으로 음용되고 있었던 당시의 음다풍속을 이해할 수 있다.

장흥 보림사에서 생산되던 죽로차, 즉 보림차는 품질이 매우 뛰어
나 당시에 공물貢物과 선물로 사용되었다. 이유원은 「죽로차」에서
"산사에서 죽로차를 바치는 것 다만 보네[但見竹露山寺薦]"라고 하였
고, 범해梵海 각안覺岸(1820~1896)은 「다가茶歌」에서 "보림사의 작설차
는 관청으로 실어가고[寶林禽舌輪營府]"라고 하였으니, 이들 내용을
통해 보림차가 공물로 사용되었음을 확인할 수 있다. 선물로 사용된
것은 이유원의 『임하필기』 「삼여탑三如塔」을 통해서 확인된다. 해당
내용을 읽어보자.

대둔사 승려 초의가 그의 스승 완호대사를 위하여 삼여탑을 세
우고, 해거도위에게 명시銘詩를 부탁하고, 자하에게 서문序文을

부탁하면서 보림차寶林茶를 선물하였다. (중략) 보림차는 강진의 대밭에서 나는데 우리나라 최고의 품질이다.

草衣大芚僧, 爲其師玩虎大師, 建三如塔, 乞銘詩扵海居都尉, 乞序文扵紫霞, 幣寶林茶. (中略) 寶林茶産康津竹田, 爲東國第一品.[24]

초의가 스승 완호玩虎 대사의 삼여탑에 새길 명시와 서문을 부탁하면서 보림차를 선물하였다는 내용이다. 특히 이유원은 보림차가 우리나라 최고의 품질이라고 증언하였다. 1882년 1월 13일 무기제조기술을 배우러 간 유학생의 감독과 조미수호통상조약朝美修好通商條約의 막후교섭을 위해서 천진에 갔던 영선사領選使 김윤식金允植(1841~1920)은 천진天津 해관도海關道 군기소軍機所 남국南局의 관원들에게 보림차寶林茶 55원圓씩을 증정하고, 이튿날에는 동국의 관원들에게도 55원圓씩을 증정하였다.[25] 이처럼 공물과 선물로 이용될 정도로 장흥지역에서 생산되던 보림차의 품질과 명성은 매우 높았다.

장흥지역의 보림차는 일제강점기까지 이어졌다. 1925년 1월 상해과학연구소의 나까오 만조[中尾萬三, 1882~1936]는 도자기 연구를 위해 장흥군 관산면 죽천리에 들렀다가 엽전 모양의 직경 4~5cm 크기의 고형차를 발견한 사실을 「인화사 어실 어물 목록의 도자(추가)[仁和寺御室御物目錄の陶瓷(追加)]」[26]에 기록하였다. 이 기록을 근거로 1938년 9월 모로오카 다모쓰와 이에이리 가즈오는 장흥군 유치면과 관산면 등지에서 고형차의 유습遺習을 현지 조사하여 『조선의 차와 선』에 실었다. 최계원은 『우리茶의 再照明』에서 1947년경까지도 장흥군내에서 청태전을 팔러다녔던 사람이 있었다고 적었다.[27] 이러한 문헌 기록을 통해서 장흥지역은 한반도에서 고형차의 전통이 끊이지 않고 이어져 내려왔으며, 고형차의 음다풍속 또한 가장 늦게까지 남아있던 지역이었음을 알 수 있다.

이상 16세기 조선 중기 학자 풍암 문위세의 「다부」와 함께 여러 문헌자료들을 통해 장흥지역에 전승되어 온 음다풍속을 살펴보았다. 풍암이 일생을 살았던 장흥 유치면은 보림사가 위치한 지역으로 「다부」는 보림사를 중심으로 한 장흥지역의 음다풍속을 엿볼 수 있는 중요한 문헌자료이다.

이제 간략하게 살펴본 내용을 정리한다.

첫째, 「다부」에 나타난 장흥지역의 음다풍속은 고형차를 중심으로 약용으로 음용하였다. 이 같은 음다풍속은 고려시대부터 차를 공물로 바치던 다소茶所로 인해서 고려시대 음다풍속이 그대로 이어졌기 때문으로 보이며, 근대까지 전승되었다.

둘째, 「다부」에서는 고형차를 약용으로 음용하였으며, 차를 많이 마시게 되면 몸을 손상시키므로 많이 마시는 것을 경계해야 한다고 하였다. 고형차는 가루내어 끓여서 마시거나 점다하여 마시기 때문에 차맛이 진하고 강하다. 진하고 강한 차를 많이 마시게 되면 몸에 부담을 느끼게 되므로 차의 해독害毒을 경계했던 것이다. 「다부」에서 이처럼 차의 해독을 경계했던 까닭은 당시에 고형차를 약용하는 음다풍속이 성행했기 때문이었다.

셋째, 장흥 보림사에서 만들어졌던 보림차는 공물과 선물로 사용될 만큼 품질과 명성이 높았으며, 일제강점기까지 전승되었다. 이처럼 장흥지역은 고형차의 음다풍속이 가장 늦게까지 남아있던 지역이었다.

3

이운해李運海의
『부풍향차보扶風鄉茶譜』

이운해李運海의 『부풍향차보扶風鄕茶譜』

『부풍향차보扶風鄕茶譜』는 1754년 10월 3일 부안현扶安縣 현감으로 부임한 필선弼善 이운해李運海(1710~?)가 2년간[1] 재임在任 시 저술한 다서茶書이다. 『부풍향차보』는 서문序文과 「차본茶本」・「차명茶名」・「제법製法」・「차구茶具」 등 모두 네 항목으로 구성되었다. 제목에 쓰인 '향차鄕茶'는 우리나라에서 생산되는 차를 뜻한다. 이로 보아 『부풍향차보』란 '부풍에서 생산된 차에 대해서 적다'라는 의미이다.

이운해는 『부풍향차보』에 무장현茂長縣 선운사禪雲寺의 찻잎을 채취하여 떡차를 만든 후에 7가지 병증病症에 치료 효과가 있는 향약재香藥材의 성분을 배합시켜 약용차藥用茶인 향차香茶를 만드는 방법을 수록하였다. 『부풍향차보』에서는 차를 약재로 활용하고 있으며, 차를 마실 때 사용한 기물器物의 명칭과 용량, 그리고 모양을 그림으로 그려서 설명한 조선시대 유일한 다서이다.

『부풍향차보』의 원본은 현재 전하지 않고 있으며, 조선 후기 실학자 이재頤齋 황윤석黃胤錫(1729~1791)의 『이재난고頤齋亂藁』 제2책 1757년 6월 26일자 일기 끝에 두 쪽 분량으로 필사한 내용만이 전해진다.

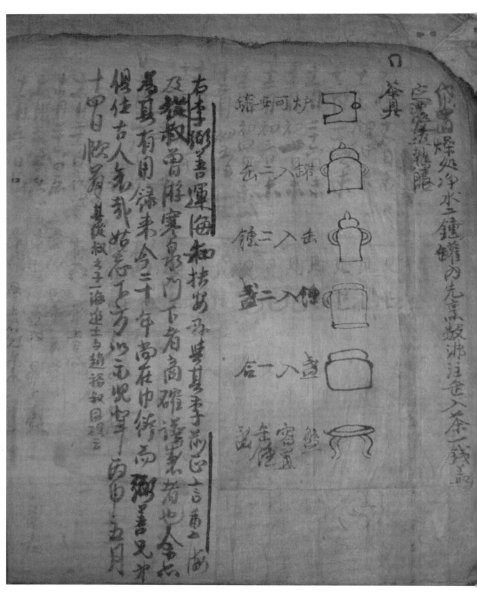

右
李鄉曲善書運海和
尙叔曹辟寒島門下者商
夢其有用歸來今二十年尚在巾
假住古人先教始憲方四
甲日懷舊基

口茶具
定盞熱腋

你當燦処净水二鍾罐內先烹敷沸注金入茶一錢上

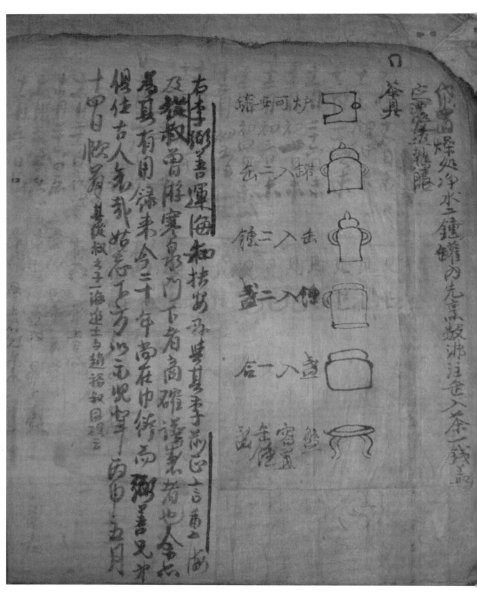

罐安何炉
盂二入罐
鍾二入盂
盏二入鍾
盒一入盞
盒金槵

『이재난고』 제2책 1757년 6월 26일자에 필사된 『부풍향차보』. 정민 제공.

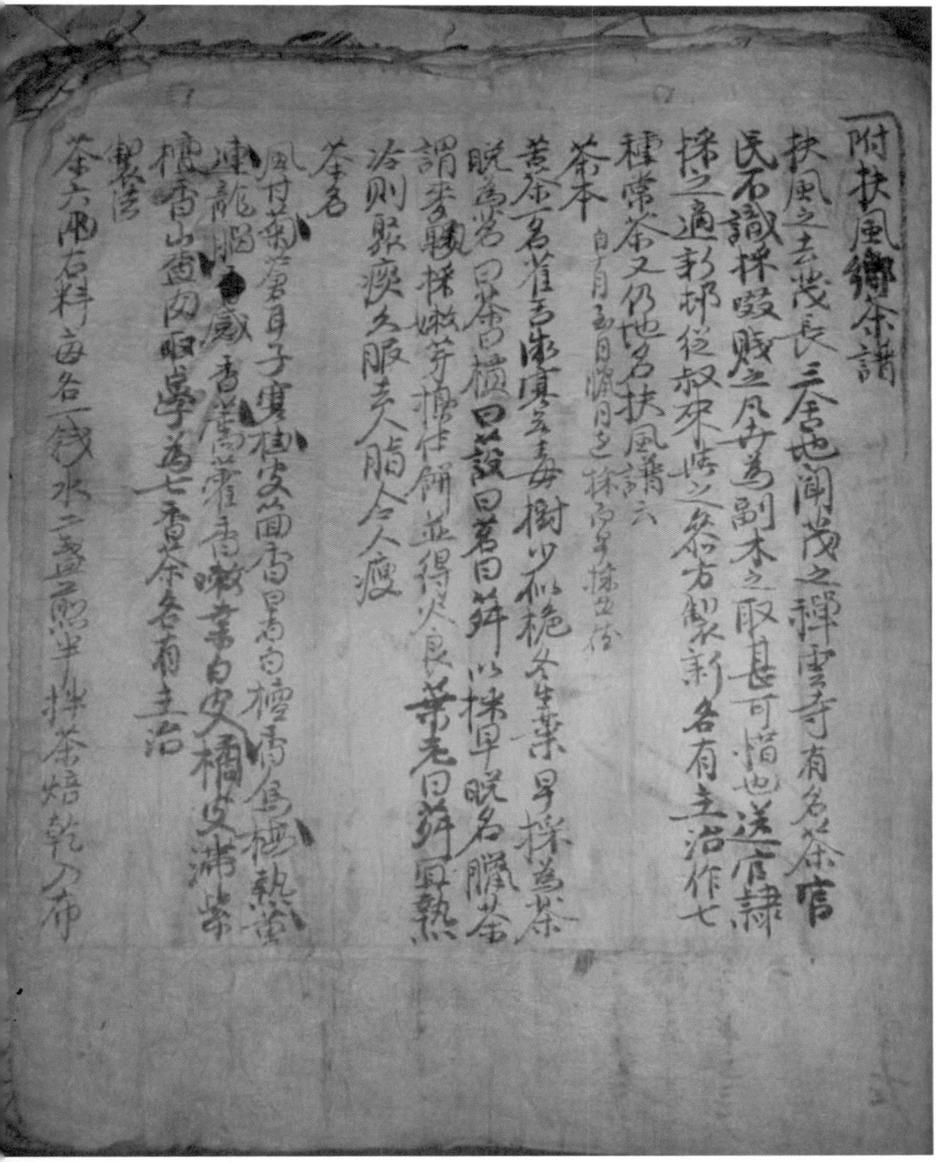
附扶風鄉茶譜
扶風之古茂長三舍地聞茂之禪雲寺有名茶官
民不識採啜賤之凡毋爲副本之取甚可惜也送官隷
採之適彰邸從叔來莅之各方製新名有主治作七
種常茶又仍地名扶風譜云
茶本
自月五日晩月之採宜早採爲佳
苦茶一名雀舌鳥嘴寘之每樹少似梔冬生葉早採爲茶
晩爲茗曰茶曰檟曰蔎曰茗曰荈以採早晩名臘茶
謂麥顆採嫩芽搗作餠並得火良葉老曰荈宜熱
冷則聚痰久服去人脂令人瘦
茶名
風甘菊蒼耳子寒肉桂茴香暑白檀香烏梅熱黃
連龍腦感香薷藿香嗽桑白皮橘皮滯紫
檀香山査肉取單爲七香茶各有主治
製法
茶六兩右料每各一錢水二盞煎半拌茶焙乾入布

『이재난고』에 실린 필사본筆寫本은 한양대학교 정민 교수가 발굴하여『월간 차의 세계』2008년 5월호에 처음 소개하였다.[2] 이후 2011년 단행본『새로 쓰는 조선의 차문화』에「일곱 가지 향차 이야기」라는 제목으로 실었다.[3]

『부풍향차보』가 18세기 음다풍속을 살필 수 있는 귀중한 다서임에도 불구하고 처음 발굴 소개한 정민 교수의 연구 이외에는 전문 연구자들의 새로운 연구가 부족한 실정이다. 때문에『부풍향차보』의 전체적인 내용을 파악하고 이해하는 데 부족함을 느끼는 것은 비단 필자만의 생각은 아닐 것이다.

이 글에서는『부풍향차보』를 선행연구와 관련 문헌자료를 통해 자세하게 검토하고자 한다. 이를 통해『부풍향차보』를 보다 명확하게 이해할 수 있게 되기를 기대한다.

『부풍향차보』의 이해

서문序文

부풍扶風은 무장茂長과 3사지舍地 떨어져 있다. 들으니 무장의 선운사禪雲寺에는 이름난 차가 있다는데, 관민官民이 채취하여 마실 줄을 몰라 보통 풀처럼 천하게 여겨 부목副木으로나 쓰니 몹시 애석하였다. 그래서 관아의 하인을 보내서 이를 채취해오게 했다. 때마침 새말 종숙께서도 오셔서 함께 참여하였다. 바야흐로 새 차를 만드는데, 제각기 주된 효능이 있어, 7종의 상차常茶로 만들었다. 또 지명으로 인하여『부풍보扶風譜』라 하였다. 10월부터 11월과 12월에 잇달아 채취하니, 일찍 채취한 것이 좋다.

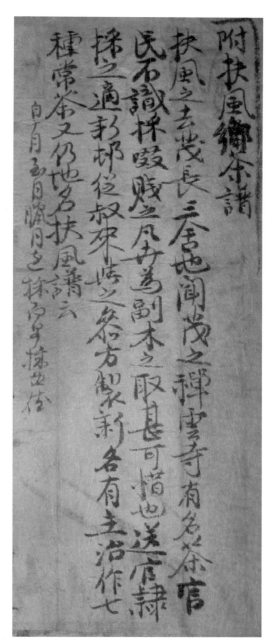

附扶風鄕茶譜

扶風之去茂長三舍地聞茂之禪雲寺有名茶官
民不識採嚴賤之凡茶爲副木之取膚可惜遂信隸
採之適莉邨從叔來伻之茶方製新各有主治作七
種常茶又仍地名扶風譜云
　歲月辛酉臘月乭抹芥子橾書佐

서문序文

扶風之去茂長, 三舍地. 聞茂之禪雲寺有名茶, 官民不識採啜, 賤之凡卉, 爲副木
之取, 甚可惜也. 送官隷採之. 適新邨從叔來, 與之參. 方製新, 各有主治, 作七種
常茶. 又仍地名, 扶風譜云. 自十月至月臘月連採, 而早採爲佳.

서문序文에서는 무장 선운사의 찻잎을 따와서 새로운 방법으로 효
능에 따라 7종류의 상차常茶를 만들고, 『부풍향차보』라는 이름을 짓
게 된 이유와 찻잎의 채취 시기 등을 적었다.

부풍扶風은 부안扶安의 별칭이다. 조선시대 편찬된 지리지에서는
대부분 부안으로 기록하고 있지만, 『부풍향차보』가 저술된 비슷한
시기인 1757년에서 1765년경에 편찬된 관찬官撰 지리지 『여지도서輿
地圖書』에서는 부풍을 부안의 여러 군명郡名 중의 하나로 기록했다.[4]
황윤석은 『부풍향차보』를 필사한 후 19년 뒤에 적은 추기追記에서
"필선 이운해가 부안현을 다스릴 때[李弼善運海知扶安縣]"라고 부안현
으로 적고 있는 것을 볼 때, 당시에 부풍과 부안을 혼용해서 사용했
음이 확인된다.

이운해는 "부풍扶風은 무장茂長과 3사지舍地 떨어져 있다"라고 했
다. '사舍'란 지방 군현郡縣의 중심이며 행정관청인 관아官衙 안에서
모든 건물의 기준이 되는 객사客舍를 뜻한다.[5] 객사는 관아의 중심으
로 위치나 거리를 잴 때 기준점이었다.[6] 따라서 사舍란 객사와 객사,
즉 고을과 고을 간의 거리를 뜻한다. 당시 부풍현에서 무장현茂長縣
까지 가기 위해서는 부풍현에서 고부군古阜郡, 고부군에서 홍덕현興
德縣, 홍덕현에서 무장현으로 가야 하기 때문에[7] 3사지 떨어져 있다
고 한 것이다.[8]

이운해는 서문에서 "무장의 선운사禪雲寺에는 이름난 차가 있다는
데, 관민官民이 채취하여 마실 줄을 몰라 보통 풀처럼 천하게 여겨
부목副木으로나 쓰니 몹시 애석하였다"라고 말했다. 당시에 무장이
차 산지였음에도 불구하고 차에 대한 인식이 상당히 무지無知했던 실
정을 말한 것이다. 이 같은 실정은 약 30년 후에 저술된 이덕리李德履
(1725~1797)의 『기다記茶』에서도 다음과 같이 변함없이 나타난다.

> 우리나라에서 차가 생산되는 고장은 호남과 영남에 두루 퍼져
> 있다. 『동국여지승람東國輿地勝覽』과 『고사촬요攷事撮要』 등의 책에
> 실린 것은 그저 백 곳 열 곳 중 하나일 뿐이다. 우리나라 풍습이
> 작설을 약에 넣어 쓰면서도 차와 작설이 본래 같은 물건인 줄은
> 대부분 알지 못한다. 그래서 일찍이 차를 채취하거나 차를 마시
> 는 자가 없었다. (중략) 우리나라는 차가 울타리 가나 섬돌 옆에
> 서 나는데도 마치 아무 짝에 쓸모없는 토탄土炭처럼 본다. 그뿐
> 아니라 그 이름조차 잊어버렸다.
> 我東産茶之邑, 遍於湖嶺. 載輿地勝覽, 攷事撮要等書者, 特其百十之一也. 東俗
> 雖用雀舌入藥, 擧不知茶與雀舌, 本是一物. 故曾未有採茶飮茶者. (中略) 我東則
> 産於笆籬堦阰, 而視若土炭無用之物. 並與其名而忘之.[9]

차 산지였던 호남과 영남에서조차 차를 잘 몰라 주로 약용으로 활
용하고 있을 뿐 기호음료로는 이용하지 못하던 사정과 차가 가까운
곳에서 나는데도 불구하고 땔감으로나 여길 정도로 차에 대해 무지
했던 상황이 무장현의 실정과 변함이 없었음이 확인된다. 서유구徐有
榘(1764~1845) 역시 『임원경제지林園經濟志』에서 "우리나라 사람들은

차를 그다지 마시지 않는지라, 나라 안에 절로 차 종자가 있는데도 아는 이가 또한 드물다[東人不甚啜茶 國中自有茶種 而知者亦鮮]"[10]라고 하였으니, 이를 통해서도 19세기 초반까지도 차에 무지했던 실정이 계속 이어졌던 것으로 보인다.

이운해가 찻잎을 무장현에서 구해온 것으로 볼 때 당시 부풍현에서는 차가 나지 않았던 듯하다. 부풍현은 1454년 조선 초기에 편찬된 『세종실록지리지世宗實錄地理志』에서는 차 산지로 기록하였다.[11] 하지만 조선 후기까지 편찬된 많은 지리지[12]에서는 차 산지에서 제외되었다.[13] [14] 무장현은 『세종실록지리지』에서는 고려시대부터 차를 재배하고 생산하던 다소茶所로 기록하고 있으며, 『여지도서』를 제외한 조선시대에 편찬된 모든 지리지에서는 차 산지로 기록하고 있다. 『부풍향차보』와 비슷한 시기에 편찬된 『여지도서』에서 무장현이 차 산지에서 누락된 이유에 대해 박영식은 「조선시대 茶産地와 貢納茶에 관한 연구」에서 "『여지도서』가 1757년부터 1765년까지 각 지역에서 새롭게 작성한 읍지邑誌를 바탕으로 편찬되었는데, 『무장읍지茂長邑誌』를 작성한 무장현에서 실제적으로 차를 만들지 않았거나, 조세 부담의 경감 의도로 고의로 누락시켰을 가능성이 있다"고 하였다.[15]

서문에서 "바야흐로 새 차를 만드는데, 제각기 주된 효능이 있어, 7종의 상차常茶를 만들었다"라고 한 내용이 가장 중요하다. '상차'란 필요할 때 사용하기 위해서 늘 준비해 두는 상비차常備茶, 즉 상비약常備藥을 말한다. 병증病症에 따라서 효능별로 준비해 둔 차를 사용하겠다는 의도이다. 이운해는 상비차를 새로운 방법으로 만든다고 하였다. 이운해가 언급한 새로운 방법에 대해서는 「제법製法」 항목에서 자세하게 논하면서 살펴보겠다.

한편 찻잎의 채취 시기에 대해서 "10월부터 11월 12월에 잇달아 채취하니, 일찍 채취한 것이 좋다"고 하였다. 이로 보아 당시에 약용으로 찻잎을 채취할 때는 상당히 이른 시기인 10월부터 채취했던 듯하다. 10월에 찻잎을 채취한 예는 『기다』에서도 다음과 같이 보인다.

> 차는 겨울에도 푸르다. 10월 사이에는 수분이 아주 많아져서 장차 이것으로 추위를 막는다. 그래서 잎 표면의 단맛이 더욱 강해진다. 내 생각에는 곡우 이전이냐 이후냐에 구애받지 않고 이때 찻잎을 따 달여서 고膏를 만들어보고 싶은데 아직 해보지는 못했다. 달여서 고膏를 만드는 것은 실로 우리나라 사람이 억탁으로 헤아려 억지로 만든 것이니, 맛이 써서 단지 약용으로나 쓸 수 있다고 한다.
>
> 茶是冬靑. 十月間液氣方盛, 將以禦冬. 故葉面之甘, 尤顯然. 意欲於此時採取煎膏, 不拘雨前雨後, 而未果然. 煎膏實東人之臆料硬做者, 味苦只堪藥用云.[16]

10월에 찻잎을 따는 이유가 찻잎에 진액이 많아져 단맛이 더욱 강해지기 때문이라고 하였다. 진액이 많아졌기 때문에 달여서 농축시킨 고膏를 만들어 약용으로 이용하고자 했던 듯하다. 차를 약용으로 사용할 때는 상당히 이른 시기의 찻잎을 채취하여 사용했던 것을 알 수 있다.

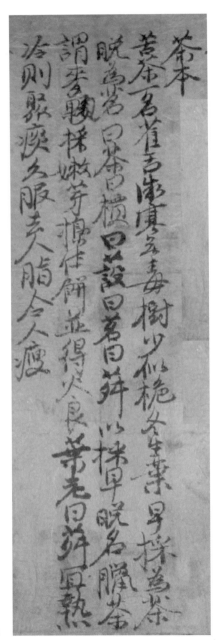

「차본茶本」

「차본茶本」

고차苦茶, 즉 쓴 차는 일명 작설雀舌이라고 한다. 조금 찬 성질이 있지만 독성은 없다. 나무가 작아 치자梔子와 비슷하다. 겨울에 잎이 난다. 일찍 따는 것을 '차茶'라 하고, 늦게 따는 것은 '명茗'이 된다. 차茶와 가檟, 설蔎과 명茗과 천荈 등은 채취 시기의 빠르고 늦음을 가지고 이름 붙인다. 납차臘茶, 즉 섣달차는 맥과차麥顆茶라 한다. 어린싹을 따서 짓찧어 떡을 만들고 불에 잘 말린다. 잎이 쇤 것은 천荈이라 한다. 뜨겁게 마시는 것이 좋다. 차가우면 가래가 끓는다. 오래 먹으면 기름기를 없애 사람을 마르게 한다.

苦茶一名雀舌. 微寒無毒. 樹少似梔. 冬生葉, 早採爲茶, 晚爲茗. 日茶日檟, 日蔎日茗日荈, 以採早晚名. 臘茶謂麥顆. 採嫩芽, 搗作餅, 並得火良. 葉老日荈, 宜熱. 冷則聚痰, 久服去人脂, 令人瘦.

「차본茶本」에서는 작설차의 성질과 차나무의 형태, 채취 시기에 따른 명칭, 작설차의 형태와 부작용에 관해서 적었다. 「차본」의 내용은 『동의보감東醫寶鑑』 「고차苦茶」 항목의 내용 중 일부분을 그대로 인용한 것이다.

이운해는 『동의보감』 「고차」 항목에서 '苦茶 쟉셜차'라고 한문과 한글로 병기倂記한 부분을 "苦茶一名雀舌"이라고 한문으로 옮겨 적었다. 『동의보감』 「고차」 항목에서 '쟉셜차'라고 한글 명칭을 함께 적은 이유는 우리나라에서 생산되는 약재藥材인 '향약鄕藥'이기 때문이다. 『동의보감』에서는 탕액편湯液篇에 수록된 1,400여 가지 약재 가운데 당시 조선에서도 생산되는 약재는 한글 명칭도 함께 적어 향약임을 알 수 있도록 했다.[17] 백성들이 약재를 손쉽게 구해서 질병치료에 이용할 수 있도록 배려한 것이다.[18] 이운해도 작설차를 향약으로 인식하고 약재로 활용했던 것으로 보인다. 이로 보아『부풍향차보』제목에 쓰인 '향차鄕茶'는 우리나라에서 생산되는 차를 뜻하는 '향약鄕藥'과 같은 의미임을 알 수 있다.

「차본茶本」에서 "납차臘茶, 즉 선달차는 맥과차麥顆茶라 한다"라고 한 내용은,『동의보감』「고차」항목에서 "옛사람들은 차의 싹을 작설, 맥과라고 하였다. 그것은 아주 어린 싹으로서 납차라는 것이 이것이다[古人謂其芽爲雀舌麥顆言 其至嫩卽臘茶是也]"라고 설명한 내용을 간략하게 요약해서 옮겨 적은 것이다. 즉 납차가 작설과 맥과이며, 아주 어린싹이라는 설명이다. 서문에서 "10월부터 11월과 12월에 연이어 채취하는데, 일찍 채취한 것이 좋다"고 말한 내용 중에서 12월에 딴 것이 바로 납차다.

작설차를 "어린싹을 따서 짓찧어 떡을 만든다"라고 한 내용을 통해서 떡차의 형태로 만들었던 것을 알 수 있으며, "불에 잘 말린다"라고 한 것은 불의 힘으로 건조시킨다는 뜻이다. 약재의 기운이 강하거나 독성毒性으로 부작용이 우려될 때 독성을 없애거나 감소시키고, 약성藥性을 부드럽게 하거나 강화시키는 법제法製의 한 방법이다.[19]「차본」의 내용 중 "뜨겁게 마시는 것이 좋다. 차가우면 가래가 끓는다. 오래 먹으면 기름기를 없애 사람을 마르게 한다"라고 한 것은 바로 작설차의 부작용을 말한 것이다. 작설차를 불에 잘 말린다고 한 이유가 바로 법제를 통해서 이러한 부작용을 낮추겠다는 의미이다. 이처럼 작설차를 법제한 이유는 서문에서 "제각기 주된 효능이 있어, 7종의 상차常茶로 만들었다"라고 말한 내용을 통해서 알 수 있듯이 작설차를 상비차常備茶로 만들 때 사용할 약재로 인식했기 때문이다.

조선시대 작설차를 약재로 인식했던 사실은 『세종실록지리지』에서 전라도 고부군에서 생산된 작설차를 약재로 구분하여 기록한 내용을 통해서도 확인된다.[20] 또한 조선 후기 이만부李萬敷(1664~1732)의 「이생의 물음에 답하다[答李生問目]」의 내용을 통해서도 당시 작설차를 약재로 인식했던 사실이 잘 드러난다.

> 다보에는 차의 이름이 하나가 아니나 대체로 지금의 작설차 종류는 음식물을 소화시키고 기를 내리는 약재다.
> 茶譜, 茶之名目非一, 然大抵今雀舌之類, 消食降氣之劑.[21]

작설차를 음식을 소화시키고 기를 내리는 효능을 가진 약재로 인식하고 있었던 사실을 증언했다. 다산茶山 정약용丁若鏞(1762~1836)도 "작설차는 마땅히 약방에서 구입해야 한다[雀舌宜貿於藥鋪]"[22]고 언급할 정도로 작설차를 약재로 인식하고 활용하고 있었음을 알 수 있다.

「차명茶名」

풍風 맞았을 때는 감국甘菊·창이자蒼耳子
추울[寒] 때는 계피桂皮·회향茴香
더울[暑] 때는 백단향白檀香·오매烏梅
열熱날 때는 황련黃連·용뇌龍腦
감기[感]에는 향유香薷·곽향藿香

기침[嗽]에는 상백피桑白皮·귤피橘皮

체[滯]했을 때는 자단향紫檀香·산사육山査肉.

표점을 찍은 글자를 취해 7가지 향차香茶로 삼으니 각각 주치가 있다.

風 : 甘菊·蒼耳子

寒 : 桂皮·茴香

暑 : 白檀香·烏梅

熱 : 黃連·龍腦

感 : 香薷·藿香

嗽 : 桑白皮·橘皮

滯 : 紫檀香·山査肉.

取点字爲七香茶, 各有主治.

「차명」에서는 증상마다 약효가 있는 두 가지 약재를 적고, 약재 중 표점을 찍은 글자를 취해서 향차香茶의 이름을 만든다고 하였다. 풍증風症에 마시는 향차는 표점을 찍은 '국菊'자를 취해 국향차菊香茶로 이름하고, 한증寒症에는 '계桂'자를 취해 계향차桂香茶로 이름한다. 서증暑症에는 '매梅'자를 취해 이름을 매향차梅香茶로 하며, 열증熱症에는 '연連'자를 취해 이름을 연향차連香茶로 한다. 감기感氣에는 '유薷'자를 취해 유향차薷香茶로 이름하고, 기침[嗽]에는 '귤橘'자를 취해 이름을 귤향차橘香茶로 한다. 체증滯症에는 '사査'자를 취해 사향차査香茶로 이름을 만든다고 하였다.

여기서 말한 '향차香茶'가 바로 서문에서 "바야흐로 새 차를 만드는

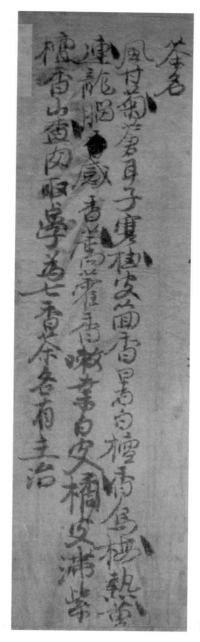

「차명茶名」

데, 제각기 주된 효능이 있어, 7종의 상차常茶를 만들었다"라고 말한 상비차常備茶다. 즉 이운해는 향차香茶를 상비차로 만들겠다고 한 것이다.

「차명」에서 나열한 약재들은 『동의보감』에서도 7가지 병증에 약효가 매우 뛰어나다고 한 약재들이다.[23] 이운해는 작설차가 가지고 있는 기본적인 효능에 풍風·한寒·서暑·열熱·감기[感]·기침[嗽]·체증[滯] 등의 7가지 병증에 약효가 있는 약재들의 성분을 배합하여 7종의 향차香茶를 만들었던 셈이다.

향차香茶는 고려 조정에서 원나라에 예물로 보냈다는 기록을 통해서 고려시대에도 만들어졌던 것으로 보인다.[24] 고려시대 향차가 어떻게 만들어졌는지는 남아있는 문헌자료가 없어 정확하게 알 수 없지만, 중국 원나라 흘사혜忽思慧의 『음선정요飲膳正要』「향차香茶」 항목에 기록된 향차 제다법은 다음과 같다.

흰차 한 자루, 용뇌 조각 3전, 백약전 반전, 사향 2전을 함께 가늘게 간다. 향약과 멥쌀로 쑨 죽과 섞은 다음 떡 모양으로 찍어서 만든다.
白茶一袋, 龍腦成片者三錢, 百藥煎半錢, 麝香二錢, 同研細. 用香粳米熬成粥和成劑, 印作餅.[25]

고려시대 향차도 위 내용과 같이 차와 향약 재료를 일정한 비율로 함께 섞어서 고형차固形茶 형태로 만들었을 것으로 짐작된다. 이러한 향차 제다법은 일제강점기를 거쳐[26] 현대까지 전승되고 있다.[27]

하지만 이운해는 차와 향약재를 함께 섞는 방법으로 향차를 만들지는 않았던 듯하다. 서문에서 "새로운 방법으로 만든다"라고 분명하게 말했기 때문이다.

「제법製法」

차 6냥과 위 재료 각각 1전錢에 물 2잔을 따라 반쯤 달인다. (약재의 성분을) 흡수한 차를 불에 쬐어 말린 후 포대에 넣고 건조한 곳에 둔다. 깨끗한 물 2종鍾을 탕관 안에서 먼저 끓인다. 물이 몇 차례 끓은 뒤 다부에 따른다. 차 1전錢을 넣고, 뚜껑을 덮어 진하게 우려내 뜨겁게 마신다.

茶六兩, 右料每各一錢, 水二盞, 煎半. 拌茶焙乾, 入布帒, 置燥處. 淨水二鍾, 罐內先烹., 數沸注缶, 入茶一錢, 盖定濃透熱服.

「제법製法」에서는 향차香茶의 제조법과 음용법에 관해서 설명하였다. 『부풍향차보』에서 가장 중요한 부분이다.

향차를 만드는 방법은 떡차 6냥(225g)과 「차명」에서 각 증상에 주치主治가 있는 두 가지 약재 각각 1전(3.75g)에, 물 2잔(360cc)[28]을 붓고 물의 양이 반이 될 때까지 끓인다. 물의 양이 반으로 줄면 약재의 성분을 흡수한 떡차를 꺼내서 불에 쬐어 말려서 포대에 담아 건조한 곳에 둔다고 하였다. 여기서 사용된 6냥의 차는 의심의 여지 없이 떡차를 말한다. 「차본」에서 "어린싹을 따서 짓찧어 떡을 만든다"라고 했기 때문이다.

「제법」에서 설명하고 있는 향차의 제조법에서 가장 중요한 공정은

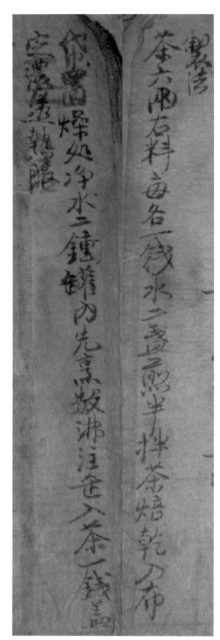

「제법製法」

약재의 성분을 떡차에 흡수시키는 '반차拌茶'이다. 반차는 약재의 향기와 성분을 떡차에 흡수시키는 것이지 약재와 떡차를 함께 섞는 것이 아니다. 2잔 분량의 물을 절반이 될 때까지 끓인다는 것은 약재에서 우러나온 향과 성분을 떡차가 흡수하도록 한 것이기 때문에, 물이 완전히 졸아 없어질 때까지 끓일 필요가 없다. 이같은 방법은 찻잎에 약재를 함께 섞어서 만드는 제조법과는 다른 방법이다. 서문에서 새로운 방법으로 만든다고 언급한 것이 바로 이 방법이다.

반차가 약재의 향기와 성분만을 흡수시키는 방법이라는 것은 1621년 명대에 저술된 왕상진王象晋(1561~1653)의 『군방보群芳譜』「반차拌茶」 항목을 통해서 확인된다. 내용은 이렇다.

목서·말리·매괴·장미·난·혜·연·귤·치자·목향·매화 모두 가능하다. 여러 꽃은 향기가 온전할 때 따서 섞는다. 차 셋에 꽃 하나의 비율로 사기그릇 안에 담는다. 차 한 층, 꽃 한 층씩 번갈아가며 가득 채우고, 종이나 대껍질로 단단하게 봉한다. 솥에 넣고 중탕으로 이를 삶는다. 식기를 기다려 종이로 싸서 봉하고, 불 위에서 쬐어 말린다. 매우 좋고 가는 아차芽茶에는 꽃향기를 쓰지 않는데, 도리어 진미를 빼앗긴다. 오직 보통의 차에 마땅하다. 木樨茉莉玫瑰薔薇蘭蕙蓮橘梔子木香梅花, 皆可. 諸花香氣全時, 摘拌. 三停茶, 一停花, 收磁礶中. 一層茶, 一層花, 相間塡滿, 以紙箬封固. 入鍋重湯煮之. 待冷, 以紙封裹, 火上焙乾. 上好細芽茶, 忌用花香, 反奪眞味. 惟平等茶宜之.[29]

위 내용은 화차花茶 제조법을 설명한 것이다. 화차를 단순하게 차와 꽃을 섞어서 만드는 것이 아니고 찻잎에 꽃향기를 흡착시킨 후

꽃을 분리하여 완성된 화차에는 꽃은 없지만, 찻잎에서 꽃향기가 나도록 만드는 방법을 '반차拌茶'라고 하였다.[30] 따라서 「제법」에서 설명하고 있는 반차도 떡차와 약재를 함께 섞는 것이 아니고 약재에서 우러나온 성분과 향기를 떡차에 흡수시켜 향차를 만드는 방법인 셈이다.

단순하게 떡차와 약재를 함께 섞는 것이라면 번거롭게 「제법」에서 설명하고 있는 방법으로 만들지는 않았을 것이다. 떡차와 약재를 따로 준비해 두었다가 아픈 증세가 있을 때 함께 끓이거나 우려서 마시든가, 아니면 기존의 향차 제조법과 같이 떡차를 만들 때 약재를 함께 섞어서 만들면 되기 때문이다.

이운해는 향차를 만들 때 사용하는 떡차를 1전錢의 무게로 만들었던 것으로 보인다. 향차의 음용법을 "차 1전錢을 넣고, 뚜껑을 덮어 진하게 우려내 뜨겁게 마신다"라고 했기 때문이다. 떡차를 1전으로 만든다면 6냥으로 계량하기도 쉽고(떡차 60개), 음용할 때도 간편하게 떡차 1개씩 그대로 우려 마시면 된다.

떡차를 1전의 무게로 만든 예는 『조선의 차와 선』에서도 확인된다. 『조선의 차와 선』에는 일제강점기 전라남도지역에서 만들어지고 음용된 고형차固形茶를 조사하기 위해서 1938년 11월 1일부터 1939년 3월 13일까지 모두 네 차례에 걸쳐서 현지답사現地踏查한 내용이 실렸다. 답사한 지역은 전라남도 나주군 불회사佛會寺, 장흥 보림사寶林寺, 해남 대흥사大興寺, 영암, 강진 목리牧里, 만덕산 백련사白蓮寺, 성전면 월남리, 구례 화엄사이다. 이들 지역 중 1938년 봄 장흥군 유치면 봉덕리 보림사 부근의 이석준 노인(62세)이 만든 떡차와, 강진읍 목리에서 조사된 떡차의 무게가 1문匁(3.75g)이었다.[31] 문匁은 일본의 중량 단위로 전錢과 같다. 이와 같이 떡차가 전승된 지역에서 1전의 무게로 만들어진 사례事例를 확인할 수 있다.

향차를 마시는 방법은 먼저 깨끗한 물 2종鍾(720cc)을 탕관에서 끓인다. 물의 양이 2종인 이유는 다부의 용량이 2종이기 때문이다. 끓인 물을 다부에 따라서 떡차 1개를 넣고 뚜껑을 덮어 진하게 우려내어 뜨겁게 마신다고 하였다. 떡차를 그대로 우려 마신 이유는 향차를 만들 때 떡차와 약재를 함께 넣고 끓여 약재에서 우러나온 향기와 성분을 떡차에 흡수시켜서 만들었기 때문에 향차를 마실 때도 끓인 물에 그대로 넣어서 향차의 성분을 우려내어 마신 것으로 보인다.

「**차구茶具**」

화로火爐는 탕관湯罐을 앉힐 수 있어야 한다.
탕관湯罐은 2부缶가 들어간다.
다부茶缶는 2종鍾이 들어간다.
다종茶鍾은 2잔盞이 들어간다.
다잔茶盞은 1홉이 들어간다.
다반茶盤은 다부와 다종, 다잔을 놓을 수 있다.
爐可安罐, 罐入二缶, 缶入二鍾, 鍾入二盞, 盞入一合, 盤容置缶鍾盞.

「차구茶具」에서는 향차를 마실 때 필요한 여섯 종류의 기물器物 용량과 형태를 그림과 함께 설명했다.

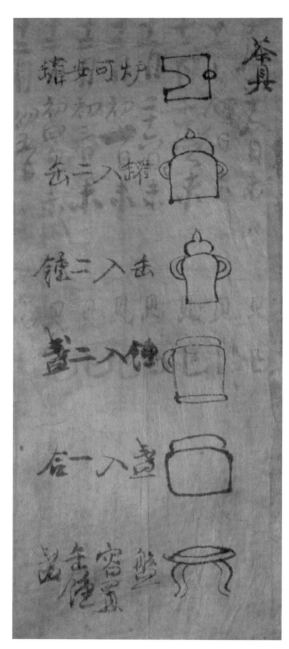

「차구茶具」

김홍도金弘道의 「전다한화煎茶閒話」에 보이는 화로. 국립중앙박물관 소장.

김홍도金弘道의 「취후간화醉後看花」에 보이는 화로. 국립중앙박물관 소장.

화로火爐는 탕관을 위에 앉히고 몸체 중간으로 연료를 넣을 수 있는 형태이다. 조선시대 계회도契會圖[32]와 다화茶畵[33]가운데 다동茶童이 차를 끓이는 장면에서 유사한 형태의 화로가 다수 보인다.

『조선도자명고』의 약탕관 34)　　　조선시대의 약탕관 35)

　탕관湯罐은 「제법」에서 "깨끗한 물 2종을 탕관 안에서 먼저 끓인 다"라고 했던 것으로 볼 때 물을 끓이는 차구茶具이다. 용량은 "2부가 들어간다"고 했으므로 1,440cc 정도이다. 어깨 부분에 손잡이나 귀[耳]를 붙인 것처럼 보이는데, 일반적으로 물을 끓일 때 사용했던 부리를 가진 주전자 모양의 관罐이나 솥[鼎, 銚]의 형태와는 다르다. 아사카와 다쿠미[淺川巧, 1891~1931]의 『조선도자명고』에 이와 유사한 형태의 약탕관藥湯罐이 보이며, 조선시대 약을 달이던 약탕관에서 유사한 형태가 확인된다.

　다부茶缶는 「제법」에서 "깨끗한 물 2종鍾을 탕관 안에서 먼저 끓인 다. 물이 몇 차례 끓은 뒤 다부에 따른다. 차 1전錢을 넣고, 뚜껑을 덮어 진하게 우려내 뜨겁게 마신다"라고 한 내용을 통해서 차를 우려내는 용도로 사용된 것을 알 수 있다. 탕관湯罐과 형태는 유사하지만, 용량이 720cc로 절반 크기이다. 부缶에 대해서 『세종실록世宗實錄』에서는 "옛날에는 앙을 부라 하였다[古者盎謂之缶]"36)고 하였으며, 『훈몽자회訓蒙字會』에서는 '앙盎'과 '분盆'을 질동이라고 하였다. 따라서 앙

김홍도金弘道의 「십로도상첩十老圖像帖」에 그려진 기물. 호암미술관 소장.

盍과 부缶와 분盆은 모두 옹기 재질의 동이를 말한다. 동이는 높이가 낮고 양쪽에 손잡이가 있으며, 주로 물을 긷는 데 이용되었다.[37]

조선시대에 부缶가 차를 우리는 용도로 사용된 용례는 『부풍향차보』 이외의 다서茶書에서는 찾아볼 수 없지만, 중국에서는 일찍부터 차구茶具로 사용되었다. 당대唐代 육우陸羽(733~804)의 『다경茶經』에서는 '암차痷茶'를 마시는 데 부가 사용되었다.[38] 명대明代 도륭屠隆(1542~1605)의 『고반여사考槃餘事』「차구茶具」 항목에서는 깨끗한 물을 담는 물병으로 부가 사용되었다.[39] 허차서許次紓(1549~1604)의 『다소茶疏』에서는 차를 담아두는 용도로 부를 사용하였다.[40]

다종茶鍾과 다잔茶盞은 향차를 우려낸 차탕을 마실 때 사용하는 기물器物이다. 「차구」에 그려진 종과 잔은 뚜껑이 있는 형태로 보인다. 「제법」에서 뜨겁게 마신다고 하였으니 뚜껑을 덮어서 식지 않도록 했던 듯하다. 종의 용량은 "2잔이 들어간다"고 했으므로 360cc이며,

호족虎足 형식의 나주반 41)

손잡이가 달린 형태이다. 잔은 "1홉이 들어간다"고 했으므로 180cc의 용량이다. 김홍도金弘道(1745~1806)의 「십로도상첩十老圖像帖」에 종과 유사한 형태의 기물이 보인다.

다반茶盤은 식기를 받치는 작은 규모의 상床인 소반小盤이다. 다리 끝이 바깥쪽으로 구부러진 호족虎足 형식의 나주반羅州盤이다.42) 향차를 마실 때 부와 종과 잔을 올려놓는 찻상의 용도로 사용하였다.

이운해는 향차를 음용할 때 일상적인 생활용기를 사용했던 듯하다. 「차구」에 그려진 기물의 형태를 볼 때 차를 마시는 전문적인 차도구가 아니라 일상에서 사용하는 생활용기로 보이기 때문이다.

『부풍향차보』를 필사한 이유

황윤석이 자신의 일기 『이재난고』에 『부풍향차보』를 필사한 이유에 대해서, 정민 교수는 "황윤석은 고창에 살고 있었으므로 자신의 고장과 관련된 내용을 적은 이 기록에 흥미를 가졌다"라고 하였다.[43] 하지만 황윤석은 1729년 흥덕현興德縣 귀수동에서 태어났다.[44] 지금의 고창군은 황윤석과 이운해가 생존했던 18세기에는 흥덕현·무장현·고창현으로 나뉘어 있었다. 이 세 지역은 1914년 행정구역 개편에 따라서 고창군으로 통합되었다.

황윤석은 『부풍향차보』를 필사한 후 다시 19년 뒤 이운해에 관하여 적은 추기追記에서 "나 또한 유용할 것이라 여겨 베껴 온 지 벌써 20년인데 아직도 책 상자에 있다[余亦爲其有用 錄來今二十年 尙在巾衍]"라고 필사한 이유를 적었다. 황윤석이 『부풍향차보』의 내용이 유용할 것이라고 말한 이유는 차를 약용으로 음용했기 때문이다. 황윤석은 차를 약용으로 음용한 사실을 『이재난고』에 다음과 같이 기록했다.[45]

13일 정미. 또 나에게 가래기침이 있기에 황차 두 봉지를 보내왔다. (중략) 어두워진 뒤 황차 반첩을 달여서 먹자 가래기침이 조금 안정이 되었다. 밤이 되어 다시 달여 마셨다.
十三日丁未. 又以余咳嗽之故, 出黃茶二封贈余. (中略) 昏後, 服黃茶煎湯半貼, 咳嗽稍安. 而夜復作.

16일 갑오. 어제 저녁 설사를 하여 고생이 심하였다. 아랫사람에게 생강과 귤피, 황차, 맑은 꿀을 사오게 하였다. 달여서 두 차례 마시자 배가 조금 안정이 되었다. 밤이 되어도 역시 설사 증세가 없다. 이렇게 이어서 평안하니 다행이다.

十六日甲午. 昨夕, 以泄瀉苦證. 命吏輩買生薑橘皮黃茶淸蜜水. 煎服二次, 腹部少安. 夜亦姑無泄證. 繼此得安則幸矣.

22일 계사. 오후에 가슴에 염증이 엉겨서 통증이 오고 오한이 들었다. 급하게 황차잎과 생강을 사서 달여 마시고 따뜻한 온돌에서 조리를 했다.
二十二日癸巳. 是午, 始有胸隔痰氣凝結成痛强赴直中. 亟買黃茶葉及生薑煎服, 更令煖炕調理.

22일 신미. 또 식당동의 문생 덕연을 방문하였다. 이 사람 또한 큰 병이 들어서 불쌍하다. 그래서 문안을 하면서 약을 사다가 주려고 하였지만, 황차를 구하지 못하여 먼저 소엽을 보냈다.
二十三日辛未. 又訪文生德演於食堂洞. 此君亦大病可憐. 故往問, 因爲買藥贈之, 而黃茶未得, 先送蘇葉.

위 일기의 내용을 통해서 황윤석은 평소에 여러 가지 병증病症에 황차를 약용으로 음용하였으며, 다른 약재들과 함께 처방하여 음용했던 것을 알 수 있다. 이로 보아 황윤석 자신이 차를 약용으로 음용하고 있었기에 약용차를 만드는 방법이 수록된 『부풍향차보』가 자신에게 유용할 것으로 여겨 필사했던 것으로 보인다.

지금까지 『부풍향차보』의 내용을 검토하였다. 필선 이운해가 부안현 현감으로 재직 시 무장현 선운사의 찻잎을 채취하여 만든 작설차에 향약재의 성분을 배합하여 만든 향차의 제다법과 음다법 그리고 다구에 관해서 설명한 『부풍향차보』는 18세기 차를 약용하는 음다풍속을 살필 수 있는 다서이다.

이제 간략하게 검토한 내용을 정리한다.

첫째, 서문에서 "부풍은 무장과 3사지舍地 떨어져 있다"라고 한 내용 중에서 '3사舍'에 대한 정확한 개념을 밝혔다. '사舍'란 관아 안에서 모든 건물의 기준이 되는 객사를 뜻하며, 위치나 거리를 잴 때 기준이 되는 건물이다. 따라서 3사란 객사와 객사, 즉 고을과 고을 간의 거리를 뜻하는 것으로, 무장현까지 가기 위해서는 부풍현에서 고부군, 고부군에서 흥덕현, 흥덕현에서 무장현으로 가야 하기 때문에 3사지 떨어져 있다고 말한 것이었다. 또한 이운해가 향차를 만들 때 필요한 찻잎을 부풍현이 아닌 무장현에서 구해온 이유도 살펴보았다.

둘째, 『동의보감』과 여러 문헌을 통해서 「차본」에서 설명하고 있는 작설차가 당시 조선에서 생산되는 약재인 향약이었으며, 『부풍향차보』 제목에 쓰인 향차는 향약과 같은 의미였음을 확인하였다. 이운해는 작설차를 약재로 인식하고 약용차인 향차를 만들 때 활용하였으며, 책 이름도 "부풍에서 생산된 차에 대해서 적다"라는 뜻으로 『부풍향차보』라고 지었다.

셋째, 「차명」에서는 7가지 병중에 약효가 있는 약재 중 표점을 찍은 글자를 취해 향차의 이름을 만들었다. 이운해는 서문에서 새로운 방법으로 7종의 상비차를 만들었다고 말했는데, 이 상비차가 바로 「차명」에서 말한 7종의 향차다.

넷째, 「제법」에서 설명하고 있는 향차의 제조법을 문헌자료를 통해서 새롭게 검토하였다. 이를 통해서 이운해가 만든 향차는 차와 향약재를 함께 섞어서 만드는 일반적인 향차 제조법으로 만든 것이 아니라, 떡차에 향약재의 향기와 성분을 흡수시키는 새로운 방법으로 만들었던 것을 알 수 있었다. 이운해는 향차를 보다 간편하게 음용하기 위해서 떡차를 1전錢의 무게로 만들었다.

다섯째, 「차구」에 그려진 로爐, 관罐, 부缶, 종鍾, 잔盞, 반盤 등 6종류 차구의 용량과 형태를 문헌을 통해서 살펴본 결과 이운해는 향차를 음용할 때 일상적인 생활용기를 사용했던 것을 알 수 있었다.

4

『상두지桑土志』의 국방강화
재원마련 방안『기다記茶』

『상두지桑土志』의 국방강화 재원마련 방안 『기다記茶』

　이 글은 이덕리李德履(1725~1797)가 『기다記茶』에서 제안한 차 무역의 구체적인 실행 계획과 절차를 검토하여, 이덕리가 구상한 차 무역 방안과 실현하고자 했던 내용을 정확하게 이해하는 것이 목적이다.

　『기다』는 이중而重 이덕리李德履가 1783년경 유배지 진도에서 저술한 차 무역에 관한 내용을 담고 있는 다서茶書이다.

　이덕리는 친형 이덕사李德師(1721~1776)의 사도세자思悼世子(1735~1762) 추존 상소로 인한 대역부도의 죄에 연좌되어 1776년 4월 진도로 유배되었다. 이후 1795년 10월 영암으로 이배移配된 후 2년 뒤 사망하였다.[1] 이덕리는 유배지 진도에서 시문집 『강심江心』과 국방 관련 전문서 『상두지桑土志』를 저술하였다. 『기다』는 『강심』에 수록되어 있으며, 「다설茶說」과 「다사茶事」 그리고 「다조茶條」 등 모두 세 부분으로 구성되었다. 현재 백운동본白雲洞本, 법진본法眞本, 의암본衣巖本 등 세 종류의 이본異本이 전해온다.

　『기다』는 1837년 초의草衣 의순意恂(1786~1866)이 『동다송東茶頌』에서 『동다기東茶記』란 이름으로 『기다』 중 「다사」 6번째 항목을 인용하면서 세상에 처음 알려졌다. 이후 용운 스님에 의해 법진본이 발굴되어 1991년 소개되었으며, 2006년에는 백운동본이 한양대학교 정민 교수에 의해 발굴되어 학술 논문으로 발표되었다.

이덕리가 차 무역에 관한 『기다』를 저술한 이유는 『상두지』에서 제안한 국방 관련 기획을 실현하기 위한 막대한 재원을 마련하기 위함이었다. 국방을 강화하는 데 필요한 재원을 차 무역을 통해서 마련하고자 한 것이다. 이덕리는 『상두지』에서 별도로 '다설茶說'을 지었다고 밝혔는데, 바로 『기다』를 두고 한 말이다.

『기다』와 『상두지』의 관계

『기다』와 『상두지』는 이덕리의 저술이다. 『기다』가 수록된 백운동본 『강심』에는 필사자 이시헌李時憲(1803~1860)이 "'강심'의 의미는 분명하지 않다. 이 한 책에 기록된 사辭와 문文과 시詩는 바로 이덕리가 옥주의 유배지에서 지은 것이다[江心之義未詳 此一冊所錄辭文及詩 乃李德履沃州謫中所作]"라는 기록을 남겼다. 이 기록을 통해서 이덕리가 유배지 옥주(진도)에서 『기다』를 저술했음이 확인된다.

『상두지』는 국방 전략과 군사 무기에 관련된 내용을 담고 있는 저술이다. 다산茶山 정약용丁若鏞(1762~1836)은 『경세유표經世遺表』와 『대동수경大東水經』에서 『상두지』의 내용을 인용하면서 저자著者를 분명하게 이덕리로 밝혔다.[2]

『상두지』 서문에 "계축년(1793) 정월 상순에 쓰다[癸丑正月上澣書]"라고 적은 내용을 통해서 『상두지』 역시 유배지 진도에서 저술되었음을 알 수 있다. 이덕리는 『상두지』 중 「치둔전치屯田」 항목에서 『상두지』와 관련된 자신의 또 다른 저술이 있었음을 다음과 같이 말했다.

다만 차는 천하가 똑같이 즐기는 것이지만, 우리나라만 유독 잘 모르므로 비록 모두 가져다 취하더라도 이익을 독점한다는 혐의가 없다. 국가가 채취를 시작하기에 꼭 알맞다. 영남과 호남에는 곳곳에 차가 있다. 만약 한 말의 쌀을 1근의 차로 대납케 하고 10근의 차로 군포를 대납하도록 허락한다면 수십만 근을 힘들이지 않고 모을 수가 있다. 배로 서북관의 개시開市에 운반해 월차越茶에 인쇄해서 붙여둔 가격과 같이 1냥의 차에서 2전의 은을 받으면, 10만 근의 차로 2만 근의 은을 얻을 수 있고 돈으로는 60만 전이 된다. 이 돈이면 한두 해가 못 되어 45개의 둔전屯田을 설치할 수 있다. 따로 「다설」이 있는데 아래에 첨부해 보인다.
獨茶者, 天下之所同嗜. 我東之所獨昧, 雖盡物取之, 無權利之嫌. 政宜自國家始採. 而嶺南湖南處處有茶. 若許一斗米, 代納一斤茶, 或以十斤茶, 代納軍布, 則數十萬斤, 不勞可集. 舟輸西北開市處, 依越茶印貼之價, 一兩茶取二錢銀, 則十萬斤茶, 可得二萬斤銀, 而爲錢六十萬. 不過一兩年, 而可置四十五屯之田矣. 別有茶說, 附見于下.[3]

이는 국가가 차를 전매하여 차 무역을 통한 수익금으로 45개의 둔전을 설치할 수 있다고 설명한 내용이다. 내용 끝에 "따로 「다설」이 있는데 아래에 첨부해 보인다"라고 말한 내용에서 '「다설」'은 바로 『기다』를 가리키는 것으로 보인다. 『기다』의 내용 중 「다설」 3번째 항목과 「다조」 3번째 항목의 내용이 「치둔전」의 내용과 서로 일치하기 때문이다. 아래에서 자세하게 살펴보겠지만, 『기다』의 세 번째 부분 「다조」에서는 『상두지』에서 언급하고 있는 차 무역의 구체적인 실행 계획과 절차에 대해서 자세하게 설명하였다. 그리고 「다조」 6번째 항목에서 간략하게 설명하고 있는 둔성屯城의 설치와 정비, 둔졸屯卒의 양성과 지망법地網法 등이 『상두지』에서는 더욱 구체적으로 설명되었다. 이로 보아 『상두지』에서 제안한 국방 강화를 실현하기 위한 재원 마련 방안으로 『기다』가 저술되었음을 알 수 있다.

『기다』의 구성과 내용

『기다』는 전체 내용이 모두 26항목이다. 백운동본에서는 뒷부분 7항목이 앞부분과 따로 분리되어 『강심』의 맨 끝부분에 「다조」라는 제목으로 필사되어 있으며, 제목 아래 "마땅히 위의 차에 관한 글 아래에 두어야 한다[當在上茶說下]"라고 추기追記해 놓았다. 즉 윗부분에 수록된 차에 관한 글인 『기다』에 포함된 글이라는 뜻이다. 의암본에서는 별도의 중간 제목 없이 전체 26항목이 연속해서 이어졌다. 그런데 5번째 항목에서 "우리나라는 차가 울타리 가나 섬돌 옆에서 나는데도 마치 아무 짝에 쓸데없는 토탄土炭처럼 본다. 뿐만아니라 그 이름조차 잊어버렸다. 그래서 「다설」 한 편을 짓고, 「다사」를 아래에 조목별로 나열하여 당국자가 시행해 볼 것을 건의한다[我東則産於笆籬堵岯 而視若土炭無用之物 並與其名而忘之 故作茶說一篇 條列茶事于左方 以爲當局者 建白措施之地云爾]"라고 한 내용을 통해서 『기다』는 「다설」과 「다사」, 그리고 「다조」 등 모두 세 부분으로 구성된 것을 알 수 있다.

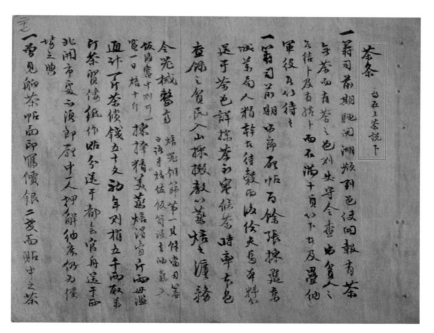

백운동본 『기다』 중 「다조」 부분과 추기追記.

『기다』를 저술한 의도를 설명한 「다설茶說」

이덕리는 『기다』 중 「다설」에서 『기다』를 저술한 의도를 설명했다. 먼저 1번째 항목을 읽어본다.

베와 비단, 콩과 조는 땅에서 나는데 절로 일정한 수량이 있다. 관가에 있지 않고 반드시 백성에게 있다. 적게 취하면 나라에서 쓸 것이 부족하고 많이 거두면 백성의 삶이 고달파진다. 금은과 주옥은 산과 못에서 난다. 애초에 품은 것에서 줄어들 뿐 늘어나는 법은 없다. (중략) 지금 만약 베나 비단, 콩과 조처럼 백성을 위해 하늘이 주거나, 금은이나 주옥처럼 나라를 부유하게 해 주는 것이 아니면서 황량한 들판의 구석진 땅에 절로 피고 지는 평범한 초목에서 얻어 이것으로 국가에 보탬이 되고 민생을 넉넉하게 할 수 있다면 어찌 그 일이 재물의 이익과 관련되어 있다고 하여 말하지 않을 수 있겠는가?

布帛菽粟, 土地之所生, 而自有常數者也. 不在於官, 必在於民. 少取則國用不足, 多取則民生倒懸. 金銀珠玉, 山澤之所産, 而孕於厥初, 有減而無增者也. (中略) 今若有非布帛菽粟之爲民所天, 金銀珠玉之爲國所富, 而得於荒原隙地, 自開自落之閑草木, 可以裨國家而裕民生, 則何可以事在財利, 而莫之言也.[4]

위 내용에서는 국방을 강화하기 위한 재원을 마련하기 위해서 차를 선택한 이유를 설명했다. 백성들에게 꼭 필요한 베와 비단, 콩과 조는 한정된 땅에서 백성들의 노력에 의해서 생산된다. 그런데 나라에 세금으로 바치고 백성들이 의식衣食으로 삼아야 해서 국방 강화를 위한 재원으로 사용하려면 생산량을 더욱 늘려야 하므로 백성들의 삶이 고달파지게 된다. 마찬가지로 금과 은, 구슬과 옥 같은 자원도 산과 못에 일정한 수량만이 매장되어 있는데, 이미 많은 양을 파내어 썼기 때문에 이제는 고갈되어 구하기가 어렵다. 하지만 구석진 땅에서 저절로 자라는 평범한 초목에 불과한 차茶를 이용한다면 국가 경제에 보탬이 되고 백성들의 삶을 넉넉하게 할 수 있으므로 차에 관해서 설명해 보겠다고 한 것이다. 그렇다면 이덕리는 무슨 이유로 차에 주목했던 것일까? 다음 2번째 항목에 그 이유가 잘 드러난다.

차는 남방의 좋은 나무다. 가을에 꽃이 피고 겨울에 싹이 튼다.

싹이 어린 것은 참새의 혀와 같다 하여 작설雀舌이라 하고, 새의 부리와 비슷해서 조취鳥嘴라고 한다. 오래되어 쇤 잎은 명茗·설蔎 또는 가檟·천荈이라고 한다. 신농씨 때 세상에 드러나 주관周官에 나란히 섰다. 후대로 내려와 위魏·진晉 시대부터 조금씩 성행하다가 당나라를 거쳐 송나라에 이르자 사람들의 솜씨가 점차 교묘해졌다. 천하의 맛 가운데 이보다 나은 것이 없고, 또한 천하에 차를 마시지 않는 나라가 없다. 북쪽 오랑캐는 차가 생산되는 고장에서 가장 멀리 떨어져 있다. 하지만 차를 즐기는 것이 북쪽 오랑캐만한 경우도 없다. 그들은 늘 육식을 하므로 배열背熱, 즉 등에서 열이 나는 것을 견디지 못하기 때문이다. 이로 말미암아 송나라가 요하遼夏를 견제하고, 명나라가 삼관三關을 누를 때도 모두 차를 써서 미끼로 삼았다.

茶者南方之嘉木也. 花於秋而芽於冬. 芽之嫩者曰雀舌鳥嘴, 其老者曰茗蔎檟荈. 著於神農, 列於周官. 降自魏晉浸盛, 歷唐至宋, 人巧漸臻. 天下之味, 莫尙焉. 而天下亦無不飮茶之國. 北虜最遠於茶鄕, 嗜茶者, 無如北虜. 以其長時餒肉, 背熱不堪故也. 由是宋之撫遼夏, 明之撫三關, 皆用是以爲餌.

차는 남방의 좋은 나무로 일찍부터 세상에 드러났으며, 음료 가운데 가장 맛이 좋아 차를 마시지 않는 나라가 없다고 말했다. 북쪽 지방에서는 차가 나지 않는데도 불구하고 그곳에 사는 오랑캐들은 주식主食이 고기이기 때문에 차를 마시지 않으면 등에서 열이 나는 배열병背熱病이 생기므로 차는 생존에 꼭 필요한 필수품이 되었다. 이러한 이유로 일찍부터 중국의 여러 나라는 오랑캐들을 견제하는 수단으로 차를 이용한 것이라고 하였다. 차의 효능을 통해서 차가 왜 중요한가를 설명한 것이다. 그런데 이덕리 이전에도 생존을 위해서 차를 꼭 마셔야 하는 오랑캐들과의 차 무역을 조정에 건의한 일이 있었다. 바로 1598년 정유재란丁酉再亂 당시 명나라 장수 양호楊鎬 (?~1629)가 선조宣祖에게 요동遼東과의 차 무역을 제안했던 것이다. 내용은 이렇다.

> 이 차를 채취해서 요동遼東에 팔면 10근에 은 1전을 받을 수 있으니 이것으로 생활할 수 있습니다. 서번西蕃 사람들은 기름진 음식을 즐겨 먹기 때문에 하루라도 차를 마시지 않으면 죽습니다. 그래서 중국에서는 차를 채취하여 팔아서 1년에 전마戰馬 1만여 필을 얻고 있습니다.
> 此茶採取, 賣諸遼東, 則十斤當銀一錢, 可以資生. 西蕃人喜喫膏油, 一日不喫茶則死矣. 中國採茶賣之, 一年得戰馬萬餘匹矣.[5]

양호는 서번, 즉 티베트 사람들이 차를 마시는 이유가 기름기를 제거하는 효능 때문이라고 말하면서 요동지역과의 차 무역을 선조에게 제안하였다. 이덕리도 양호와 마찬가지로 생존을 위해서 차를 꼭 마셔야 하는 오랑캐들에게 차를 판매한다면 국가 경제에 보탬이 되고 백성들의 삶을 넉넉하게 할 수 있다고 생각했던 듯하다.

3번째 항목에서는 우리나라에서 차를 전매할 수 있는 이유와 차 무역을 구체적으로 설명했다. 위에서 살펴본 『상두지』 「치둔전」과 내용이 일치한다.

먼저 읽을 내용은 차를 전매할 수 있는 이유를 설명한 부분이다.

우리나라에서 차가 생산되는 고장은 호남과 영남에 두루 퍼져 있다. 『동국여지승람』과 『고사촬요』 등의 책에 실린 것[6]은 그저 백 곳 열 곳 중 하나일 뿐이다. 우리나라 풍습이 작설을 약에 넣어 쓰면서도 차와 작설이 본래 같은 물건인 줄은 대부분 알지 못한다. 그래서 일찍이 차를 채취하거나 차를 마시는 자가 없었다. 혹 호사가가 연경의 시장에서 사가지고 올망정 가까이 나라 안에서 취할 줄은 모른다. 경진년(1760, 영조 36)에 차를 실은 상선이 와서 온 나라가 그제야 차의 생김새를 처음으로 알았다. 이후 10년간 실컷 써서 떨어진 것이 하마 오래되었는데도 또한 채취해서 쓸 줄은 모른다. 이렇게 보면 우리나라 사람에게 차란 그다지 긴요한 물건이 아니어서 있고 없고를 따질 것이 못 됨이 분명하다. 비록 물건을 죄다 취한다 해도 이익을 독점한다는 혐의는 없을 것이다.

我東産茶之邑, 遍於湖嶺. 載輿地勝覽, 攷事撮要等書者, 特其百十之一也. 東俗雖用雀舌入藥, 擧不知茶與雀舌, 本是一物. 故曾未有採茶飲茶者. 或好事者, 寧買來燕市, 而不知近取諸國中. 庚辰舶茶之來, 一國始識茶面. 十年爛用, 告乏已久, 亦不知採用, 則茶之於東人, 其亦沒緊要之物, 不足爲有無, 明矣. 雖盡物取之, 無權利之嫌.

이덕리는 우리나라에서 차가 나는 곳이 많음에도 불구하고 차를 약으로만 쓸 뿐 기호음료로는 마시지 않는다고 말했다. 또한 "차와 작설이 본래 같은 물건인 줄은 대부분 알지 못한다"라고 하여 차에 무지했던 당시 상황에 대해서도 증언하였다. 정조正祖 때 실학자 유득공柳得恭(1748~1807)도 『경도잡지京都雜志』에서 "차는 토산이 없어 연경의 시장에서 사온다. 혹 작설雀舌이나 강귤薑橘로 대신하기도 한다[茶無土産 貿於燕市 或代以雀舌薑橘]"[7]라고 적었던 것을 볼 때 이덕리가 말한 내용이 사실이었음이 확인된다. 또한 "호사가가 연경의 시장에서 사가지고 올망정 가까이 나라 안에서 취할 줄은 모른다"라고 했는데, 서유구徐有榘(1764~1845)도 『임원경제지林園經濟志』에서 이와 같은 당시 상황을 다음과 같이 증언하였다.

우리나라 사람들은 차를 그다지 마시지 않는지라, 나라 안에 절로 차의 종자가 있는데도 아는 이가 또한 드물다. 근래 50~60년 이래로 신분 높은 사대부들이 종종 차를 즐기는 사람이 있어 해마다 수레에 실어 사 가지고 오는 것이 걸핏하면 소와 말이 땀을 흘릴 정도이다.
東人不甚啜茶, 國中自有茶種, 而知者亦鮮. 近自五六十年來, 縉紳貴遊, 往往有嗜之者, 每歲爨輈之購來者, 動輒汗牛馬.[8]

서유구는 나라 안에 차가 자생하고 있음에도 불구하고 사람들이 차를 모르기 때문에 차를 즐겨 마시는 일부 사대부들은 중국에서 차를 구입해 온다고 하였다. 이덕리는 이처럼 우리나라 사람들이 차에 대해서 잘 모르기 때문에 국가가 차를 전매해도 아무런 문제가 생기지 않을 것이라고 말한 것이다.

다음은 국가가 차를 전매하여 차 무역을 행하는 구체적 방안을 제시한 내용으로 「다설」에서 가장 중요한 부분이다.

배로 서북지역의 개시처開市處, 즉 시장이 열리는 곳으로 운반해 가서 차를 은과 맞바꾸면 주제朱提의 최고급 은으로 만든 그릇과 촛대가 물길을 따라 잇달아 들어와 지역마다 배당될 수 있다. 이것을 말과 교환한다면 기주冀州 북쪽 지방의 준마와 양마가 성 밖 유한지有閑地에 가득하고 교외 목장에 넘쳐날 수 있다. 이를 비단과 맞바꾸면 서촉西蜀 지방에서 짠 고운 비단을 사녀士女들이 나들이옷으로 걸치고 깃발의 천도 바꿀 수 있다. 나라의 재정이 조금 나아지면 백성의 힘도 절로 펴질 것은 두말할 필요가 없다. 그럴진대 앞서 내가 황량한 들판의 구석진 땅에서 절로 피고 지는 평범한 초목을 얻어서 나라에 보탬이 되고 백성의 생활을 넉넉하게 할 수 있다고 말한 것은 결코 지나친 말이 아니다.

舟輪西北開市處, 以之換銀, 則朱提鍾燭, 可以軼川流而配地部矣. 以之換馬, 則冀北之駿良駃騠, 可以充外閑而溢郊牧矣. 以之換錦段, 則西蜀之織成綺羅, 可以袨士女而變旌幟矣. 國用稍優, 而民力自紓, 更不消言. 而向所云得於荒原隙地, 自開自落之閑草木, 而可以裨國家裕生民者, 殆非過言.

이덕리는 차를 만들어서 서북지역 시장으로 보내 판매한 대금代金으로 받은 은銀으로 다시 말과 비단으로 무역한다면 국방을 강화할 수 있고, 백성들이 비단옷을 입을 수 있다고 했다. 이로 인해 나라의 재정이 좋아지면 당연히 백성들의 생활도 넉넉해질 수 있기에 자신의 차 무역 구상이 결코 지나친 생각이 아니라고 강조했다.

5번째 항목에서 이덕리는 차 무역을 다음과 같이 건의하였다.

중국의 차는 아득히 떨어진 만 리 밖에서 난다. 그런데도 오히려 취해서 나라를 부유하게 하고 오랑캐를 방어하는 기이한 재화로 삼는다. 우리나라는 차가 울타리 가나 섬돌 옆에서 나는데

도 마치 아무 짝에 쓸모없는 토탄土炭처럼 본다. 뿐만 아니라 그
이름조차 잊어버렸다. 그래서 「다설」 한 편을 짓고 「다사」, 즉 차
에 관한 일을 아래에 조목별로 나열하여 당국자가 시행해볼 것
을 건의한다.

中國之茶, 生於越絕萬里之外. 然猶取以爲富國禦戎之奇貨. 我東則産於笆籬堦
陛, 而視若土炭無用之物. 並與其名而忘之. 故作茶說一篇, 條列茶事于左方, 以
爲當局者, 建白措施之地云爾.

중국은 만 리 밖에서 나는 차를 가지고 나라를 부강하게 하고 국방
을 강화하는 재화로 삼고 있는데도 우리나라는 가까운 곳에서 차가
자생하는데도 불구하고 쓸모없는 것으로 여기고 이름조차 잊어버린
실정이라고 말했다. 이러한 이유로 이덕리는 「다설」을 통해서 차가
무엇이고, 차가 왜 중요한지에 대해서 먼저 설명한 후, 이어서 「다
사」에서 차에 관한 일을 조목을 지어 나열하여 자신이 제안한 차 무
역 구상을 시행해 볼 것을 당국자에게 건의한다고 하였다.

차의 일반적인 내용을 소개한 「다사茶事」

「다사」에서는 모두 14항목에 걸쳐 차의 일반적인 내용을 소개하였
다. 관련된 내용을 묶어서 살펴보겠다.

1번째, 2번째, 12번째 항목은 찻잎과 관련된 내용이다. 1번째 항목
에서는 찻잎의 채취 시기에 따른 명칭이다. 차에는 섣달 이후부터 곡
우 이전까지 채취한 우전차雨前茶와 곡우 이후부터 망종 때까지 채취
한 우후차雨後茶가 있다. 하지만 곡우 때에는 찻잎이 아직 자라지 않

아서 소만이나 망종이 되어야만 크게 자란다고 설명했다. 이어서 2번째 항목에서는 채취하는 찻잎의 종류이다. "일창이라는 것은 처음 싹튼 첫 가지이고, 일기란 그 첫 가지에 달린 잎을 말한다[一槍者 謂初芽 一枝 一旗者 謂一枝之葉也]"라고 하였다. 그런데 일반적으로 창창은 어린싹을 뜻하는 것인데, 이덕리는 창을 가지[枝]라고 말했다. 이덕리는 이처럼 1번째 항목에서 '찻잎의 채취 시기에 따른 명칭'과 2번째 항목에서 '찻잎의 종류'에 대해서 설명한 후 12번째 항목에서 "차는 비온 뒤에 따는 것이 좋다. 잎이 어리고 깨끗하기 때문이다[茶之採 宜於 雨餘 以其嫩淨故也]"라고 찻잎을 따는 적절한 시기에 관해서도 적었다.

3번째와 14번째 항목은 차의 별칭에 관한 내용이다. 3번째 항목에서 차에는 고구사苦口師[9]와 만감후晚甘侯,[10] 그리고 감초甘草[11]라는 별칭이 있다고 하였다. 이덕리는 "근래 차를 채취하다가 여러 종류의 잎을 두루 맛보았다. 유독 찻잎은 혀로 핥으면 마치 묽은 꿀물에 적셔낸 것 같았다. 그제야 옛사람들이 사물에 이름을 붙이는 뜻이 억지가 아님을 믿게 되었다[近因採取 遍嘗諸葉 獨茶葉以舌舐之 有若淡蜜水漬 過者 始信古人命物之意 非苟然也]"라고 하여 차의 별칭이 억지로 생겨난 것이 아니라 경험에 의해서 생긴 것임을 부연 설명하였다. 그런데 차를 채취했다고 한 것으로 보아 이덕리가 유배지 진도에서 직접 찻잎을 채취하여 차를 만들었던 것으로 보인다. 14번째 항목에서는 '편갑片甲'이라는 차의 별칭에 대해서 적었다. 이덕리는 편갑이란 이른 봄에 딴 황차黃茶를 말하는 것인데, 표류선에 실려 있던 황차는 창창과 기旗가 이미 자라 이른 봄에 딴 황차가 아니라고 하였다.

4번째와 5번째 항목에서는 차의 종류를 떡차와 엽차로 구분해서 설명했다. 송나라 때 차는 주로 떡차였으며, 떡차 중에 색이 흰 것은 향약香藥을 넣고 만들었기 때문이라고 하였다.[12] 이덕리는 떡차가 향약을 넣어서 만들었기 때문에 맛과 향은 특별하지만 엽차의 효능에는 미치지 못하기 때문에 굳이 떡차를 만들 필요는 없다고 했다.

6번째, 7번째, 9번째, 10번째 항목은 차의 효능에 관한 내용이다. 먼저 6번째 항목에서는 우리나라에서 생산된 차의 효능에 대해서 다음과 같이 말했다.

> 차의 효능을 두고 어떤 이는 우리 차가 월越 땅에서 나는 것만 못할 것으로 의심한다. 내가 보니 색과 향과 기운과 맛이 조금도 차이가 없다. 다서에서 "육안차陸安茶는 맛이 낫고, 몽산차蒙山茶는 약용으로 좋다"고 했는데, 우리 차는 대개 이 둘을 아울렀다. 만약 이찬황과 육자우가 있다면 두 사람은 틀림없이 내 말이 옳다고 할 것이다.
>
> 茶之效, 或疑東茶不及越産. 以余觀之, 色香氣味, 少無差異. 茶書云: "陸安茶以味勝, 蒙山茶以藥用勝." 東茶盖兼之矣. 若有李贊皇陸子羽, 其人則必以余言爲然.

이덕리는 우리 차의 효능이 중국차와 조금도 차이가 없으며, 중국의 명차 육안차와 몽산차의 특징을 모두 갖고 있다고 말했다. 이처럼 이덕리가 우리 차의 효능에 대한 자부심을 드러낸 위 내용을 초의가 『동다송』에서 인용하였다.[13]

7번째 항목에서는 차의 여러 가지 효능을 설명했다. 이덕리는 차가

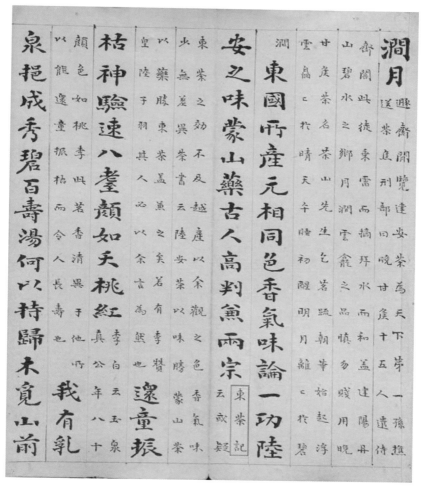

석오본 『동다송』 중 『동다기』를 인용한 부분. 개인 소장.

감기, 식체, 주육독, 흉복통, 설사병, 학질, 염병 등에 효과가 있다고
하였다. 여기서 주목할 점은 이덕리 자신이 직접 차를 만들어서 효능
을 실험했다는 사실이다.[14] 이덕리가 차의 효능을 직접 실험한 것은

오랑캐들이 차를 마시는 이유가 차의 효능 때문이므로, 차를 판매하기 위해서는 차의 효능이 가장 중요하다고 생각한 것이다. 그런데 7번째 항목의 내용 중에는 『기다』의 저술 시기를 추정할 수 있는 중요한 단서가 들어있다. 해당 부분을 읽어보자.

> 계해년(1743) 봄에 나는 상고당尚古堂에 들렀다가 요양遼陽의 사인士人 임 아무개가 부쳐 온 차를 마셨다. 잎이 작고 창이 없었으니, 생각건대 손초가 말한 우렛소리를 들으며 딴 것이었다. 당시는 한창 봄날이어서 뜨락에 꽃이 아직 시들지 않았다. 주인은 자리를 펴고 소나무 아래서 손님을 접대했다. 곁에 차 화로를 놓아두었는데 화로와 탕관은 모두 해묵은 골동품 그릇이었다. 각자 한 잔씩을 다 마셨다. 그때 마침 감기를 앓는 늙은 하인이 있었다. 주인이 몇 잔을 마실 것을 명하며 말했다. "이것이 감기를 낫게 할 수 있다." 벌써 40여 년 전의 일이다.
>
> 余於癸亥春, 過尚古堂, 飮遼陽士人任某所寄茶, 而葉小無槍, 想是孫樵所謂聞雷而採者也. 時方春月, 庭花未謝. 主人設席, 松下相待. 傍置茶爐, 爐罐皆古董彝器. 各盡一杯. 適有老傔患感者, 主人命飮數盃曰: '是可以療感氣.' 距今四十餘年.

이덕리는 1743년 상고당尚古堂[15]에서 차를 마신 것이 벌써 40여 년 전의 일이라고 말했다. 이 내용을 통해서 『기다』를 저술한 시기는 1783년경으로 짐작된다.

9번째 항목에서는 "차는 능히 사람의 잠을 적게 한다[茶能使人少睡]"는 차의 각성 효능을 설명했다. 이와 유사한 내용이 「다조」 7번째 항목에서 한 번 더 나온다. 의암본에서는 9번째 항목 끝에 "뒤에 개고 한 조항과 함께 참고해서 볼 것[與下改稿條參看]"이라는 추기가 있으며,[16] 「다조」 7번째 항목 끝에 "이 단락은 앞쪽의 '소수少睡'로 시작되는 조목을 개고한 것이다[此段卽上少睡條改稿也]"라는 추기가 있는 것을 볼 때,[17] 「다사」 9번째 항목과 「다조」 7번째 항목의 내용이 서로 중복되므로 이러한 추기를 적은 것으로 보인다.

10번째 항목에서는 "대숲 사이에서 나는 차[竹間之茶]", 즉 죽로차竹露茶의 효능이 더 크다고 하였다. 조선 후기 승려 아암兒菴 혜장惠藏(1772~1811)도 「탁옹께서 내게 시를 보내시어 좋은 차를 구하셨다. 마침 색성 상인이 먼저 드렸으므로 다만 그 시에 화답만 하고 차는 함께 보내지 않는다[籜翁貽余詩 求得佳茗 適賾上人先獻之 只和其詩 不副以茗]」라는 시에서 "차 따는 사람에게 얘기 들으니[聞諸採茶人], 대숲에서 나는 것이 가장 좋다[最貴竹裡挺]"고 말했다. 이로 보아 당시에는 '죽로차'를 더 좋은 차로 인식했던 것을 알 수 있다

8번째 항목은 차의 부작용에 관한 내용이다. 이덕리는 자신이 냉차를 마신 후 목에 가래가 끓어오른 경험을 한 후 "식은 차는 도리어 가래를 끓게 할 수 있다는 주장을 더욱 믿게 되었다[益信冷則反能聚痰之說]"라고 했다. 이덕리가 말한 '가래를 끓게 할 수 있다는 주장'이란 바로 허준許浚(1539~1615)의 『동의보감東醫寶鑑』「고차苦茶」 항목의 "차는 뜨겁게 마시는 것이 좋고, 차가우면 가래가 끓는다[飮之宜熱 冷則聚痰]"라는 내용을 가리키는 것으로 보인다.

11번째와 13번째 항목은 차의 이익에 관해 말한 내용이다. 11번째

항목에서는 동복同福의 수령이 여덟 말의 작설을 따서 차고茶膏를 만들었던 일화를 소개하면서 여덟 말이나 되는 어린싹을 어렵게 따서 단지 쓴맛만 나는 차고를 만들기보다는 어린싹이 좀 더 자라기를 기다렸다가 채취하여 차를 만들어 판매한다면 큰 이익이 생겨 국가를 이롭게 할 수 있었는데도 그렇게 하지 않았던 것을 애석해했다. 13번째 항목에서는 『문헌통고文獻通攷』를 통해서 중국에서 차를 나라에서 관리하는 이유는 차의 이익이 몹시 크기 때문이라고 말했다.

이덕리가 이처럼 「다사」에서 차에 관한 일반적인 내용을 설명한 것은 당시 사람들이 차에 대해서 너무 몰랐기 때문이다. 이덕리는 차 무역을 제안하기에 앞서 차의 일반적인 내용을 상세하게 설명한 것이다.

차 무역의 구체적인 실행 계획을 설명한 「다조茶條」

「다조」는 「다설」에서 언급한 차 무역 구상에 관한 실행 계획을 구체적으로 설명한 부분이다. 먼저 읽어볼 1번째 항목은 준비과정에 관한 내용이다.

주사籌司에서는 시기에 앞서 호남과 영남의 여러 고을에 공문을 보내, 차가 있는지 없는지를 보고하게 한다. 차가 있는 고을은 수령으로 하여금 가난한 자 가운데 토지가 없거나, 토지가 있더라도 벼 100단을 채우지 못하는 자 및 군역을 중첩해서 바치는 자를 조사해서 대기하게 한다.

籌司前期, 馳關湖嶺列邑, 使開報有茶無茶, 而有茶之邑, 則使守令查出貧人之無

結卜, 及有結卜而不滿十負以下者, 及一家疊納軍役者, 以待之.

차 무역을 주관하는 관청은 주사籌司, 즉 비변사備邊司이다. 비변사에서는 먼저 호남과 영남의 여러 고을에 공문을 보내 차가 있는지 없는지를 보고하게 한다. 「다설」 3번째 항목에서 "우리나라에서 차가 생산되는 고장은 호남과 영남에 두루 퍼져 있다. 『동국여지승람』과 『고사촬요』 등의 책에 실린 것은 그저 백 곳 열 곳 중 하나일 뿐이다"라고 말한 것처럼 호남과 영남지방에 산재해 있는 차 산지 중에서 대량으로 찻잎을 딸 수 있는 지역을 먼저 파악하고자 한 것이다. 차 산지를 파악한 후에는 해당 고을 수령에게 가난한 백성들을 선발하여 찻일에 활용할 수 있도록 대기하게 하였다. 가난한 백성 중에서 "벼 100단을 채우지 못하는 자"란 조선시대 논과 밭에서 나는 수확 및 과세 단위[18]를 나타낸 것이다. '벼 100단'은 '100속束'을 뜻하며, '10부負' 혹은 '10분의 1결結'과 같다. '벼 100단'의 양은 조선 중기 문신 조익趙翼(1579~1655)의 『포저집浦渚集』에 의하면 "1결의 농지 중 토질이 비옥하고 풍년이 들었을 경우에는 40~50석을 수확할 수 있고, 토질이 보통이고 평년작일 경우에는 20~30석을 수확할 수 있으며, 토질이 척박하고 흉년이 들었을 경우에는 10~20석을 수확할 수 있다"[19]고 하였다. 따라서 '벼 100단'은 『포저집』에서 말한 1결의 농지에서 수확할 수 있는 곡식의 1할에 해당하는 아주 적은 수량을 뜻한다.

2번째 항목에서는 차를 만드는 과정과 보상에 관하여 구체적으로 설명했다.

주사에서는 시기에 앞서 낭청첩 100여 장을 내서 서울의 약국에 있는 사람 중에 일처리 잘하는 사람을 가려 뽑는다. 곡우가 지나기를 기다려 역부役夫와 말, 초료草料 등을 지급하여 차가 나는 고을로 이들을 나누어 보내 차가 나는 곳을 자세히 살피게 한다. 차를 따야 할 때를 잘 살펴서 본 읍에서 심사하여 기록해둔 가난한 백성을 이끌고 산으로 들어가 찻잎을 채취해 고른다. 찻잎을 찌고 불에 쬐어 말리는 방법을 가르쳐주되 힘써 기계를 가지런히 정돈케 한다. 불에 쬐어 말리는 그릇은 구리로 만든 체가 가장 좋다. 그 나머지는 마땅히 대나무 발로 쓴다. 여러 절에서는 밥 소쿠리로 불에 쬐어 말리는 일을 돕는데, 소쿠리에 밥을 넣어 기름기가 빠져나가게 한 뒤에 부뚜막 안에 두면, 부뚜막 하나에서 하루 10근씩 불에 쬐어 말릴 수 있다. 찻잎은 아주 좋은 것만 가려내어 알맞게 찌고 말리되 근량을 넘치게 하면 안 된다. 통틀어 계산하여 한 근의 차를 돈 50문으로 쳐서 보상해준다. 첫해에는 5,000냥으로 한정해서 1만 근의 차를 취한다. 일본 종이를 사와서 포장하여 도회지로 나누어 보낸다. 관용 배로 서북 개시開市로 보내는데, 또한 낭청 가운데 한 사람이 압해관이 되어 창고에 봉납하고, 인하여 수고를 보상하는 은전을 베푼다.

籌司前期, 出郎廳帖百餘張, 揀選京城藥局人精幹者, 待穀雨後, 給夫馬草料, 分送于茶邑. 詳探茶所, 審候茶時, 率本邑查錄之貧民, 入山採掇, 敎以蒸焙之法, 務令器械整齊. 焙器銅篩第一, 其餘當用竹簾. 而諸寺焙佐, 飯筥浸去, 油氣入飯後竈中, 則可一簞一日焙十斤. 揀擇精美, 蒸焙得宜, 斤兩毋濫, 通計一斤茶, 償錢五十文. 初年則梢五千兩. 取萬斤茶, 貿倭紙作貼, 分送于都會. 官舟送于西北開市處, 亦須郎廳中一人押解納庫, 仍爲償勞之典.

비변사에서는 먼저 서울의 약국藥局에서 일 처리를 잘하는 사람들을 선발하여 곡우가 지나면 미리 조사해 두었던 차 산지로 나누어 보내, 대기하고 있던 가난한 백성들을 이끌고 찻잎을 따고 차를 만드는 일을 관장管掌하게 하였다. 비변사에서 약국의 사람들을 선발한 이유는 조선시대에는 차가 주로 약재藥材로 인식되고 활용되었기에 이들이 차에 대해서 잘 알았기 때문이다. 「다설」 3번째 항목에서 "우리나라 풍습이 작설을 약에 넣어 쓰면서도 차와 작설이 본래 같은 물건인 줄은 대부분 알지 못한다"라고 한 내용과, 「다사」 7번째 항목에서 "그 뒤 차를 실은 상선이 들어오자, 사람들은 또 설사를 치료하는 약제로 여겼다[其後舶茶之來 人又以爲泄痢之當劑]"라고 언급한 내용을 통해서 당시에 차는 기호음료보다는 병을 치료하는 약藥으로 인식했던 것을 알 수 있다. 궁중宮中에서도 차를 약으로 활용했던 사실이 『승정원일기承政院日記』에 보인다. 내용은 이렇다.

상께서 말하였다. "황차를 마시면 어떨까?" 봉한이 말하였다. "민간에서는 많이들 쓰고 약효가 있다고 합니다. 그러나 상께 올리는 약으로서는 그 근본을 알 수 없는 것을 가볍게 올릴 수는 없습니다." 상께서 말하였다. "그렇다."
上日: "黃茶欲試服, 何如." 鳳漢曰: "閭巷試用多有效. 而御藥, 不可以未詳根本者, 輕易進用矣." 上曰: "然矣."[20]

위 내용을 통해서 당시에 민간과 궁중에서 차를 약재로 활용하고 있었음을 알 수 있다. 다산 정약용도 『목민심서牧民心書』에서 "작설차는 마땅히 약방에서 구입해야 한다[雀舌宜貿於藥鋪]"라고 한 것을 볼 때, 조선시대에는 차를 약방에서 약재로 판매했던 것으로 보인다.

차를 만드는 방법으로 "찻잎을 찌고 불에 쬐어 말리는 방법을 가르쳐 준다"라고 한 내용을 통해서 찻잎을 수증기로 찌는 증청법蒸青法으로 차를 만들었음을 알 수 있다. 「다사」 11번째 항목에서도 "또 여덟 말을 따는 수고로움이라면 족히 수천 근을 쪄서 불에 쬐어 말리는 일을 감당하기에 충분하다[又八斗採掇之勞 足當數千斤蒸焙之役]"라고 했다. 조선 후기 문인 윤형규尹馨圭(1763~1840)의 「다설茶說」에서도 "차싹과 잎을 거두어 모아서 찌고 말려서 약을 만드는 것 또한 쉽지가 않다[收聚芽葉 蒸曝成藥 亦不容易]"[21]라고 말한 내용을 통해서 증청법으로 차를 만들었음이 확인된다.

차가 만들어지면 찻일에 참여한 가난한 백성들에게 완성된 차 한 근당 50문씩의 임금을 지급하고, 일본 종이로 1냥(37.5g)씩 포장하여 관용 배로 서북 시장으로 보낸다고 하였다.

다음 3번째 항목에서는 차의 판매 가격과 수익에 관한 내용을 다루었다.

예전에 상선에 실린 차를 보니 겉면에 찍어서 써 붙인 가격이 은 2전이었고, 첩에 든 차는 1냥(37.5g) 무게였다. 하물며 압록강 서쪽은 연경과의 거리가 수천 리나 된다. 두만강 북쪽은 심양과의 거리가 또 수천 리다. 한 첩에 2전이면 가격이 너무 저렴해서 우습게 보일까 염려될 정도다. 하지만 한 첩에 2전씩 값으로 친다 해도 1만 근(6톤)의 차 값은 은으로 3만 2,000냥에 해당하고 돈으로는 9만 6,000냥이 된다. 해마다 더욱 많이 채취하여 100만 근(600톤)으로 하면 비용으로 쓰는 돈 50만 냥이 국가의 경비가 되어 조금이나마 백성의 힘을 덜어줄 것이니 어찌 큰 이익이 아니 겠는가?

曾見舶茶, 貼面印寫價銀二戔. 而貼中之茶, 乃一兩也. 況鴨江以西, 去燕京數千 里, 豆江以北, 去瀋陽又數千里. 則一貼二戔, 恐以太廉見輕. 然第以一貼二戔論 價, 則萬斤茶價, 銀當爲三萬二千兩. 爲錢九萬六千兩. 年年加採百萬斤, 費錢五 十萬, 爲國家經費, 而少紓民力, 則豈非大利也.

이덕리는 일본 종이로 1냥씩 포장한 차의 판매 가격을 은銀 2전으 로 정하여 차 1만 근을 판매하면 은으로는 3만 2,000냥에 해당하고,[22] 돈錢으로는 9만 6,000냥이 된다고 하였다. 해마다 생산량을 늘려 100 만 근의 차를 만들면 가난한 백성들에게 지급하는 보상비는 50만 냥 이 되기 때문에 가난한 백성들에게는 큰 이익이 될 것이므로 백성들 의 생활이 나아질 것이라고 말했다. 이덕리가 차 1냥의 가격을 은 2 전으로 정한 것은 「다설」 3번째 항목에서 언급했던 경진년庚辰年 (1760)에 표류해온 중국 상선에 실린 차의 포장 단위 및 판매 가격과 동일하게 정한 것으로 보인다.

다음 4번째 항목에서는 차 무역으로 발생할 수 있는 문제에 관해 설명한다.

의논하는 자들은 저들 중국이 만약 우리나라에 차가 있는 것을 알게 되면 반드시 공물로 바칠 것을 요구할 테니 후대에 두고두 고 폐단을 열게 될 것을 염려한다. 하지만 이는 어리석은 백성 이 고을 관리가 날마다 잡아오라고 닦달하는 것이 두려워 고기 가 있는 연못을 메워 미나리를 심는 것과 무엇이 다르겠는가?

이제 만약 수백 수천 근의 차를 실어다 주어 천하로 하여금 우리나라에도 차가 있다는 것을 환히 알게 한다면, 연나라 남쪽과 조나라 북쪽의 장사꾼들이 온통 수레를 삐걱대고 말을 달려 책문을 넘어 동쪽으로 몰려들 것이다. 앞서 1만 근의 차로 한정했던 것은 진실로 먼 지역의 이목이 닿지 않고 한 모퉁이의 재화가 미처 모이지 않을까 걱정되고 물건이 정체될 염려가 있기 때문이었다. 만약 장사를 해서 재고가 쌓이지 않게 한다면, 비록 100만 근이라도 너끈히 마련할 수 있을 것이다. 숭양의 종자를 또한 장차 뽑지 않고도 더욱 무성해질 것이니, 이는 실로 쉬 얻을 수 없는 기회인 셈이다. 어찌 이 때문에 걱정하겠는가?

議者必謂彼中若知我國有茶, 則必徵貢茶, 恐開弊於無窮. 而此與愚民畏縣官之日採, 塡魚池而種芹者, 何異? 今若輸與數百千斤, 使天下昭然知東國之有茶, 則燕南趙北之商, 擧將轔轔趵趵, 踰柵門而東矣. 向欲以萬斤茶爲限者, 誠恐遠地之耳目不長, 一隅之財貨未集, 有滯貨之患故也. 若使有售無滯, 雖百萬斤, 可以優辦, 而崇陽之種, 亦將不拔而益滋, 此實不易得之機也. 何可以此爲阻.

이덕리는 차 무역을 하게 되면 중국이 조선에 차가 있다는 것을 알게 되어 차를 공물로 바칠 것을 요구할 수 있으므로 후대에 두고두고 폐단이 될 것이라고 의논하는 자들이 염려하겠지만, 이는 어리석은 생각이라고 하였다. 이덕리가 『기다』를 저술할 당시에는 청나라에 차를 공물로 보내지는 않았지만, 정묘호란丁卯胡亂과 병자호란丙子胡亂이 끝난 후 청나라의 요구로 많은 양의 차를 공물로 보낸 적이 있었다.[23] 이덕리는 중국이 우리나라에서 차를 무역하는 것을 알게 되어 다시 공물로 차를 바치라고 한다면 오히려 수백 수천 근을 바쳐서라도 조선에 차가 있다는 것을 천하에 널리 알릴 좋은 기회로 삼으면 된다고 하였다. 중국의 상인들이 우리나라에도 차가 있다는 것을 알게 된다면 차를 사기 위해 몰려들 것이기 때문에 그들에게 차를 팔아 큰 수익을 낼 수 있다고 생각했기 때문이다.

다음 5번째 항목에서는 차 시장 운영 방법에 관해서 설명한 내용이다.

기왕 차시茶市를 연다면 모름지기 감시어사監市御史와 경역관京譯官과 압해관押解官 등을 따로 뽑아야 한다. 수행인에 이르러서도 모두 일을 주관하는 자를 임명해야지 전처럼 단지 용만龍灣 사람만 시장에 오게끔 허락해서는 안 된다. 대개 난하灤河의 풍속이 교활한 데다 진실로 개 같아서 저들에게 실정이 알려지면 믿을 수 없는 점이 있기 때문이다. 또 차시가 파한 뒤에는 상급을 더욱 낮게 주어서 마치 자기 일을 보듯 하게 한 뒤에라야 바야흐로 오래 행하여도 폐단이 없다. 좋은 미끼 아래 반드시 죽는 고기가 있다고 하는 것은 바로 이를 두고 하는 말이다.
既開茶市, 則須別擇監市御史京譯官押解官之屬, 至於隨行人, 皆以幹事者差定, 不可如前只許灤人赴市. 盖灤俗獗苟狗態, 輸情于彼人, 有不可信者故也. 且茶市罷後, 優加賞給, 使視作己事然後, 方可久行無弊. 香餌之下, 必有死魚云者, 政謂是也.

이덕리는 차 시장을 열면 차 시장을 감독할 수 있는 감시어사와 중국 상인들과의 통역을 위한 경역관, 그리고 차 시장까지 차를 운반하는 업무를 담당하는 압해관을 따로 선발하여 차 시장에 관련된 업무를 주관하도록 하였다. 이는 나라에서 선발한 관리들이 차 시장을 관리 감독하게 하여 더욱 원활하게 차 시장을 운영하기 위한 방안이었다. 차 시장이 파한 뒤에 이들 관리에게 수고에 대한 보상을 넉넉하게 해준다면 관리들이 자기 일처럼 책임감을 갖고 열심히 일할 것이라고 하였다. 매우 구체적이고 실제적인 운영 방법을 제시한 것이다.

6번째 항목은 차 무역을 통해 발생한 수익금의 활용 방법을 설명한 내용이다.

검소하던 우리나라에 만약 갑작스레 평상의 세금 외에 수백만 냥이 생긴다면 무슨 일이든 못하겠는가? 다만 재용財用이 넉넉해지면 여기저기서 마구 빼앗아갈 단서가 많아지게 마련이다. 상하가 마음을 합쳐 본전과 잡비(잡비란 종이 값과 뱃삯 따위를 말한다)와 수고한 사람에게 주는 상여금 외에는 한 푼도 다른 데 가져다 쓸 수 없게 해야 한다. 비록 쓰는 바가 서로 관련은 없지만 단지 서변西邊의 성읍과 연못 및 길을 쌓고 정비하는 데만 사용한다. 좌우 5리 안에 사는 백성에게는 토지세의 절반을 감면해주어 그들로 하여금 성관城館을 쌓고 도랑을 파는 데 힘을 쏟게 하여 천리의 길을 고치실이나 대롱처럼 끊임없이 이어지게 하고, 길가의 봇도랑을 촘촘한 그물같이 연결시킨다. 금년에 못 다한 것은 내년에 이어 시행한다. 또 서쪽 변방에서 재주와 힘을 갖춘 인재를 모집하여 둔성屯城에 데려다가 날마다 활쏘기를 익히게 한다. 둔성 하나마다 수백 명을 두어 포를 쏘아 합격한 자는 특별히 상금을 내리고 처자와 함께 생활할 수 있게 한다. 이렇게 한다면 평상시에도 수만 명의 막강한 군대를 보유하는 셈이 되니, 어찌 도적을 막고 이웃 나라에 위엄을 보이기에 충분하지 않겠는가?

以我國之素儉, 若暴得數百萬於常稅之外, 則何事不可做. 但財用既優, 則撓奪多端. 若上下齊心, 而於本錢雜費 雜費紙價船價之屬. 償勞之外, 不許遷動一毫. 雖所需無得相關, 只用於西邊修築城邑池及路傍, 左右五里, 減田租之半, 俾專力於築城館開溝洫, 使千里之路, 如繭管之窄, 使路傍之溝, 如地網之密. 今年未盡者, 明年繼行. 又募西邊材力之士, 取以於屯城, 日日習射. 聽一屯城 置數百人, 射砲中格者, 優加數償賫, 使可以畜妻子, 則是常時有數萬莫强之兵, 豈不足以禦暴客而威鄰國哉.

차 무역을 통해 발생한 수익금은 차 시장 운영에 관련된 관리들에게 지급하는 임금과 제반 경비를 제외하고는 다른 곳에는 일절 쓰지 말고 오직 국방을 강화하는 재원으로만 사용하자는 내용으로 이덕리가 가장 중요하게 생각한 부분이다. 구체적인 내용은 먼저 서쪽 변방 좌우 5리 안에 사는 백성들에게 토지세의 절반을 감면해 주고 그들에게 성읍과 연못 및 길을 쌓고 정비하게 하여 서울까지 끊임없이 이어지게 하고 촘촘한 그물처럼 연결시켜야 한다고 하였다. 그 다음에는 군사들을 모집하여 훈련을 시키고 우수한 군사들에게는 특별히 상금을 내리고 가족과 함께 살 수 있도록 한다면 막강한 군대를 보유하게 되어 국방을 강화할 수 있다고 하였다. 이덕리는 이 모든 일이 차 무역을 통해 발생한 재원으로 가능하다고 본 것이다.

이덕리는 「다조」에서 국방 강화에 소요되는 경비에 대해서는 구체적으로 밝히고 있지 않지만, 『상두지』에서는 45개의 둔성屯城에서 4,500명의 군사를 양성할 경우 13만 5,000냥이 소요된다고 하였다.[24] 그리고 둔성마다 군인들이 경작할 수 있는 둔전屯田을 구입할 때 소요되는 비용은 225만 냥이 필요하다고 하였다.[25] 이덕리가 「다조」 2번째 항목에서 설명한 것처럼 100만 근의 차를 판매한다면 여기서 얻을 수 있는 수익금은 960만 냥이 되고, 여러 가지 제반 비용을 넉넉하게 제하더라도 800만 냥 이상의 수익금이 발생하게 된다. 이덕리는 이 수익금으로 둔전을 구입하는 비용과 군사를 양성할 때 드는 비용뿐만 아니라 성읍과 연못 및 길을 쌓고 정비할 때 소요되는 엄청난 비용을 충분히 감당할 수 있다고 생각한 것이다. 이덕리의 이러한 생각은 당시에는 누구도 생각하지 못했던 독창적이고 획기적인 발상으로 충분히 실현 가능한 방안方案이었다.

『기다』 이본異本

『기다』는 현재 백운동본白雲洞本과 법진본法眞本 그리고 의암본衣巖本 등 세 종류 이본이 전해진다. 백운동본과 의암본은 한양대 정민 교수가,[26] 법진본은 용운 스님이 발굴 소개하였다.

백운동본은 다산의 막내 제자이자 강진 백운동 별서 제5대 동주峒主 자이당自怡堂 이시헌李時憲(1803~1860)이 필사한 이덕리의 시문집 『강심』에 수록된 이본이다. 백운동본은 『기다』 중 「다조」 부분이 따로 분리되어 『강심』의 끝부분에 필사되어 있다. 이시헌이 「다사」의 내용 끝에 "이하 10조목은 지금 흩어져서 적을 겨를이 없다[以下十條 今散帙 不暇錄]"라고 추기追記한 것을 볼 때 흩어져 있던 원고를 수습하여 필사할 당시에는 「다조」 부분을 찾지 못하여 필사를 못했지만, 나중에 찾게 되어 추가로 필사했던 것으로 보인다. 이시헌은 『강

백운동본 『강심』의 표지. 정민 제공.

백운동본 『강심』에 수록된 『기다』.

4. 『상두지』의 국방강화 재원마련 방안 『기다』　**117**

심』을 필사한 후 "'강심'의 의미는 자세하지 않다. 이 한 책에 적힌 사와 문 및 시는 바로 이덕리가 옥주의 유배지에서 지은 것이다[江心之義未詳 此一册所錄辭文及詩 乃李德履沃州謫中所作]"라고 『강심』의 저자가 이덕리임을 분명하게 밝혀 놓았다.

의암본은 선문대학교 의암 김규선 교수가 소장한 필사본이다. 초서草書로 필사된 백운동본을 해서楷書로 옮겨 적으면서 백운동본에서는 따로 떨어져 있던 「다조」 부분이 「다사」 14항목 끝에 '「다조」'라는 별도의 중간 제목 없이 연속해서 필사하여 「다설」, 「다사」, 「다조」 세 부분을 하나로 묶어서 편집했다.

법진본은 백암사白巖寺 사미沙彌 법진法眞이 1891년 대둔사에서 필사한 『다경합茶經合』에 수록되어 있다. 『다경합』 목차에는 『다기茶記』로 되어 있지만, 본문에는 『기다記茶』로 되어 있다. 『다경합』에는 당나라 육우陸羽의 『다경茶經』, 소이蘇廙의 『십육탕품十六湯品』, 송나라 나대경羅大經의 『학림옥로鶴林玉露』 중 「다병탕후茶瓶湯候」, 김명희金命喜의 「다법수칙茶法數則」, 명나라 왕상진王象晉의 『군방보群芳譜』 중 「다보茶譜」, 이덕리의 『기다記茶』, 초의의 『채다론採茶論』과 『동다송東茶頌』이 필사되어 있으며, 끝에는 법진의 발문跋文이 들어 있다.[27] 법진본은 「다설」의 세 번째 단락 일부와 4번째 단락, 그리고 「다사」 11번째 단락과 「다조」 부분이 누락된 불완전한 이본이며, 저자도 이덕리가 아닌 전의이全義李로 되어있다. 법진본은 용운 스님에 의해 발굴되어 월간 『다담茶談』 1991년 12월호부터 1992년 10월호까지 모두 9회에 걸쳐 소개되었다. 법진이 필사한 『다경합』의 원본은

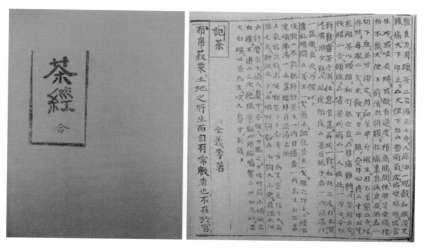

법진본 『다경합』 표지와 그 안에 수록된 『기다』, 개인 소장.

초의가 생전에 직접 필사해 놓은 것으로 당시 대둔사大芚寺 진불암眞
佛庵에 보관되어 있던 초의의 유품이다.[28] 초의에게 대승계大乘戒를
받았으며, 초의의 선차禪茶를 계승한 범해梵海 각안覺岸(1820~1896)은
「다가茶歌」에서 "『다경』, 『다탕』, 『다보』, 『다기』, 『다론』과 『다송』
등[經湯譜記及論頌], 넓은 하늘 하나의 별 혹 불에 타 없어지리[一星燒
送無邊天], 기정은 힘껏 써서 나와 함께 전함이 어떠한가[如何奇正力書
與我傳]"[29]라고 할 정도로 초의의 『다경합』은 당시 승려들에게 매우
귀중하게 인식되었던 듯하다.

이상으로 18세기 후반 이덕리가 유배지 진도에서 저술한, 국가가
차를 전매하여 중국과의 차 무역을 통해서 국방을 강화하기 위한 재
원을 마련하는 방안을 담고 있는 『기다』를 검토하였다. 검토한 내용

을 정리하면 다음과 같다.

첫째, 서론에 해당하는 「다설」에서는 『기다』를 저술한 의도를 설명하였다.

차는 황량한 들판의 구석진 땅에서 저절로 자라는 평범한 초목이지만 국가 경제에 보탬이 되고 백성의 삶을 넉넉하게 할 수 있다고 하였다. 그러므로 호남과 영남지역에 두루 퍼져있는 차 산지에서 찻잎을 채취하여 차를 만들어 서북지역 시장으로 보내 은과 말, 그리고 비단과 무역한다. 차 무역으로 나라의 재정이 충실해지면, 백성들의 생활이 넉넉해질 수 있고 국방을 강화시킬 수 있기 때문에 차 무역에 관한 글을 지어 당국자에게 시행해 볼 것을 건의한다고 하였다.

둘째, 본문에 해당하는 「다사」에서는 차의 일반적인 내용을 설명하였다. 찻잎의 채취 시기와 찻잎의 종류, 차의 별칭, 차의 종류, 차의 효능 등에 관해서 설명하였으며, 『기다』의 저술 시기를 추정할 수 있는 중요한 단서도 기록해 놓았다. 이덕리는 우리나라 차의 우수성을 높이 평가하면서 자신이 직접 찻잎을 따고 차를 만들어 여러 증상에 두루 시험해본 경험과 자신이 체험한 차의 부작용에 대해서도 기록했다. 또한 차와 관련된 일화를 통해서 당시 사람들이 차에 대한 인식이 어떠하였는지도 증언하고 있으며, 차의 이익이 몹시 크기 때문에 국가 경제와 깊은 관련이 있다고 강조하였다.

셋째, 「다조」에서는 차 무역의 구체적인 실행 계획과 절차에 관해서 설명하였다.

차 무역은 비변사에서 주관하며, 호남과 영남의 여러 고을에 공문을 보내 차의 유무를 보고하도록 하였다. 차 산지에서는 고을 수령에게 가난한 백성들을 선발하여 찻일을 할 수 있도록 대기시키고, 비변사에서는 약국에서 차를 잘 아는 사람들을 따로 선발하여 차 산지로 보내 찻일을 관장하게 하였다. 가난한 백성들에게 찻잎을 따고 차 만드는 방법을 가르쳐서 차를 만들게 하여 차 한 근에 50문씩 백성들에게 수고비를 준다. 첫해에 1만 근의 차를 만든다면 가난한 백성들에게 5,000냥의 수고비를 줄 수 있다고 하였다. 1만 근의 차를 일본 종이로 1냥(37.5g)씩 포장하여 서북 시장으로 보내 판매한다. 한 첩에 2전씩 판매하면 은으로는 3만 2,000냥이 되고, 돈으로는 9만 6,000냥이 된다고 하였다. 해마다 생산량을 늘려 100만 근에 이르면 가난한 백성들에게 50만 냥의 수고비를 줄 수 있게 되므로 백성들의 생활이 넉넉해지게 되고, 막대한 판매 이익금으로 국가 경제가 튼튼해질 수 있다고 하였다. 이처럼 국가 경제가 튼튼해지면 국방을 강화하여 도적을 막고 이웃 나라에 위엄을 보일 수 있게 된다고 하였다.

이덕리가 차 무역에 관한 내용을 담은 『기다』를 저술한 이유는 자신이 지은 국방 전략과 군사 무기에 관련된 전문서 『상두지』에서 제안한 국방 관련 기획을 실현하기 위한 막대한 재원을 차를 이용하여 마련하기 위함이었다.

『기다』는 차 무역의 실행 방법과 단계까지 구체적으로 설명하고 제안한 독창적이고 실용적인 내용을 담고 있는 실학적 저술이다. 아울러 조선시대 저술된 다서茶書 중 유일하게 차 무역에 관한 내용을 담고 있어 학술적으로 매우 가치가 높다고 하겠다.

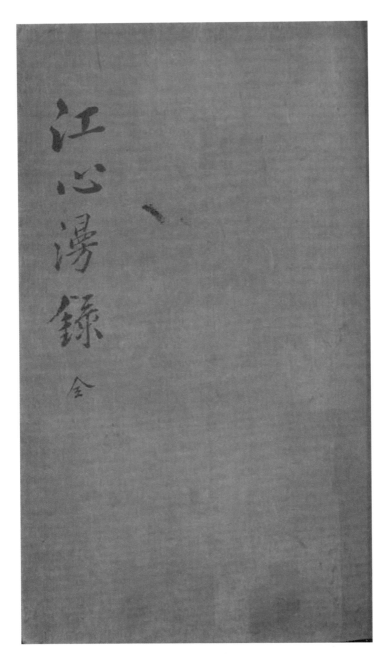

의암본 『강심만록』 표지. 김규선 소장. 정민 제공.

조선 음다풍속의 재발견

之一年可忘其習二年可忘其味烟茶之難斷習與
味而已習與味俱忘而後可□□□□□□□□□
□□記茶□□□□□□□□□□□□□□□□
布帛菽粟土地之所生而自有常數者也不在於官
止在於民少取則國用不足多取則民生倒懸金銀
珠玉山澤之所産而孕於厥初有減而無增者也觀
於秦漢之賞賜黃金率以百千斤爲槖至於宋明之
際白金以兩計古今之貧富於斯可見矣今若有非
布帛菽粟之為民所天金銀珠玉之為國所富而得
於荒原隙地自開自落之間草木可以裨國家而裕

民生則何可以事在財利而莫之言也

茶者南方之嘉木也花於秋而芽於冬芽之嫩者曰

崔舌鳥嘴其老者曰茗蔎檟荈著於神農列於周官

降自魏晋浸盛歷唐至宋人巧漸臻天下之味莫尚

焉而天下亦無不飲茶之國北虜最遠於茶鄉嗜茶

者無如北虜以其長時餧肉背熱不堪故也由是宋

之撫遠夏明之撫三闋皆用是以為餌

我東産茶之邑遍於湖嶺載與地勝覽放事撮要等

書者特其百十之一也東俗雖用雀舌入藥舉不知

茶與雀舌本是一物故曾未有操茶飲茶者或好事

者寧買來燕市而不知近取諸國中庚辰舶茶之來
一國始識茶面十年爛用告之已久亦不知採用則
茶之於東人其亦淡緊要之物不足爲有無明矣雖
盡物取之無權利之嫌舟輸西北開市處以之換銀
則朱提鍾爥可以軼川流而配地部矣以之換馬則
冀北之駿良駃騠可以充外開而溢郊牧矣以之換
錦段則西蜀之織成綺羅可以袨士女而褻施幟矣
國用稍優而民力自紓更不消言而向所云得於荒
原隙地自開自落之間草木而可以裨國家裕生民者
殆非過言

夫生財之道疏其源而導其流則天下之財如水趨
下而我為之鑿培其根而遂其關則天下之財若木
斯盛而我為之蘗是以幽土膏沃同勤稼穡而興海
濱斥鹵齊歡女工而饒越用詐然之策而霸秦詭謔
水之濁而強故知物無恒産制物者在於人國無常
賦富國者亦由於人惟在明君賢相推而行之變而
通之而司馬遷謂桑弘羊不加賦於民國用足則固
謬矣至若管仲九合諸侯一匡天下則亦豈不以九
府之法就
中國之茶生於越絕萬里之外然猶取以為富國藥

我之奇貨我東則産於笆籬堦坻而視若土炭無用
之物並與其名而忘之故作茶說一篇条列茶事于
左方以爲當局者建白措施之地云爾
一茶有雨前雨後之名雨前者雀舌是已雨後者即
茗蔎也茶之爲物早芽而晚茁故穀雨時茶葉未
長須至小滿芒種方能茁大蓋自臙後至雨前自
雨後至芒種皆可採取或以葉之大小爲真贋之
別者盖九方相馬之倫也
一茶有一槍一旗之稱槍即枝而旗即葉也若謂一
葉之外不堪採則荆州玉泉寺茶以大如掌爲稀

奇之物凡草木之始生一葉大於一葉漸成其大
豈有一葉頓長如掌者乎且見栢茶莖有數寸長
葉有四五連綴者蓋一槍者謂初茁一枝一旗者
謂一枝之葉也此後枝上生枝則始不堪用矣
一茶有若口師晚甘侯之號又有以天下之甘者無
如茶謂之甘草茶之若則夫人皆能言之茶之甘
則意謂嗜之者之說近因採取遍常諸葉獨茶葉
以舌舐之有若淡蜜水漬過者始信古人命物之
意非苟然也茶是冬青十月間液氣方盛將以禦
冬故葉面之甘尤顯然意欲於此時採取煎膏不

拘雨前雨後而未果然煎膏實東人之臆料硬做

者味苦只堪藥用云 按諸國香茶膏當以別造最當務

一古人云墨色須黑茶色須白色之白者盖謂餅茶

之入香藥造成者月兔龍鳳團之屬是也宋之諸

賢所賦皆餅茶而玉川七椀則乃葉茶茶之功

效已太餅茶不過以味香為勝且前丁後蔡以此

招議則不必求其法而造成者也

一茶之味黃魯直咏茶詞可謂盡之矣餅茶以香藥

成合後用柴輪研末入湯另是一味似非葉茶之

此然玉川子兩腋習習生清風則亦何嘗用香藥

助味我唐人亦有用薑鹽者坡公所哂而向時一

貴家宴席用蜜和茶而進一座讚頌不容口真所

謂鄉態沃蜜者也正堪撥去吳中守陸子羽祠堂

一茶之效或疑東茶不及越産以余觀之色香氣味

少無若異茶書云陸安茶以味勝蒙山茶以藥用

勝東茶蓋兼之矣若有李贊皇陸子羽其人則必

以余言爲然

一余於癸亥春過尚古堂飲遼陽士人任某所寄茶而

葉小無槍想是孫樵所謂聞雷而採者也時方春

月庭花未謝主人設席松下相待傍置茶爐爐罐

皆古董器器各盡一杯適有老儒患感者主人命

飲數杯曰是可以療感氣距今四十餘年其後舶

茶之來人又以爲泄痢之當劑今余所採者非但

遍試寒暑感氣食滯酒肉毒肯腹痛皆劾泄痢者

尿澁欲成淋者之有効則以其利水道故也痰癮

者之無頭疼有時截愈則以其清頭目故也寂後

病癮者初痛一二日熱喫數梡而病遂已病癮曰

久不得蕆汗者飲輙得汗則古今人之所未論而

余所親驗者也

一余頃於飲濁酒數杯後見傍有冷茶漫飲半杯入

睡喉痰即感噎出十餘日始瘳益信冷則反能聚

痰之說聞漂人之来到也於餅中瀉出勸客豈非

冷者耶又聞北譯徐宗望之食兒猪炙也一手持

小壺且嚼且飲是必冷茶也想熱食之後冷亦不

能作祟也

一茶能使人少睡或終夜不得交睫讀書者勤於紡

績者飲之可為一助禪定者亦不可少是 奧下改稿 舍茶者

一茶之生多在山中多石處聞嶺南則家邊竹林處

處有之竹間之茶尤有效亦可於節晩後採得以

〔其不見日故也〕

一同福小邑也頃聞一守令採八斗雀舌用以煎膏
夫八斗雀舌待其成茶而採之則可爲數千斤又
一八斗採摘之勞足當數千斤蒸焙之役其多少難
易懸絕而不得用以利國則豈不惜哉
一茶之採宜於雨餘以其嫩淨故也坡詩云細雨足
時茶戶喜
一按文獻通攷採茶之時縣官親自入山使民之老
幼男女遍山搜求採摘蒸焙先以首採西精者爲
貢茶其次爲官茶餘則許民自取蓋茶利甚大有
關國家如此

一茶書文有氏甲者旱春黃茶而舶茶之來舉國稱

以黃茶然其槍枝已長決非旱春採者未知當時

漂來人果傳其名如此否也有自黑山來者言丁

一酉冬漂海人指兒茶樹謂之黃茶云而兒茶者斫

内所謂黃梅也黃梅花黃先杜鵑數葉有三角如

一山字形有三筋莖葉皆帶薑味峽人之入山也包

飽以食各邑取其嫩枝煎烹以待使客且其枝截

取二姪爲主材和藥煎服則感氣傷寒及無名之

一疾彌當數日者無不藏汗神效豈亦一種別茶耶

右十數條皆漫錄茶事而未及其裨國家裕民生之

大利令労挽入正事云

一籌司前期馳關湖嶺列邑使聞報有茶無茶而有

茶之邑則使守令查出貧人之無結卜及有結卜

而不滿十負以下者及一家疊納軍役者以待之

一籌司前期出即廳帖百餘張揀選京城藥局人精

幹者待穀雨後給夫馬草料外送于茶邑詳探茶

所審候茶時率本邑畫鐐之貧民八山採擬教以

蒸焙之法務令器械整齊 焙兒銅甑茹一其餘俱用竹蘆而諸寺焙佐飯竹筍摘入飯甑中則可一竈一日焙十斤

兩堺漼通計一斤茶價錢五十文初年則捐五千

兩取萬斤茶質倭紙作貼分送于都會官冊送于
西止開市處亦須即應中一人押解納庫仍爲償
勞之典
一嘗見舶茶貼面印罨價銀二戔而貼中之茶乃一
兩也況鴨江以西去燕京數千里豆江以止去瀋
陽又數千里則一貼二戔恐以太廉見輕然以
一貼二戔論價則萬斤茶價銀當爲三萬二千兩
爲錢九萬六千兩年加採百萬斤費錢五十萬
爲國家經費而少紓民力則豈非大利也
一議者必謂彼中若知我國有茶則必徵貢茶恐開

獎拔無窮而此與愚民畏縣官之日誅塡魚池而
種芑者何異今若翰與數百千斤使天下昭然知
東國之有茶則燕南趙北之商舉將轉輸昀昀踰
栖門而東夫向欲以萬斤茶爲限者試恐遠地之
耳目不長一隅之財貨未集有滯貨之患故也若
使有售無滯雖百萬斤可以優辦而崇陽之種亦
將不接而益滋此實不易得之機也何可以此爲
限

一阢開茶市則須別擇監市御史京譯官押解官之
屬至於隨行人皆以幹事者差之不可如前只許

濂人赴市盖濂俗橄苟狗態翰情于彼人有不可
信者故也且荼市罷後優加賞給使視作已事然
後方可久行無弊香餌之下必有死魚云者政謂
是也

一以我國之素儉若暴得數百萬於常稅之外則何
事不可做但財用旣優則撓棄多端若上下齊心
西於本錢雜費（雜費無償之屬）慣勞之外不許遷動一
毫雖所需無得相關只用於西邊修築城池及路
傍左右五里減田租之半俾專力於築城館開溝
泒使千里之路如蘭管之窄使路傍之溝如地網

之密今年未盡者明年繼行又募西邊材力之士
取以於屯城日日習射聽一屯城置數百人射砲
中格者優加賞資使可以畜妻子則是常時有數
萬莫強之兵豈不足以禦暴客而咸鄰國哉
一茶能使人必睡或終夜不能交睫凡夜在公晨昏
趨庭者咸其所需而鷄鳴入機之女墨帳勤業之
士俱不可少是若夫厭厭無歸頷頷圓夜之君子
則有不暇奉聞焉 此段即上少睡条改稿也

5

다산茶山 황차黃茶의
특징과 전승

다산茶山 황차黃茶의 특징과 전승

이 글에서는 다산茶山 정약용丁若鏞(1762~1836)의 차와 관련된 문헌 자료들을 통해 다산이 직접 만들었던 황차黃茶[1]의 특징과 전승을 살펴보기로 한다.

조선시대는 중국과는 달리 우리만의 독특한 차문화를 형성하였다. 중국 차문화는 고형차固形茶에서 산차散茶로 발전하였으며, 다종다양한 제다법製茶法으로 많은 종류의 차가 생산되면서 기호음료로 널리 음용되고 발전해왔다. 명대明代와 청대淸代에는 주로 산차 위주로 음용되고 발전하였지만, 같은 시기 조선시대는 고형차와 산차가 함께 공존하면서 꾸준히 이어져 온 특징을 갖는다. 고형차의 경우 중국에서는 당대唐代와 송대宋代에 성행하였으나, 명대明代에 들어와서는 산차로 전환되면서 더 이상 만들어지지 않게 되었다. 하지만 한반도에서는 근대近代까지도 꾸준히 만들어지고 음용되었다는 사실은 매우 특이한 현상이다.

조선시대 차문화의 또 한 가지 특이점은 차를 기호음료로서 뿐만 아니라 약용藥用으로도 음용했다는 점이다.

조선 후기 다산 정약용은 차를 직접 만들고 제다법製茶法을 여러 지역의 사람들에게 가르쳤던 사실이 많은 문헌자료에서 확인된다. 다산이 직접 만들었던 차는 고형차였으며, 제다법이 매우 독특하였고, 여러 별칭이 존재하였다. 이는 다산의 차가 많은 지역과 사람들에게 전파되었다는 것을 의미한다.

다산 황차 제다법

제다법은 오랜 역사 속에서 다양하게 발전하였다. 고대古代의 차 제조 방법은 일반적으로 찻잎을 수증기로 쪄서 고형차 또는 산차의 형태로 만들었다. 수증기로 쪄서 차를 만드는 증청법蒸靑法은 최초의 제다 방법이었다. 중국에서 증청법은 송나라 때까지 성행하였지만 명나라 때부터는 솥에서 덖는 초청법炒靑法으로 전환되어 보편화 되었다.[2] 하지만 조선시대는 중국과 달리 계속해서 증청법으로 차를 만들었으며 이 제다법은 근대까지 이어졌다.[3]

증청법으로 차를 만드는 제다법은 이덕리李德履(1725~1797)의 『기다記茶』와 이규경李圭景(1788~1856)의 『시가점등詩家點燈』에 보인다. 먼저 『기다』를 읽어보자.

동복은 작은 고을이다. 지난번에 들으니 한 수령이 여덟 말의 작설을 따서 이것을 써서 달여서 고膏를 만들었다고 한다. 대저 여덟 말의 작설을 차가 되기를 기다려 땄다면 차 수천 근을 만들 수 있었을 것이다. 또 여덟 말을 따는 수고로움이라면 족히 수천 근을 쪄서 말리는 일을 감당하기에 충분하다. 그 많고 적음과 어렵고 쉬움의 차이가 까마득하다. 그런데도 이를 써서 나라에 이롭게 하지 않으니 어찌 애석하지 않겠는가?

同福小邑也. 頃聞一守令探八斗雀舌, 用以煎膏. 夫八斗雀舌, 待其成茶而採之, 則可爲數千斤. 又八斗探撷之勞, 足當數千斤蒸焙之役. 其多少難易懸絶, 而不得用以利國, 則豈不惜哉.[4)]

위 내용은 『기다』 중 「다사茶事」 11번째 항목이다. 작설 같은 어린 찻잎을 채취하지 말고 좀 더 찻잎이 자라기를 기다려 따서 차를 만들면 많은 양을 만들 수 있다고 말한 내용으로 차를 만드는 방법으로 "쪄서 말린다"고 하였다. 즉 증청법으로 차를 만든다고 한 것이다. 또한 『기다』 중 「다조茶條」 2번째 항목에서는 "찻잎을 찌고 불에 쬐어 말리는 방법을 가르쳐주되 힘써 기계를 가지런히 정돈케 한다. (중략) 찻잎은 아주 좋은 것만 가려내어 알맞게 찌고 말린다[教以蒸焙之法 務令器械整齊 (中略) 揀擇精美 蒸焙得宜]"라며 증청법으로 차 만드는 방법을 가르쳐 준다고 하였다.

이어서 읽어볼 『시가점등』의 내용은 이렇다.

죽로차는 우리나라 영남의 진주목과 하동부 등의 대밭에서 난다. 대나무 이슬에 늘 젖어 자라는 까닭에 이름 붙였다. 영남 사람 심인귀가 일찍이 그 찻잎을 채취해서 찌고 말려 차를 만들어 보내주었다. 끓여 마시니 풀의 기미가 전혀 없고, 담백한 향이 중국의 차와 같았다. 기운을 내려주고 체증을 해소해주는 데다 그 이름도 몹시 우아하여 시로 읊조릴 만하다.

竹露茶我東嶺南晉州牧河東府等處, 竹田中生焉. 沾竹露而長養故名. 嶺人沈寅

龜, 嘗採基葉, 蒸乾爲茶以惠焉. 煎飮无艸氣味, 澹香如中原茶. 下氣消滯, 而其
名甚雅, 堪入吟詠者也.[5]

이규경은 영남지방의 죽로차가 대밭의 찻잎으로 찌고 말려서 만든
차라고 기록하였다. 이처럼 『기다』와 『시가점등』을 통해서 조선 후
기까지도 증청법으로 차를 만들었음이 확인된다.

조선 후기 다산 정약용은 차를 직접 만들고 제다법을 여러 지역의
사람들에게 가르쳤다. 다산이 만든 차 가운데 황차黃茶가 있었다는
사실을 조재삼趙在三(1808~1866)은 『송남잡지松南雜識』 화약류花藥
類 「황차黃茶」 항목에서 다음과 같이 증언하였다.

또 해남에는 옛날에 황차가 있었는데 세상에 아는 사람이 없었
다. 다만 정약용만이 이를 알았으므로 이름을 정차丁茶 또는 남
차南茶라고 한다.
又海南古有黃茶, 世無知者. 惟丁若鏞知之, 故名丁茶又南茶.[6]

조재삼은 옛날부터 전해오던 해남의 황차를 다산 정약용만이 알고
만들었기 때문에 정차丁茶 또는 남차南茶로 불렸다고 말했다. 정차는
'다산이 만든 차'를 뜻하는 이름이고, 남차는 '해남의 차' 또는 '해남
에서 생산된 차'라는 의미로 불렸던 명칭인 듯하다. 따라서 정차와 남
차는 황차와 같은 차였으며 황차의 별칭인 셈이다.

일반적으로 완성된 차의 이름은 찻잎의 색상과 모양에 따라서, 혹
은 제다법에 의해서 지어지기도 하며, 완성된 차의 형태와 차에 얽힌

이야기로 만들어지기도 한다. 이러한 여러 가지 원인으로 볼 때 황차라는 이름이 만들어진 유래에 대해서는 다음과 같이 크게 두 가지로 구분해 볼 수 있겠다.

첫 번째는 찻잎의 색상에 의해서 붙여지는 경우이다.

이른 봄 어린싹이나 잎일 때에는 연한 황색이었다가 점차 자라면서 녹색으로 바뀌게 되는데, 황색의 어린싹과 잎으로 만든 차를 황차라고 불렀다.[7]

두 번째는 제다법에 의해서 이름 지어진 경우이다.

찻잎을 수증기로 쪄서 차를 만드는 증청법은 찌는 과정에서 찻잎이 열에 의해서 황색으로 변하게 된다.[8]

그렇다면 다산이 직접 만들었던 황차는 어떤 방법으로 만들어졌으며, 형태는 어떠했는지 문헌자료들을 통해서 좀 더 자세하게 살펴보겠다. 먼저 읽어 볼 문헌자료는 이규경李圭景(1788~1856)의 『오주연문장전산고五洲衍文長箋散稿』 「도차변증설荼茶辨證說」이다. 내용은 이렇다.

> 교남 강진현에는 만불사萬佛寺가 있는데 차가 난다. 다산 정약용이 귀양살이할 때 쪄서 불에 쬐어 말려 덩이 지어서 작은 병餅으로 만들게 하고는 만불차萬佛茶로 이름 지었다. 다른 것은 들은 바가 없다.
>
> 嶠南康津縣, 有萬佛寺出茶. 丁茶山若鏞謫居時, 敎以蒸焙爲團, 作小餠子, 名萬佛茶而已. 他無所聞.[9]

다산에 의해 만들어졌던 차의 이름과 제다법을 구체적으로 기록했다. 다산 또한 이 당시의 일반적인 제다법이라 할 수 있는 증청법으로 차를 만들었으며, 완성된 차는 작은 형태의 떡차[餠茶]였다.

　다산이 차를 직접 만들었음을 알 수 있는 것은 강진 유배시절 문산 文山 이재의李載毅(1772~1839)와 주고받은 「이산창수첩二山唱酬帖」[10]에 수록된 다산의 차시茶詩를 통해서다.

　　곡우 지나 새 차가 비로소 기를 펴자　　　雨後新茶始展旗
　　차 바구니 차 맷돌을 조금씩 정돈한다　　茶籯茶碾漸修治
　　동방엔 예로부터 차세茶稅가 없었거니　　東方自古無茶稅
　　앞마을에 개 짖어도 염려하지 않는도다　不怕前村犬吠時[11]

　찻잎이 피기 시작하는 곡우가 지나면 찻잎을 따서 담을 바구니와 차 맷돌[茶碾]을 꺼내 정돈하는 상황을 묘사했다. 그런데 2구에서 언급한 차 맷돌은 차를 마실 때 완성된 차를 가루내기 위한 것이 아니라 차를 만드는 과정에서 사용했던 것으로 보인다. 떡차를 음용하기 위해서 맷돌을 사용했다면 곁에 두고 자주 사용했을 것이므로 새삼스럽게 차 맷돌을 정돈할 필요는 없었을 것이다. 그러므로 2구에서 말한 차 맷돌은 차를 만들 때 사용하기 위하여 갈무리 해두었던 차 맷돌을 다시 꺼내서 손질했던 것으로 짐작된다.

　다산이 차를 만들 때 차 맷돌을 사용한 이유는 제자 이시헌李時憲 (1803~1860)에게 보낸 걸명乞茗의 내용이 담긴 서찰書札을 통해서 분명하게 드러난다. 해당 부분만 읽어본다.

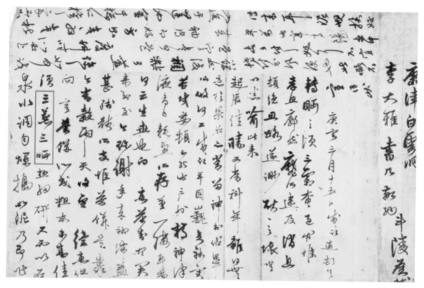
1830년 다산이 이시헌에게 보낸 삼증삼쇄 제다법을 설명한 편지. 정민 제공.

지난번 보내준 차와 편지는 가까스로 도착하였네. 이제야 감사를 드리네. 올 들어 병으로 체증이 더욱 심해져서 잔약한 몸뚱이를 지탱하는 것은 오로지 차병茶餅에 의지하고 있네. 이제 곡우 때가 되었으니 다시 계속해서 보내주기 바라네. 다만 지난번 보내준 차병은 가루가 거칠어 심히 좋지가 않았네. 모름지기 세 번 찌고 세 번 말려서 아주 곱게 갈고, 또 반드시 돌 샘물로 고르게 조절하여 진흙같이 짓이겨서 작은 병餅으로 만든 뒤에야 찰져서 마실 수가 있다네. 살펴주면 좋겠네.

向惠茶封書, 間關來到. 至今珍謝. 年來病滯益甚, 殘骸所支, 惟茶餅是靠. 今當 穀雨之天, 復望續惠. 但向寄茶餅, 似或粗末, 未甚佳. 須三蒸三曬, 極細研, 又必 以石泉水調勻, 爛搗如泥, 乃卽作小餅然後, 稠粘可嚥, 諒之如何.[12]

다산은 이시헌에게 세 번 찌고 세 번 말린 후에 아주 곱게 갈아서 작은 형태의 차병茶餠으로 만들어야 한다고 설명했다. 다산이 부탁했던 차병은 여러 번 찌고 말려서 맷돌로 찻잎을 곱게 가루 낸 후 물에 반죽하여 뭉쳐서 만든 떡차였다. 이로 보아 위에서 살펴본 「이산창수첩」에 수록된 다산의 차시에서 언급한 차 맷돌은 차병을 만들 때 사용하기 위한 것으로, 건조된 찻잎을 곱게 가루내기 위해서 사용했던 것을 알 수 있다.

　내용 중 "찰져서 마실 수가 있다네"라고 한 것으로 보아서 다산은 차병을 끓여 마실 때 차탕에 풀어진 찻가루를 함께 마셨던 듯하다. 차병을 만들 때 건조된 찻잎을 곱게 갈면 갈수록 입자가 미세해져서 차탕과 함께 마시기가 편했을 것이므로 다산은 찻잎을 곱게 갈아달라고 부탁했던 것으로 보인다. 그렇다면 다산은 차병을 마실 때 가루내지 않고 덩어리째 끓였을 것이다. 차병을 가루내어 끓여 마셨다면 이시헌에게 "가루가 거칠어 심히 좋지가 않았네"라고 말할 필요도 없고, 아주 곱게 갈아서 차병을 만들어 달라고 부탁할 필요도 없기 때문이다. 마실 때 가루내었다면 다산이 직접 곱게 갈거나, 가루 낸 후 체에 치면 고운 찻가루를 얻을 수 있기에 굳이 이시헌에게 아주 곱게 갈아서 차병을 만들어 달라고 부탁할 필요가 없기 때문이다. 따라서 다산은 차병을 마실 때 가루내지 않고 끓는 물에 덩어리째 그대로 넣고 끓여서 풀어진 찻가루와 함께 마셨던 것을 알 수 있다.

　다산 황차의 제다법 가운데 또 한 가지 특이한 점은 바로 찻잎을 여러 번 찌고 말리는 방법을 사용했다는 점이다. 다산이 무슨 이유로 이러한 방법으로 차를 만들었는지는 다산이 지은 「범석호의 병오서회 10수를 차운하여 송옹에게 부치다[次韻范石湖丙午書懷十首簡寄淞翁]」란 시의 둘째 수 내용을 통해 확인된다.

가랑비가 뜰 이끼 초록 옷에 넘치기에	小雨庭蕦漲綠衣
나약한 여종에게 느지막이 밥을 짓도록 하였네	任敎孱婢日高炊
게을러져 책을 내던지고 여러 번 아이 부르고	懶抛書册呼兒數
병으로 쉬느라 의관 벗어 손님맞이 늦어진다	病却巾衫引客遲
지나침을 덜려고 차는 구증구포 거치고	洩過茶經九蒸曝
번잡함을 싫어해 닭은 한 쌍만 기른다네	厭煩雞畜一雄雌
전원의 잡담이야 저속하고 천한 것 많아서	田園雜話多卑瑣
점차 당시를 물리고 송시를 배우네	漸閣唐詩學宋詩[13]

다산은 5구에서 차의 성질이 지나치게 강한 것을 감쇄시키려고 구증구포九蒸九曝의 과정을 거친다고 하였다. 그런데 구증구포가 실제로 아홉 번 찌고 아홉 번 말리는 과정을 말한 것이었을까? 정민 교수는 "구증구포란 여러 차례 되풀이한다는 의미이지, 꼭 숫자를 세어 아홉 번 하란 말이 아니다. 9는 만수滿數이므로, 여러 번의 뜻으로 흔히 쓴다"고 하였다.[14] 이렇게 본다면 다산이 이시헌에게 보낸 서찰에서 말한 삼증삼쇄三蒸三曝 역시 구증구포와 같은 의미였을 것이다.

다산이 차를 구증구포로 만든 사실은 이유원李裕元(1814~1888)이 지은 『임하필기林下筆記』 「호남사종湖南四種」과 「죽로차竹露茶」란 시를 통해서도 확인된다. 먼저 읽어볼 「호남사종」의 내용은 이렇다.

강진 보림사 대밭의 차는 열수 정약용이 체득하여 절의 승려에
게 아홉 번 찌고 아홉 번 말리는 방법을 가르쳐 주었다. 그 품질
은 보이차 못지않으며, 곡우 전에 채취한 것을 더욱 귀하게 여
긴다. 이는 우전차라고 해도 될 것이다.

康津寶林寺竹田茶, 丁洌水若鏞得之, 敎寺僧以九蒸九曝之法. 其品不下普洱茶,
而穀雨前所採尤貴, 謂之以雨前茶可也.[15]

다산이 보림사 승려들에게 곡우 전 대밭[竹田]에서 찻잎을 채취하
여 구증구포로 차를 만드는 방법을 가르쳐 주었다고 말했다. 이유원
은 「죽로차」라는 시에서도 구증구포로 만든 보림사 차에 대해서 좀
더 구체적인 기록을 남겼다.

보림사는 강진 고을 자리 잡고 있으니	普林寺在康津縣
호남 속한 고을이라 싸릿대가 공물일세	縣屬湖南貢楛箭
절 옆에는 밭이 있고 밭에는 대가 있어	寺傍有田田有竹
대숲 사이 차가 자라 이슬에 젖는다오	竹間生草露華濺
세상 사람 안목 없어 심드렁이 보는지라	世人眼眵尋常視
해마다 봄이 오면 제멋대로 우거지네	年年春到任蒨蒨
어쩌다 온 해박한 정열수丁洌水 선생께서	何來博物丁洌水
절 중에게 가르쳐서 바늘 싹을 골랐다네	敎他寺僧芽針選
천 가닥 짤막짤막 머리카락 엇짜인 듯	千莖種種交織髮
한 줌 쥐면 동글동글 가는 줄이 엉킨 듯해	一掬團團縈細線
구증구포 옛 법 따라 안배하여 법제하니	蒸九曝九按古法
구리 시루 대소쿠리 번갈아서 맷돌질하네	銅甑竹篩替相碾
천축국 부처님은 아홉 번 정히 몸 씻었고	天竺佛尊肉九淨
천태산 마고선녀 아홉 번 단약을 단련했지	天台仙姑丹九煉

대오리 소쿠리에 종이 표지 붙이니	筐之筥之籤紙貼
'우전雨前'이란 표제에 품질조차 으뜸일세	雨前標題殊品擅
장군의 극문戟門이요 왕손의 집안으로	將軍戟門王孫家
기이한 향 어지러이 잔치 자리 엉겼구나	異香繽紛凝寢譔
뉘 말했나 정옹丁翁이 골수를 씻어냄을	誰說丁翁洗其髓
산사에서 죽로차를 바치는 것 다만 보네	但見竹露山寺薦
호남 땅 귀한 보물 네 종류를 일컫나니	湖南希寶稱四種
완당 노인 감식안은 당세에 으뜸일세	阮髥識鑑當世彦
해남 생달桮檖, 제주 수선, 빈랑檳榔 잎 황차黃茶러니	海檖耽蒜檳棚葉
더불어 서로 겨뤄 귀천을 못 가르리	與之相垺無貴賤
초의 스님 가져와서 선물로 드리니	草衣上人齎以送
산방에서 봉한 편지 양연養硯 댁에 놓였었지	山房緘字尊養硯
내 일찍이 어려서 어른들을 좇을 적에	我曾眇少從老長
은혜로이 한잔 마셔 마음이 애틋했네	波分一椀意眷眷
훗날 전주 놀러가서 구해도 얻지 못해	後遊完山求不得
여러 해를 임하林下에서 남은 미련 있었다네	幾載林下留餘戀
고경古鏡 스님 홀연히 차 한 봉지 던져주니	鏡釋忽投一包裹
둥글지만 엿 아니요, 떡인데도 붉지 않네	圓非蔗餹餅非茜
끈에다 이를 꿰어 꾸러미로 포개니	貫之以索疊而疊
주렁주렁 달린 것이 일백 열 조각일세	纍纍薄薄百十片
두건 벗고 소매 걷어 서둘러 함을 열자	岸幘褰袖快開函
상 앞에 흩어진 것 예전 본 그것일세	床前散落曾所眄
돌솥에 끓이려고 새로 물을 길어오고	石鼎撑煮新汲水
더벅머리 아이 시켜 불 부채를 재촉했지	立命童竪促火扇
백번 천번 끓고 나자 해안蟹眼이 솟구치고	百沸千沸蟹眼湧
한 점 두 점 작설雀舌이 풀어져 보이누나	一點二點雀舌揀
막힌 가슴 뻥 뚫리고 이뿌리가 달콤하니	胸膈清爽齒根甘

마음 아는 벗님네가 많지 않음 안타깝다	知心友人恨不遍
황산곡黃山谷은 차시茶詩 지어 동파 노인 전송하니	山谷詩送坡老歸
보림사 한잔 차로 전별했단 말 못 들었네	未聞普茶一盞餞
육우陸羽의 『다경茶經』은 도공陶公이 팔았으나	鴻漸經爲瓷人沽
보림사 차를 넣어 시 지었단 말 못 들었네	未聞普茶參人撰
심양 시장 보이차普洱茶는 그 값이 가장 비싸	瀋肆普茶價最高
한 봉지에 비단 한 필 맞바꿔야 산다 하지	一封換取一疋絹
계주薊州 북쪽 낙장酪漿과 기름진 어즙魚汁은	薊北酪漿魚汁腴
차를 일러 종을 삼고 함께 차려 권한다네	呼茗爲奴俱供膳
가장 좋긴 우리나라 전라도의 보림사니	最是海左普林寺
운각雲脚이 유면乳面에 모여듦 걱정 없다	雲脚不憂聚乳面
번열煩熱과 기름기 없애 세상에 꼭 필요하니	除煩去膩世固不可無
보림차면 충분하여 보이차가 안 부럽네	我産自足彼不羨[16]

이유원은 「호남사종」과 동일하게 보림사 죽로차가 다산이 절의 승려들에게 가르쳐준 구증구포의 방법으로 만들어진 떡차였다고 적었다. 특히 구증구포가 죽로차의 제다 과정 중 가장 큰 특징이었음을 밝히려 했던 듯하다. 시의 내용 중 "구증구포 옛 법 따라 안배하여 법제하니, 구리 시루 대소쿠리 번갈아서 맷돌질하네"와 "백번 천번 끓고 나자 해안이 솟구치고, 한 점 두 점 작설이 풀어져 보이누나"라고 한 것은 바로 다산 황차의 특징을 표현한 부분이다. 구증구포를 거쳐 건조된 찻잎을 곱게 가루낸 후 물에 반죽하여 뭉쳐서 떡차로 만들었기 때문에 끓는 물속에서 떡차가 풀어지는 현상을 표현한 것이다. 죽로차를 가루내어 끓였다면 '풀어져 보인다'라고 하지는 않았을 것이다. 죽로차를 가루내지 않고 덩어리째 끓였기 때문에 끓는 물

속에서 죽로차가 조금씩 풀어지는 현상을 표현했던 것으로 짐작된다. 이렇듯 「호남사종」과 「죽로차」는 다산 황차가 보림사에서 구증구포 제다법으로 만들었으며, 우전차와 죽로차라는 별칭으로도 불리던 사실을 알려주는 매우 귀중한 문헌자료이다.

한편 이유원은 보림사 죽로차를 중국의 보이차와 비교했다. 당시에 보이차가 품질이 매우 좋은 차로 인식되었기에 죽로차가 보이차와 비교해서 결코 품질이 떨어지는 차가 아님을 강조하려 했던 듯하다.[17]

지금까지 살펴본 내용들을 통해서 다산 황차는 구증구포 혹은 삼중삼쇄의 방법으로 찻잎을 여러 번 찌고 말린 후 맷돌로 건조된 찻잎을 곱게 가루 내어 작은 형태의 떡차로 만들었던 것을 알 수 있다. 당대唐代 병차餅茶와 송대宋代 연고차研膏茶 제다법과 비교하면 새로운 방법이었다.

약용으로 음용한 다산 황차

다산 황차는 찻잎을 여러 번 찌고 말리는 삼중삼쇄 또는 구증구포의 제다법으로 만들었다. 그런데 구증구포는 한의학에서 한약재를 만들 때 사용하는 방법으로 약성藥性은 높이고 부작용은 낮추기 위해서 사용하는 방법이었다.[18] 다산은 『마과회통麻科會通』[19]이라는 홍역 치료에 관한 의서醫書를 직접 저술할 만큼 의학에도 조예가 깊었다. 다산은 한의학적 지식을 바탕으로 여러 번 찌고 말리는 방법을 차에 적용시킨 것으로 보인다. 다산이 이 같은 방법으로 차를 만들었던 이유는 차가 약리적인 효능이 뛰어났기 때문에 차를 약용으로 음용하기 위해서였다.

조선시대에는 차를 기호음료보다는 주로 약으로 인식하고 음용하였다. 이러한 사실을 이규경은 『오주연문장전산고』「도차변증설」에서 이렇게 말했다.

> 우리나라 사람들이 차를 마시는 것은 체증을 해소하고자 함이다.
> 東人之飮茶, 欲消滯也.[20]

이규경은 우리나라 사람들은 체증을 해소하기 위해서 차를 마신다고 증언하였다. 이 증언을 통해서 조선시대에는 차가 기호음료보다는 주로 약용으로 음용된 것을 알 수 있다.

다산은 젊은 시절부터 떡차를 약용으로 음용했다. 20대에 지은 「미천가尾泉歌」라는 시를 보자.

홍수 만나 산에까지 물이 차도 아니 넘치고	巨浸稽山而不活
가뭄 들어 쇳덩이가 녹는데도 아니 마르는데	大旱流金而不竭
일천 사람 길어가도 모자람이 없고	千人來汲而不歉
오물이 온통 널렸어도 더럽지가 않다네	濊惡繞匝而不染
옥우물이 넘치어 천만 년을 흐르는데	玉甃溢兮絡古流
맑은 약수 떠 마시니 목구멍이 상쾌하고	瓊漿挹兮爽咽喉
시험 삼아 용단차로 고질병을 다스리니	爲試龍團治癖疾
해맑기는 수정이요 달기는 꿀맛일세	瑩如水精甘如蜜
육우가 온다 하면 어디서 샘 찾을까	陸羽若來何處尋
원교의 동쪽이요 학령의 남쪽이리	員嶠之東鶴嶺南[21]

7구에서 "시험 삼아 용단차로 고질병을 다스리니"라고 말한 내용을 통해서 다산은 젊은 시절부터 용단차龍團茶, 즉 떡차를 약용으로 마셨던 것으로 보인다. 1805년 다산이 아암兒菴 혜장惠藏에게 보낸 걸명시乞茗詩 「혜장상인에게 차를 청하며 부치다[寄贈惠藏上人乞茗]」와 「걸명소乞茗疏」에서도 차를 약용으로 음용했던 사실이 잘 드러난다. 먼저 「혜장상인에게 차를 청하며 부치다」를 읽어보자.

전하여 듣자니 석름봉 아래에서	傳聞石廩底
예전부터 좋은 차가 난다고 하네	由來產佳茗
지금은 보리를 말릴 시기라서	時當晒麥天
기旗도 펴고 또한 창槍도 돋았겠네	旗展亦槍挺
궁한 생활 굶는 것이 습관이 되어	窮居習長齋
누린내 나는 것은 생각이 없네	羶臊志已冷
돼지고기와 닭죽은	花猪與粥雞
사치스러워 함께 먹기 어렵네	豪侈邈難竝
더부룩한 체증으로 인하여 괴롭고	秖因痃癖苦
때로 술이 깨지 않는다오	時中酒未醒
바라건대 기공의 숲 속 차를 빌려서	庶藉己公林
육우의 솥을 조금 채웠으면 하오	少充陸羽鼎
보시해주면 참으로 질병을 없앨 수 있으니	檀施苟去疾
뗏목으로 건져줌과 어찌 다르리	奚殊津筏拯
불과 볕에 말리기를 법대로 하여야만	焙晒須如法
물에 담그면 색이 맑으리라	浸漬色方瀅[22]

다음은 「걸명소」이다.

가만히 보건대	竊以
명산名山의 고액膏液은	名山膏液
서초괴瑞草魁로 몰래 옮겨오고	潛輸草瑞之魁
고해苦海를 건너가는 나루는	苦海津梁
단나檀那의 보시를 가장 무겁게 여긴다	最重檀那之施
이에 몸에 지닌 병이 있는지라	茲有采薪之疾
애오라지 차를 청하는 정을 편다오	聊伸乞茗之情
나그네는	旅人
근래 다도茶饕가 된 데다	近作茶饕
겸하여 약용藥用에 충당하고 있다네	兼充藥餌
글 가운데 묘한 깨달음은	書中妙解
육우陸羽의 『다경茶經』 세 편과 온전히 통하니	全通陸羽之三篇
병든 숫누에는	病裏雄蠶
마침내 노동盧仝의 일곱 사발 차를 마셔버렸다오	遂竭盧仝之七椀
비록 정기를 고갈시킨다는	雖浸精瘠氣
기모경綦母㬎의 말을 잊지는 않았으나	不忘綦母㬎之言
마침내 막힌 것을 뚫고 쌓인 기운을 없앤다고 한	而消壅破癥
이찬황李贊皇의 벽벽을 얻었다 하겠소	終有李贊皇之癖
이윽고	洎乎
아침 해가 막 떠오르매	朝華始起
뜬구름은 맑은 하늘에 환히 빛나고	浮雲晶晶乎晴天
낮잠에서 갓 깨어나자	午睡初醒
밝은 달빛은 푸른 냇가에 흩어진다	明月離離乎碧澗
잔 구슬 같은 찻가루를 날리는 눈발처럼 흩어	細珠飛雪
산 화로에 자순紫筍의 향을 날리고	山鑪飄紫筍之香
활화活火로 새 샘물을 끓여	活火新泉
야외의 자리에서 백토白菟의 맛을 올린다	野席薦白菟之味

꽃무늬 자기와 붉은 옥으로 만든 그릇은	花瓷紅玉
번화함이 비록 노공潞公만 못해도	繁華雖遜於潞公
돌솥의 푸른 연기는	石鼎靑烟
담박함은 한자韓子와 거의 맞먹는다네	淡景庶追於韓子
해안蟹眼 어안魚眼은	蟹眼魚眼
옛사람의 즐김이 한갓 깊거니	昔人之玩好徒深
용단龍團 봉단鳳團은	龍團鳳團
내부內府에서 귀하게 나눠줌을 이미 다했다네	內府之珍頒已罄
애타게 바람을 마땅히 헤아려	宜念渴希
아낌없이 은혜를 베풀어주기 바라오	毋慳波惠[23]

「혜장상인에게 차를 청하며 부치다」에서는 체증과 숙취로 괴로우
니 차를 보시布施해주면 자신의 질병을 없앨 수 있다고 하였다. 「걸
명소」에서는 차가 비록 정기를 소모시킨다고 할지라도 몸에 병이 있
어 차를 청하니 애타는 마음을 헤아려 아낌없이 주길 바란다고 말했
다. 특히 다산 스스로 차를 약용으로 마신다고 분명하게 밝힌 점이
주목된다.

1810년 누군가에게 차를 보내면서 쓴 편지에서도 차를 약용으로
마셨던 사실이 다음과 같이 확인된다.

차를 조금 보냅니다. 다만 이 물건은 원기를 크게 손상시키기에
저도 고기를 먹고 체했을 때가 아니면, 함부로 마시지 않습니다.
조심하고 조심하십시오.
茶少許送之. 但此物大損元氣, 戚非食肉作滯, 未嘗輕服, 愼之愼之.[24]

다산은 차를 함부로 마시지 말고 체했을 때만 마시라고 말했다. 이처럼 다산의 많은 시문을 통해서 차를 약용으로 음용했던 사실을 알 수 있다.

다산 황차의 전승

『송남잡지』 화약류 「황차」 항목에 기록된 내용을 통해서 해남의 황차를 다산이 다시 복원하여 '정차' 또는 '남차'로 불렸음을 알 수 있었다. 그런데 초의가 만든 차 가운데 남차가 있었다는 사실이 금령 錦舲 박영보朴永輔(1808~1872)의 「남차병서南茶幷序」와 자하紫霞 신위 申緯(1769~1847)의 「남차시병서南茶詩幷序」를 통해서 확인된다.

먼저 「남차병서」를 읽어본다.

남차는 호남과 영남 사이에서 난다. 초의선사가 그 땅을 구름처럼 노닐었다. 다산 승지와 추사 직각과 모두 시문으로 교유함을 얻었다. 경인년(1830) 겨울에 서울 지역을 내방하며 수제차 한 포로 예물을 삼았다. 이산중이 이를 얻어 돌고 돌아 내게까지 왔다. 차가 사람과 관계됨은 금루옥대金縷玉帶처럼 또한 이미 많다. 맑은 자리에서 한 차례 마시고 장구長句 20운을 지어 선사에게 보내니, 혜안으로 바로잡고, 아울러 화답해 주기를 구한다.

南茶湖嶺間産也. 草衣禪師, 雲遊其地, 茶山承旨及秋史閣學, 皆得以文字交焉. 庚寅冬, 來訪于京師, 以手製茶一包爲贄. 李山中得之, 轉遺及我. 茶之關人, 如金縷玉帶, 亦已多矣. 淸座一啜, 作長句二十韻, 以送禪師, 慧眼正之, 兼求郢和.

옛날엔 차를 마셔 신선 되어 올랐거니　　　古有飮茶而登仙

못 되어도 청현淸賢됨을 잃지는 않았다네　　下者不失爲淸賢

쌍정차雙井茶와 일주차日注茶는 세대가 이미 멀고　　雙井日注世已遠

우전차雨前茶와 고저차顧渚茶는 이름만 전해온다　　雨前顧渚名空傳

화자花瓷와 녹구綠甌로 마구 마셔 적시니　　花瓷綠甌浪飮濕

참맛은 남상南商들이 이미 달여 보았다네　　眞味南商已經煎

우리나라 나는 차는 차 맛이 더욱 좋아　　東國産茶茶更好

그 이름 싹 나올 제 첫 향기 고운 듯해　　名如芽出初芳姸

빠르기는 서주西周부터 늦게는 지금까지　　早或西周晚今代

중외中外가 같지 않아 큰 차이 서로 나네　　中外雖別太相懸

보통의 화초에도 각각 화보花譜 있다지만　　凡花庸草各有譜

토인이야 그 누가 차가 먼저임을 알리　　土人誰識茶之先

신라 땅의 사신이 당나라에 들어간 날　　鷄林使者入唐日

만리 배에 차씨 지녀 푸른 바다 건너왔지　　携渡滄波萬里船

강진과 해남 땅은 복건福建 나개羅岕 한 가진데　　康南之地卽建岕

남방의 바다와 산 사이에 차가 많이 있는데, 강진과 해남이 특히 성하대[南方
海山間多有之 康津海南尤盛].

씨 한 번 뿌린 뒤론 내던져두었지　　一自投種等棄捐

봄 꽃과 가을 잎을 버려두고 돌보잖아　　春花秋葉抛不顧

청산에서 일천 년이 쓸데없이 지나갔다　　空閑靑山一千年

기이한 향 묻혀있다 오랜 뒤에 드러나니　　奇香沈晦久乃顯

봄날이면 광주리에 따온 것이 인연 됐네　　採春筐筥稍夤緣

하늘 위 달님인 듯 용봉단龍鳳團 작게 빚자　　天上月團小龍鳳

법제는 거칠어도 그 맛은 훌륭하다　　法樣雖麤味則然

초의선사 정업淨業에 힘 쏟은 지 오래인데　　草衣禪師古淨業

짙은 차로 묘오妙悟 얻어 참된 선禪을 깨달았네　　濃茗妙悟參眞禪

한묵翰墨이야 여사餘事여서 이제 다만 분별해도　　餘事翰墨今寥辨

한때의 명사들이 공경하여 우러르네	一時名士香瓣虔
병석瓶錫으로 산을 나서 천리 길을 건너오며	出山瓶錫度千里
두강頭綱으로 잘 만든 단차團茶를 가져왔지	頭綱美製攜團圏
오랜 벗이 나에게 예물로 함께 주어	故人贈我伴瓊玖
희고 곱게 흩뿌리자 자리가 환해진다	撒手之蠑光走筵
내 삶은 다벽茶癖에다 수액水厄을 더했는데	我生茶癖卽水厄
나이 들어 뼛속까지 삼시충三尸蟲이 박혔다네	年深浹骨三蟲堅
열에 셋은 밥을 먹고 일곱은 차 마시니	三分飡食七分飮
심가沈家의 강초薑椒처럼 비쩍 말라 가련하다	沈家薑椒瘦堪憐
이제껏 석 달이나 빈 찻잔 들고 있다	伊來三月抱空盌
송우성松雨聲 누워 듣자 군침이 흐르누나	臥聽松雨流饞涎
오늘 아침 한 탕관湯灌에 장과 위를 씻어내니	今朝一灌洗腸胃
방 가득 부슬부슬 초록 안개 서리누나	滿室霏霏綠霧烟
도화차桃花茶 심으려고 장로에게 청하노니	只煩桃花乞長老
백낙천白樂天에 국화 나물 대접 못함 부끄럽다	愧無菊薑酬樂天[25)]

박영보는 남차가 초의가 직접 만든 수제차手製茶이며, 이른 봄 어린 찻잎으로 작게 빚어 만든 떡차의 형태라고 말했다. 초의가 만든 남차와 『송남잡지』에 기록된 다산의 남차는 동일한 차로 볼 수 있는 몇 가지 유사점이 발견된다,

첫 번째는 채엽 시기가 유사하다.

「남차병서」에서 초의가 만든 남차는 두강頭綱으로 잘 만든 것이라고 하였다. 두강은 이른 봄 가장 어린 찻잎으로 만든 차를 뜻한다.[26)] 그런데 다산이 만든 남차도 「호남사종」에 기록된 것처럼 "곡우전에

채취한 것을 더욱 귀하게 여긴다"라고 하였듯이 매우 어린 찻잎으로
만들었다. 이로 보아 초의가 만든 남차와 다산이 만든 남차는 모두
어린 찻잎으로 만들었다는 공통점을 가진다.

두 번째는 형태의 유사성이다.

「남차병서」에서 남차의 형태를 '소용봉小龍鳳'과 '단차團茶'로 기록
하고 있는 것으로 볼 때, 작은 형태의 떡차였음을 알 수 있다. 다산
역시 떡차를 작게 만들었다는 것이 여러 문헌자료에서 확인된다.

이어서 읽어볼 신위가 지은 「남차시병서」를 통해서도 초의가 만든
남차와 다산 황차와의 연관성이 잘 드러난다.

남차는 호남과 영남의 사이에서 나는 것이다. 신라 때 사람이
중국의 차씨를 가지고 산곡의 사이에 뿌려서, 여기저기 싹 튼
것이 있었다. 하지만 그 뒤의 사람들이 쑥대의 종류로 이를 보
아 진짜인지 가짜인지 분간할 수 없었다. 근래에 그곳 백성들이
이를 채취하여 달여서 이를 마신다. 이것이 바로 차다. 초의선사
가 직접 찌고 말려서 한때의 명사에게 보내주었다. 이산중이 이
를 얻어 금령 박영보에게 나눠주었고, 금령이 나를 위해 차를
끓여 맛보게 했다. 인하여 「남차가南茶歌」를 내게 보여주므로, 나
또한 그 뜻에 화답한다.

南茶湖嶺間所産也. 勝國時人, 以中州茶種, 播諸山谷之間, 種種有萌芽者. 然後
之人, 以蓬蒿之屬視之, 不能辨其眞贋. 近爲土人採之, 煎而飲之, 乃茶也. 草衣
禪師, 親自蒸焙, 以遺一時名士. 李山中得之, 分于錦舲, 錦舲爲余煎嘗, 因以南
茶歌, 示余, 余亦和其意焉.

내가 맛에 담백해도 차에는 벽癖 있으니   吾生澹味癖於茶

마시면 정신이 들게 하기 때문일세 　飮啜令人神氣華
용단차와 봉미차는 모두 다 가품이나 　龍團鳳尾摠佳品
낙장酪漿과 금 쟁반은 사치 너무 심했다네 　酪漿金盤空太奢
이 한잔 차를 빌려 기름기를 씻어내니 　假此一甌洗粱肉
겨드랑이 이는 바람 옥천가玉川家로부터 온다 　風腋來從玉川家
강남 땅 아득해라 육우陸羽를 떠올리며 　江南迢遞憶桑苧
홀로 『다경茶經』 펴서 보니 글씨 촘촘 기울었네 　獨抱遺經書密斜
초금관의 주인이 저녁에 나를 맞아 　茗錦主人夕邀我

　　　초금관은 금령 박영보의 집 이름이다[茗錦館錦舲齋名].

질화로 먼저 내와 엷은 안개 일어난다 　先將土銼生澹霞
말하길 이 씨를 호남 영남 뿌렸어도 　爲言此種種湖嶺
푸른 산 천년 동안 쓸모없이 꽃만 맺혀 　碧山千年空結花
이끼와 같이 보아 스님들 죄다 밟고 　雲衲踏盡等莓苔
나무꾼은 베어내서 땔감으로 쓴다 하네 　樵童芟去兼杈枒
골짜기 난초처럼 아는 이가 없었는데 　無人識得谷蘭馨
초의 스님 두 손 번갈아 찻잎을 따는구나 　草衣採摘雙手叉
절집에 곡우 비가 흩날리는 시절에 　僧樓穀雨細飛節

　　　왕완정이 손사원이 차를 부쳐준 데 사례한 시에 "죽순 굽는 승루에 곡우가
　　　깊었구나"라고 하였다[王阮亭謝孫思遠寄茶詩 有 "燒筍僧樓穀雨闌"].

새 떡차 찌고 말려 붉은 비단에 넣었다네 　新餠蒸焙囊絳紗

　　　구양수의 『귀전록』에 "근세에 만드는 것은 더욱 정묘해져서 차를 붉은 비단
　　　에 묶는다"고 했다[歐陽脩歸田錄: "近歲製作尤精 束茶以絳紗"].

부처 공양 남은 것이 시 벗에게 미치어서 　供佛餘波及詩侶
머리에 사모 쓰니 품미 더함 훌륭하다 　紗帽籠頭添品嘉

　　　노동의 맹간의의 차에 사례하는 시에 "머리에 사모 쓰고 손수 직접 달인다"
　　　는 구절이 있다[盧仝謝孟簡儀茶詩 有 "紗帽籠頭手自煎"].

초사가 이를 얻어 강가 집에 부쳐주니 　茗士得之寄江屋

초사는 이산중의 자호다[苕士李山中自號也].

백자에 녹설아綠雪芽라 써서 봉하였구나 　　　　　白甀封題綠雪芽

당나라 승려 제기의 시에 "백자에 써서 봉한 화전차를 부쳤구나"라고 했다
[唐僧齊己詩: "白甀封題寄火前"].

생강 계피 묵을수록 점점 더 매워지고 　　　　　大勝薑桂老愈辣
삼과 창출 대그릇서 약효 더해짐 보다 낫네 　　　　却與蔘朮籠裏加
푸른 하늘 찬 구름에 물에 자취 생겨나니 　　　　沈碧寒雲水生痕

시우산의 차시에 "짙푸른 하늘에 운삼이 차다"고 하였다[施愚山茶詩: "沈碧
寒雲杉"].

옥명玉茗으로 비녀 꼽음 모름지기 자랑 말라 　　　釵頭玉茗須莫誇

육방옹의 시에 "옥명으로 비녀 꽂으니 천하에 절묘하네"라고 했다[放翁:
"釵頭玉茗天下妙"].

덕과 절조 먹과는 절로 서로 반대지만 　　　　　德操與墨自相反

온공이 말하기를, "차는 희어지려 하고, 먹은 검어지려 한다"고 했고, 소동
파는 "기이한 차와 좋은 먹은 모두 향기로우니 덕이 같기 때문이고, 모두
굳세니 절조가 같아서이다"라고 했다. 온공은 "차와 먹은 서로 반대다"라
고 했다[溫公曰: "茶欲白墨欲黑" 東坡曰: "奇茶妙墨 俱香是其同德也. 皆堅是其同操
也." 溫公曰: "茶墨相反"].

안고서 고인高人 향해 세 번 탄식 하였다지 　　　抱向高人三歎嗟
건주 땅의 섭씨葉氏가 매년 많은 공물 바쳐 　　　建州葉氏歲多貢
심부름꾼 먼 길에 쉴 새 없이 이어졌네 　　　　　勞人絡繹途里遐
이 차가 흘러옴은 힘이 들진 않았어도 　　　　　此品流來不煩力
경화京華까지 부쳐옴은 접사蝶槎와 한가질세 　　　寄到京華如蝶槎
남쪽 고장 여태껏 풍미가 좋았음은 　　　　　　　南鄉至今好風味
구루산勾漏山서 단사丹砂가 나는 것과 다름없네 　　便是勾漏生丹砂
사전社前의 새순을 직접 싼 것 기억하니 　　　　記得親包社前箅
제기齊己 말한 묘한 솜씨 이빨에서 향기 난다 　　齊已妙製香生牙
봄 그늘에 지렁이 울고 소낙비가 내려서 　　　　春陰蚓鳴驟雨來

안 마셔도 군침 돌아 술 수레와 만난 듯해　　　未啜流涎逢麴車
시정詩情에 힘입어 맛보기에 합당하니　　　詩情賴有合得嘗
강의루江意樓가 다름 아닌 추관麤官의 관아일세　　　江意樓是麤官衙

설능의 「사차」 시에 "추관에게 부쳐준들 아무 쓸데 없지만, 시정詩情에 힘
입어서 맛봄이 합당하리"라고 하였다. 당나라 사람의 옛 풍속에 대성臺省
을 거치지 않고 염군廉軍과 절진節鎭을 맡아 나가는 것을 추관麤官이라 했
다[薛能謝茶詩: "麤官寄與眞拋却 賴有詩情合得嘗" 唐人舊俗 以不歷臺省 出領兼軍節鎭者
爲麤官].[27]

　신위는 병서幷序에서 제자 박영보가 끓여준 남차를 마신 후 그가
지은 「남차병서」에 화답하여 「남차시병서」를 지었다고 말했다. 시에
서는 남차를 초의 스님이 곡우 무렵의 찻잎을 따서 찌고 말려 떡차의
형태로 만들었다고 하였다. 초의가 만든 남차에 관한 매우 중요한 증
언이다. 이 증언은 앞에서 살펴보았던 여러 문헌자료에서도 한결같이
다산 황차가 곡우 전의 어린 찻잎으로 찌고 말려서 떡차의 형태로
만들었다는 내용과 일치한다.
　신위가 지은 또 다른 시의 제목에서도 다산 황차가 초의에게 전승
되었음이 잘 나타난다. 시 제목은 이렇다.

「초의가 내가 금령에게 준 시운에 차운하였는데 몹시 아름다웠
다. 그래서 다시 원래의 운자를 써서 시를 지어 보인다. 이때 초
의는 스승인 완호대사玩虎大師를 위해 삼여탑三如塔을 세우고, 해
거도위海居都尉 홍현주에게 명시銘詩를 청하면서 내게도 서문을
써달라고 하며 차병茶餠 4개를 보내왔다. 차병은 자신이 직접 만

든 것인데, 이른바 '보림백모寶林白茅'라는 것이다. 시 속에서 아울러 이를 언급하였다[草衣次余贈錦舲詩韻, 甚佳. 故更用原韻賦示. 時草衣爲其師玩虎大師, 建三如塔. 乞銘詩於海居都尉, 乞序文於余. 而遺以四茶餠. 卽其手製, 所謂寶林白茅也. 詩中幷及之].」[28]

신위는 초의가 손수 만든 '보림백모寶林白茅'라고 하는 차병茶餠 4개를 보내왔다고 말했다. 그런데 이 '차병'이라는 명칭은 다산이 제자 이시헌에게 보낸 걸명 편지에서 삼증삼쇄의 제다법으로 만들어 달라고 부탁했던 차와 동일하다. 이로 보아 신위가 말한 초의의 '차병' 역시 다산의 제다법으로 만들어져 동일한 명칭으로 불렸던 것으로 보인다. 또한 보림백모라는 이름도 보림차의 별칭인 듯하다. 왜냐하면 신위는 초의에게 받은 차를 '보림백모'라고 하였지만, 이유원은 『임하필기』「삼여탑三如塔」에서 보림차로 기록하고 있기 때문이다.

대둔사 승려 초의가 그의 스승 완호대사를 위하여 삼여탑을 세우고, 해거도위에게 명시銘詩를 부탁하고, 자하에게 서문序文을 부탁하면서 보림차를 선물하였다.
草衣大芚僧, 爲其師玩虎大師, 建三如塔, 乞銘詩扵海居都尉, 乞序文扵紫霞, 幣寶林茶.[29]

이유원은 신위가 선물 받은 차를 '보림차'라고 하였다. 이로 보아 보림백모와 보림차는 동일한 차였던 것을 알 수 있다. 보림차는 이유원이 「호남사종」과 「죽로차」에서 구체적으로 기록했던, 다산이 보림사 승려들에게 가르쳐준 구증구포의 제다법으로 만든 차를 말한다.

그렇다면 초의가 차병의 형태로 손수 만든 보림백모차는 다산의 제다법이 초의에게 전승되어 만들어진 것으로 짐작된다.[30]

지금까지 살펴본 문헌자료들을 통해서 초의가 찌고 말려서 떡차의 형태로 만든 남차와 보림백모차는 다산 황차 제다법으로 만든 차였으며, 이는 다산의 황차가 초의에게 전승되었음을 보여준다고 하겠다.

초의가 만든 떡차가 다산에게서 전승되었다는 사실은 초의의 제자 범해梵海 각안覺岸(1820~1896)이 지은 「초의차草衣茶」라는 시를 통해서도 확인된다.

곡우에 이제 갓 날이 개어도　　　　　　　穀雨初晴日
노란 싹 잎으로 피지 않았네　　　　　　　黃芽葉未開
빈 솥에 세심하게 잘 덖어내어　　　　　　空鐺精炒細
밀실에서 잘 말리었구나　　　　　　　　　密室好乾來
백두栢斗에서 방원方圓으로 찍어내어서　　栢斗方圓印
대껍질로 마름하여 포장한다네　　　　　　竹皮苞裹裁
단단히 싸 바깥 기운 막으니　　　　　　　嚴藏防外氣
한 사발에 향기 가득 감도는구나　　　　　一椀滿香回[31]

범해는 초의차가 곡우 무렵의 어린 찻잎으로 솥에서 덖어 밀실에서 잘 말린 후, 모나거나 둥글게 찍어내어 대껍질로 포장한다고 하였다. 초의차의 제다 과정을 비교적 자세하게 설명한 내용이다. 이 시에서 보이는 초의차 제다법은 다산 황차와 매우 유사하다. 다산이 만든 황차는 곡우穀雨 무렵의 어린 찻잎을 여러 번 찌고 말리는 과정을 거친 후, 건조된 찻잎을 곱게 가루 내어 작은 형태로 빚어 만든 떡차였다. 초의차 역시 곡우 무렵의 어린 찻잎을 솥에서 덖어서 밀실에서 잘 말린 후에 모나거나 둥글게 찍어낸다고 하였으니, 다산 황차와 같이 밀실에서 건조한 찻잎을 곱게 가루낸 후 뭉쳐서 떡차로 만든 것으로 보인다. 그런데 초의가 떡차를 만드는 방법을 신위의 「남차시병서」에서는 쪄서 말리는 증청법으로 기록했지만, 범해는 솥에서 덖는 초청법으로 기록한 것으로 볼 때, 다산의 황차 제다법이 초의에게 전승된 이후 초의에 의해서 초청법으로도 만들어졌던 듯하다.

추사秋史 김정희金正喜(1786~1856)가 초의에게 보낸 차를 청하는 편지를 통해서도 다산의 황차가 초의에게 전승된 것을 알 수 있다. 4통을 차례대로 읽어본다.

> 지난 번 보내준 차병茶餅은 벌써 다 먹었소 물리지도 않고 요구만 하니, 많이 베풀어 주기야 어찌 바라겠소 다 미루고 이만 줄이오. 정미년(1847) 유두날.
> 前惠茶餅, 已喫盡. 無厭之求, 其望大檀越. 都留不宣. 丁未流頭[32]

원래 편지에 또한 차를 부탁하였더랬소. 이곳에서는 차를 얻기가 몹시 어려운 줄을 대사도 잘 아실게요. 대사가 손수 법제한 차는 당연히 해마다 보내주었으니 굳이 다시 말할 필요가 없겠고, 절에서 만든 소단차小團茶 30~40편片을 조금 좋은 것으로 가려서 보내주기를 간절히 바라오. 소동파가 말한 추아차麤芽茶 또한 부처님 전에 올리기는 충분하실 게요. 만약 박생이 다시 올 때를 기다린다면 너무 늦을 염려가 있으니 먼저 편지 보내는 편에

김용성의 처소로 속히 부쳐주시는 것이 어떻겠소.

原書亦以茶懇矣. 此中茶事甚艱, 師所知耳. 師之自製法茶, 當有年例, 不必更言. 寺中所造小團三四十片, 稍揀其佳, 惠及切企. 坡公所云龘芽茶, 亦足充淨供耳. 若待朴生再來時, 恐有太婉晚之慮. 先圖信便. 於金瑢性處速付, 如何如何.[33)]

차에 관한 일은 앞서 편지에서도 여러 차례 언급하였소. 소단小團 수십 편片으로는 몇 차례 먹을거리도 지탱하지 못할 것이오. 100원을 한정해서 살 수 있다면 좋겠소. 거듭 깊이 생각해 보시는 것이 어떻겠소.

茶事前書亦有縷及. 而小團數十片, 恐不支幾時供. 限百圓可以買取則似好. 再深商之, 如何如何.[34)]

병중에 연거푸 스님의 편지를 보니, 한결같이 혜명慧命을 이어주는 신부神符라 하겠소. 정수리를 적셔주는 감로甘露라 한들 어찌 이보다 더하겠소. 보내주신 차는 병든 위장을 시원스레 낫게 해주니 고마운 마음이 뼈에 사무치오. 하물며 이렇듯 침돈沈頓한 중임에랴! 자흔과 향훈 스님이 각각 먼 데까지 보내주니, 그 뜻이 진실로 두텁구려. 날 대신해서 고맙다는 뜻을 전해주시구려. 향훈 스님이 따로 박생에게 준 잎차는 소동파의 추아차 못지않게 향기와 맛이 아주 훌륭합니다. 다시금 날 위해 한 포를 청해주는 것이 어떻겠소? 마땅히 앓는 중에라도 따로 졸서로 작환雀環의 보답을 할 터이니, 향훈 스님에게 이러한 뜻을 알려 즉시 도모해 주시구려.

病枕連見禪械, 是一續慧命之神符. 灌頂甘露, 何以多乎? 茶惠夬醒病胃, 感切入髓. 況際此沈頓之中耶? 自欣向熏之各有遠貽, 其意良厚. 爲我代致款謝也. 熏衲之另贈朴生之葉茶, 恐不下於坡公龘茶芽. 香味絕佳, 幸更爲我, 再乞一包如何.

當於病間, 另以拙書爲雀環之報. 並及此意於熏衲, 而卽圖之.[35]

1847년에 쓴 첫 번째 편지에서 주목해 보아야 할 내용은 추사가 초의에게 요구했던 차가 '차병'이라는 점이다. 차병은 다산이 제자 이 시헌에게 보낸 걸명 편지에서 삼증삼쇄의 제다법을 자세하게 설명하면서 부탁했던 차였으며, 신위도 초의에게 선물 받았던 차를 차병이라고 하였다. 이로 보아 초의가 다산의 차병과 동일한 차를 만들었다는 사실이 다시 한번 분명하게 확인된다.

두 번째와 세 번째 편지는 초의에게 '소단차小團茶'를 부탁하는 내용이다. 소단차는 작은 형태의 떡차를 말한다. 다산이 만든 황차와 형태적인 특징이 유사하다.

네 번째 편지를 통해서 추사 또한 다산과 마찬가지로 떡차를 약용으로 음용했던 것을 알 수 있다.

이상 추사가 초의에게 보낸 편지를 통해서 초의가 만들었던 떡차의 이름과 형태적인 특징, 그리고 약용으로 음용했던 것을 볼 때 다산의 황차 제다법이 초의에게 전승되어 계속해서 만들어졌던 것으로 보인다.

지금까지 조선 후기 다산 정약용이 직접 만들고 여러 지역의 사람들에게 가르쳤던 황차를 문헌자료를 통해서 살펴보았다. 살펴본 내용을 간략하게 정리한다.

첫째, 다산 황차는 삼증삼쇄 또는 구증구포의 방법으로 여러 번 찌고 말리는 과정을 거쳐서 만들었다. 이렇게 만들었던 이유는 차의 강하고 차가운 성질을 제거하여 약용으로 음용하기 위해서였다.

둘째, 다산 황차는 여러 번 찌고 말린 후, 건조된 찻잎을 곱게 가루 낸 후 물로 반죽해서 작은 형태로 빚어 만든 떡차였다. 이렇게 만들어진 다산 황차는 마실 때 가루 내지 않아도 덩어리째 끓이면 저절로 풀어지기 때문에 차탕과 함께 마실 수 있었다.

셋째, 다산이 만들었던 황차는 정차·남차·만불차·죽로차·보림차·차병 등의 별칭이 있었다. 이는 다산의 황차가 여러 지역의 많은 사람에게 전파되었다는 것을 의미한다. 특히, 초의가 만든 떡차도 남차와 차병으로도 불렀다. 다산 황차와 같이 곡우 무렵의 어린 찻잎을 찌고 말린 후 곱게 가루 내어 빚어 만들었으며, 약용으로 음용한 공통점으로 볼 때 다산 황차 제다법이 초의에게 전승되었던 것으로 보인다.

6

다산 정약용의
고형차固形茶 제다법

다산 정약용의 고형차固形茶 제다법

이 글은 다산茶山 정약용丁若鏞(1762~1836)이 강진 유배시절 직접 만들고 가르쳤던 고형차固形茶 제다법製茶法을 문헌자료를 통해 고찰하여 다산의 제다법을 정확하게 이해하는 데 목적이 있다.

조선 후기 다산 정약용은 강진 유배시절 차를 직접 만들고 그 방법을 가르쳤다. 다산이 직접 만들고 가르쳤던 차는 고형차였다. 이러한 사실은 여러 문헌자료를 통해서 확인된다.

중국에서 전래된 고형차 제다법은 당대唐代의 병차餅茶, 송대宋代의 연고차硏膏茶 제다법으로 기본적으로는 찻잎을 쪄서 만드는 증청법蒸靑法이었다. 이후 명대明代에 들어와서 고형차 생산을 금지하고 산차散茶를 장려하면서 고형차는 더 이상 만들어지지 않게 되었다. 제다법도 증청법에서 솥에서 덖어 만드는 초청법炒靑法으로 변화되었다.

일찍부터 중국의 차문화가 전래된 우리나라는 삼국시대와 고려시대까지는 중국의 당·송 시대 차문화와 유사하게 발전하였다. 하지만 조선시대에는 동시대인 명·청 시기와는 달리 고형차가 계속해서 만

들어지고 음용되었으며, 조선 후기와 근대까지 이어졌던 사실이 많은
문헌자료 속에서 확인된다.

문헌에 나타난 조선 후기 제다법

조선 후기 제다법을 살펴볼 수 있는 중요한 문헌자료는 1783년경
이덕리李德履(1725~1797)가 진도 유배시절 저술한 『기다記茶』이다. 『기
다』 중 「다조茶條」 2번째 항목에 제다법이 기록되어 있다. 그 내용은
이렇다.

> 곡우가 지나기를 기다려 역부役夫와 말, 초료草料 등을 지급하여
> 차가 나는 고을로 이들을 나누어 보내 차가 나는 곳을 자세히
> 살피게 한다. 차를 따야 할 때를 잘 살펴서 본 읍에서 심사하여
> 기록해둔 가난한 백성을 이끌고 산으로 들어가 찻잎을 채취해
> 고른다. 찻잎을 찌고 불에 쬐어 말리는 방법을 가르쳐주되 힘써
> 기계를 가지런히 정돈케 한다. 불에 쬐어 말리는 그릇은 구리로 만든 체가
> 가장 좋다. 그 나머지는 마땅히 대나무 발籬로 쓴다. 여러 절에서는 밥 소쿠리로 불
> 에 쬐어 말리는 일을 돕는데, 소쿠리에 밥을 넣어 기름기가 빠져나가게 한 뒤에 부뚜
> 막 안에 두면, 부뚜막 하나에서 하루 10근씩 불에 쬐어 말릴 수 있다. 찻잎은 아
> 주 좋은 것만 가려내어 알맞게 찌고 말린다.
> 待穀雨後, 給夫馬草料, 分送于茶邑. 詳探茶所, 審候茶時, 奉本邑査錄之貧民,
> 入山探掇, 教以蒸焙之法, 務令器械整齊. 焙器銅篩第一, 其餘當用竹籬. 而諸寺焙佐飯竹
> 筲, 浸去油氣, 入飯後竈中, 則可一竈一日焙十斤. 揀擇精美, 蒸焙得宜.[1]

위 내용을 통해서 알 수 있는 중요한 사실은 백성들에게 차를 만드
는 방법으로 쪄서 만드는 증청법蒸靑法을 가르치려고 했다는 점이다.

이로 보아 조선 후기까지도 일반적으로 차는 증청법으로 만들어졌던 듯하다. 조선 후기 문인文人 윤형규尹馨圭(1763~1840)도 「다설茶說」에서 "싹과 잎을 거두어 모아서 찌고 말려서 약을 만드는 것 또한 쉽지가 않은 데다, 매번 이어 대기 어려운 것이 근심이다[收聚芽葉 蒸曝成藥 亦不容易 每患難繼]"[2]라고 증청법으로 차를 만드는 방법에 대해서 적었다.

조선 후기 실학자 오주五洲 이규경李圭景(1788~1856)도 『시가점등詩家點燈』에서 당시의 제다법이 증청법이었음을 다음과 같이 말했다.

> 죽로차는 우리나라 영남의 진주목과 하동부 등의 대밭에서 난다. 대나무 이슬에 젖어 늘 자라는 까닭에 이름 붙였다. 영남 사람 심인귀가 일찍이 그 찻잎을 채취하여 찌고 말려 차를 만들어 보내주었다. 끓여 마시니 풀의 기미가 전혀 없고, 담백한 향이 중국의 차와 같았다. 기운을 내려주고 체증을 해소해주는 데다 그 이름도 몹시 우아하여 시로 읊조릴만하다.
>
> 竹露茶我東嶺南晉州牧河東府等處, 竹田中生焉. 沾竹露而長養故名. 領人沈寅龜, 嘗採基葉, 蒸乾爲茶以惠焉. 煎飮无艸氣味, 澹香如中原茶. 下氣消滯, 而其名甚雅, 堪入吟詠者也.[3]

위 내용을 통해서 조선 후기에 등장하는 죽로차竹露茶 역시 증청법으로 만들어졌음이 확인된다. 죽로차가 증청법으로 만들어졌음을 확인할 수 있는 또 다른 문헌자료는 이유원李裕元(1814~1888)이 지은 「죽로차竹露茶」라는 시詩이다. 이 시의 내용 중 "구증구포 옛 법 따라 안배하여 법제하니[蒸九曝九按古法], 구리 시루 대소쿠리 번갈아서 맷돌질 하네[銅甑竹篩替相礧]"라는 내용을 통해서 죽로차를 여러 번 찌고 말려서도 만들었던 것을 알 수 있다.

자하紫霞 신위申緯(1769~1847)도 1830년 지은 「남차시병서南茶詩并序」에서 "초의선사가 직접 찌고 불에 쬐어 말려서, 한때의 명사에게 보내주었다[草衣禪師親自蒸焙 以遺一時名士]"라고 병서并序에 적었으며, 시의 내용 중 "새 떡차 찌고 불에 쬐어 말려 붉은 비단에 넣었다네[新餅蒸焙囊絳紗]"라고 초의草衣가 증청법으로 떡차를 만들었음을 말했다. 그런데 1830년은 초의가 1828년 칠불암에서 『만보전서萬寶全書』의 내용 중 차 관련 부분인 「다경채요茶經採要」를 필사한 후, 일지암에서 『다신전茶神傳』이라는 제목으로 새롭게 정서正書하여 완성한 해이기도 하다. 초의가 필사한 「다경채요」의 원전原典은 솥에서 덖는 초청법炒靑法으로 산차散茶를 만드는 법을 설명한 명대 장원張源의 『다록茶錄』이다. 초의는 『다신전』을 정서한 후 발문跋文에서 "총림叢林에 간혹 조주趙州의 유풍遺風이 있지만, 다도는 다들 알지 못하므로, 베껴 써서 다도가 두려워할 만한 것임을 보인다. 경인년(1830) 2월, 암자에서 쉬는 병든 선객이 눈 오는 창가에서 화로를 끼고서 삼가 쓴다[叢林或有趙州風 而盡不知茶道 故抄示可畏. 庚寅中春 休菴病禪 雪窓擁爐 謹書]"[4)라고 초록한 이유를 적었다. 초의가 『다신전』을 통해서 초청법으로 차를 만드는 방법을 다도를 모르는 사람들에게 새롭게 알려주고자 한 가장 큰 이유 역시 증청법이 당시의 일반적인 제다법이었기 때문인 듯하다.

다산의 고형차固形茶 제다법

다산이 차를 직접 만들었음을 알 수 있는 것은 강진 유배 시절인 1814년 3월 4일에 문산文山 이재의李載毅(1772~1839)와 주고받은 「이산창수첩二山唱酬帖」에 실려 있는 다산의 차시茶詩를 통해서다.

곡우 지나 새 차가 비로소 기를 펴자	雨後新茶始展旗
차 바구니 차 맷돌을 조금씩 정돈한다	茶籝茶碾漸修治
동방엔 예로부터 차세가 없었으니	東方自古無茶稅
앞마을에 개 짖어도 염려하지 않는다	不怕前村犬吠時[5]

곡우穀雨가 지나 찻잎이 피기 시작하면 차를 만들기 위해서 찻잎을 따서 담을 바구니와 차 맷돌을 꺼내서 정돈하는 상황을 표현했다. 그런데 이 시에서 나타나는 차 맷돌은 완성된 차를 가루내어 차를 마시기 위한 것이 아니라, 고형차를 만드는 과정에서 사용하기 위한 것으로 생각된다.[6] 왜냐하면 다산이 차를 만드는 방법은 찻잎을 쪄서 말린 후에 곱게 가루 내어 작은 형태로 빚어 만든 고형차였기 때문이다. 이러한 제다법은 1830년 다산이 제자 이시헌李時憲(1803~1860)에게 보낸 서찰書札의 내용을 통해서 좀 더 자세하게 확인된다. 앞에서도 보았지만 중요한 편지이므로 다시 읽어본다.

지난번 보내준 차와 편지는 가까스로 도착하였네. 이제야 감사를 드리네. 올 들어 병으로 체증이 더욱 심해져서 잔약한 몸뚱이를 지탱하는 것은 오로지 차병茶餠에 의지하고 있네. 이제 곡

우 때가 되었으니 다시 계속해서 보내주기 바라네. 다만 지난
번 보내준 차병은 가루가 거칠어 심히 좋지가 않았네. 모름지기
세 번 찌고 세 번 말려서 아주 곱게 갈고, 또 반드시 돌 샘물로
고르게 조절하여 진흙같이 짓이겨서 작은 병餅으로 만든 뒤에야
찰져서 마실 수가 있다네. 살펴주면 좋겠네.

向惠茶封書, 間關來到. 至今珍謝. 年來病滯益甚, 殘骸所支, 惟茶餅是靠. 今當
穀雨之天, 復望續惠. 但向寄茶餅, 似或粗末, 未甚佳. 須三蒸三曬, 極細研, 又必
以石泉水調匀, 爛搗如泥, 乃卽作小餅然後, 稠粘可嚥, 諒之如何.

다산은 곡우 시기의 어린 찻잎을 삼증삼쇄三蒸三曬한 후 건조된 찻
잎을 곱게 갈아 만든 찻가루를 반죽하여 작은 형태의 차병茶餅으로
만들어 보내달라고 부탁하면서 고형차 제다법을 자세하게 설명하였
다. 따라서 위에서 살펴본 「이산창수첩」에 수록된 다산의 차시에서
보이는 차 맷돌[茶磑]은 고형차를 만들기 위해 건조된 찻잎을 곱게 갈
기 위해서 사용한 것임을 알 수 있다. 다산의 이와 같은 제다법의 특
징을 이규경도 『오주연문장전산고五洲衍文長箋散稿』 「도차변증설荼茶
辨證說」에서 다음과 같이 기록했다.

교남 강진현에는 만불사萬佛寺가 있는데 차가 난다. 다산 정약용
이 귀양살이할 때 쪄서 불에 쬐어 말려 덩이 지어서 작은 병餅으
로 만들게 하고는 만불차萬佛茶로 이름 지었다. 다른 것은 들은
바가 없다.

嶠南康津縣, 有萬佛寺出茶. 丁茶山若鏞謫居時, 敎以蒸焙爲團, 作小餅子, 名萬
佛茶而已. 他無所聞.[7]

이규경은 다산이 증청법으로 찻잎을 쪄서 만들게 했던 만불차 제다법의 특징을 "쪄서 불에 쬐어 말려 덩어리를 지어 작은 떡처럼 만들게 하고"라고 찻잎을 가는[研] 공정을 생략한 채 적었다. 하지만 말린 찻잎을 덩어리를 지어 작은 떡처럼 만들기 위해서는 다산이 이시헌에게 보낸 편지에서 설명하고 있는 것처럼 곱게 갈아서 반죽하였을 것이다. 이규경은 만불차가 다산이 가르쳐서 만들었다고 말했다. 이유원 역시 『임하필기林下筆記』「호남사종湖南四種」에서 "강진 보림사 죽전차는 열수 정약용이 체득하여 절의 승려에게 아홉 번 찌고 아홉 번 말리는 방법을 가르쳐 주었다[康津寶林寺竹田茶 丁洌水若鏞得之 敎寺僧以九蒸九曝之法]"[8]라고 하였으며, 「죽로차」에서도 "어쩌다 온 해박한 정열수 선생께서[何來博物丁洌水], 절 중에게 가르쳐서 바늘 싹을 골랐다네[敎他寺僧芽針選]"[9]라고 보림사 승려들에게 여러 번 찌고 말리는 증청법으로 차를 만드는 방법을 가르쳤다고 기록했다. 이러한 문헌 기록들을 통해서 다산은 차를 직접 만들었을 뿐만 아니라 제다법을 많은 사람들에게 가르쳤던 것을 알 수 있다.

한 가지 흥미로운 사실은 다산의 오랜 친구인 외심畏心 윤영희尹永僖도 「햇차[新茶]」라는 시에서 찻잎을 갈아서 만드는 다산 제다법의 특징에 대해서 말했다는 점이다.

문득 입 안에 진진한 맛 이는 걸 느끼어라	忽覺津津動頰牙
선생의 붓 아래 완연히 꽃이 피는 듯하네	先生筆下宛生花
사향처럼 매우 짙은 향기가 풍겨오고	麝臍酷烈浮香氣
작설의 새싹은 뾰족하게 솟아난다	雀舌尖新迸早芽

맷돌에 가는 법은 정채의 솜씨에 의거하고　　　　碾硏法依丁蔡手
맵고 단 성미는 심전사沈傳師와 서회徐晦에게 알맞다　辣甘性合沈徐家
시를 이루매 용육을 애기한 내가 우스워라　　　　詩成笑我談龍肉
오직 산나물이 있어 맛을 자랑할 만하다오　　　　獨有山茹味可誇[10]

5구에서 "맷돌에 가는 법은 정채의 솜씨에 의거하고"라고 한 것은
고형차를 만들 때 건조된 찻잎을 곱게 갈아서 만드는 다산의 제다법
을 보고 말했던 것으로 보인다. 여기서 '맷돌에 가는 법'은 차를 만드
는 방법을, '정채丁蔡'는 송대宋代 용봉단차龍鳳團茶를 만들었던 정위
丁謂(966~1037)와 채양蔡襄(1012~1067)을 의미한다. 따라서 다산이 말린
찻잎을 곱게 갈아서 작은 형태의 차병茶餅으로 만들었던 고형차 제다
법은 사실 다산의 독창적인 방법이 아니라 연고차研膏茶 제다법에 영
향을 받았음을 나타내는 것으로 볼 수 있다.
　다산은 중국의 역대 왕조에서 시행된 차 전매제도를 역사적으로
고찰한 「각다고榷茶考」를 저술할 만큼 중국차에 관한 해박한 지식을
갖고 있었다. 「각다고」에서 송대 제다법에 관하여 언급한 내용은 마
단림馬端臨(1245~1322)의 『문헌통고文獻通考』에서 그대로 인용하였다.
해당 내용은 이렇다.

　차에는 두 종류가 있다. 편차片茶와 산차散茶가 그것이다. 편차는
　쪄서 만드는데 모양틀에 채워 가운데 구멍을 뚫어 꿰미로 꿴다.
　다만 건주建州와 검주劍州에서는 찐 다음에 갈아서 대나무로 짜
　서 격자를 만들어 건조실 안에 두는데 가장 정결하다. 다른 곳
　에서는 만들 수가 없다.

凡茶有二類, 曰片曰散. 片茶, 蒸造實捲摸中串之. 惟建劍則旣蒸而研, 編竹爲格, 置焙室中, 最爲精潔, 他處不能造.[11]

위 내용은 편차片茶에는 모양 틀[捲摸]에 채워서 가운데 구멍을 뚫어 만든 것과 복건성福建省 건주建州(복건성 건구현建甌縣)와 검주劍州(오대와 북송 시기 복건성 지역으로 현재 남평시南平市와 삼명시三明市) 지역에서 찌고 갈아서 만들었던 두 가지 종류가 있었다는 설명이다. 이와 같이 송대의 편차 중 찌고 갈아서 만들었던 연고차研膏茶 제다법을 이해하고 있었던 다산은 윤영희가 말한 것처럼 자신이 차를 직접 만들 때 연고차 제다법을 응용한 것으로 보인다.

연고차研膏茶 제다법과 다산 제다법의 관계

연고차 제다법을 가장 자세하게 기록하고 있는 문헌은 남송南宋(1126~1279) 시대인 1186년경 조여려趙汝礪가 지은 『북원별록北苑別錄』이다. 『북원별록』에서는 연고차 제다법을 '개배開焙(차판벌이기) – 채차採茶(찻잎따기) – 간차揀茶(찻잎가리기) – 증차蒸茶(찻잎찌기) – 자차榨茶(차짜기) – 연차研茶(차갈기) – 조차造茶(차만들기) – 과황過黃(차말리기)' 등 8가지 공정으로 설명하였다. 송대 연고차 제다법과 당대唐代 병차餅茶 제다법의 가장 큰 차이점은 찻잎을 찐 후에 진액인 고膏를 짜내기 위한 자차榨茶 공정과 진액을 짜낸 찻잎을 질동이[盆]에서 찻잎의 등급에 따라 물을 첨가하면서 걸쭉한 고膏 상태로 아주 곱게 가는 연차研茶 공정의 유무有無이다.

자차 공정으로 찻잎에서 진액인 고膏를 짜내는 이유에 대해서 『북원별록』「자차榨茶」항목에서는 다음과 같이 설명하였다.

> 대개 건차는 맛이 깊고 강해서 강차와는 비교가 안 된다. 강차
> 는 그 진액이 빠지는 것을 두려워하지만, 건차는 오직 그 진액
> 이 다 없어지지 않는 것을 두려워한다. 진액이 다 없어지지 않
> 으면 색과 맛이 무겁고 탁하다.
> 蓋建茶味遠而力厚, 非江茶之比. 江茶畏流其膏, 建茶惟恐其膏之不盡. 膏不盡則
> 色味重濁矣.[12]

건차建茶는 남부지역인 복건성에서 생산된 차를 말하고, 강차江茶
는 강남차江南茶라고도 하며 중국 중부지역에서 생산되는 차를 뜻한
다.[13] 위 내용을 통해서 자차 공정으로 진액인 고膏를 짜내는 이유는
차의 색과 맛 두 가지를 위해서 진행하는 공정으로, 진액을 모두 짜
내지 않으면 차색이 탁해지고 맛은 무거워진다고 하였다.

송대 연고차는 완성된 차와 차탕茶湯의 색상을 흰색에 가깝도록 만
들었다. 채양蔡襄은 『다록茶錄』「색色」항목에서 "차의 색은 흰색을
귀하게 여긴다[茶色貴白]"[14]고 하였다. 북송北宋(960~1127) 제8대 황제
휘종徽宗(재위 1100~1125)이 대관大觀(1107~1110) 연간에 지은 『대관다론
大觀茶論』「색色」항목에서도 "점차의 색은 순백색이 상등이다[點茶之
色 以純白爲上眞]"[15]라고 말한 내용을 통해서 알 수 있듯이 흰색을 선
호選好하였기 때문이다. 따라서 녹색의 찻잎을 자차 공정을 통해서
진액인 고를 짜내면 엽록소도 함께 빠져나와 완성된 차와 차탕의 색
상을 백색白色에 가깝게 만들 수 있었다.

복건성에서 생산된 건차에서 진액을 짜낸 이유는 맛이 깊고 강하기 때문이었다. 『북원별록』보다 이른 시기에 저술된 북송시대인 1075년경에 저술된 황유黃儒의 『품다요록品茶要錄』「후론後論」에는 건차에서 진액인 고를 짜내는 이유에 대해서 더욱 자세하게 설명했다. 내용은 이렇다.

> 옛사람 육우가 차를 잘 안다고 일컫지만, 육우가 알고 있는 것은 모두 오늘날 소위 초차이다. 왜 그런가? 홍점(육우)이 논한 바와 같이 찐 순과 잎에서 그 진액이 빠질까 두렵다고 한 것은, 대개 초차는 맛이 옅고 싱거워서 진액이 제거되는 것을 항상 두려워하지만, 건차는 강하고 달기에 마땅히 진액을 제거하고자 한다.
> 昔者陸羽號爲知茶, 然羽之所知者, 皆今之所謂草茶. 何哉. 如鴻漸所論, 蒸筍並葉, 畏流其膏, 蓋草茶味短而淡, 故常恐去膏, 建茶力厚而甘, 故惟欲去膏.[16]

초차草茶는 『북원별록』에서 언급한 중국의 중부지역에서 생산되는 강차江茶를 뜻하는 것으로,[17] 초차는 맛이 옅고 싱겁기 때문에 진액이 빠져서는 안 되지만, 건차는 강한 맛 때문에 진액을 제거해야 한다고 설명하였다. 『품다요록』「지고漬膏」 항목에서도 "그 맛이 쓴 것은 고를 잘못 짜서 생기는 병폐다[其味帶苦者 漬膏之病也]"[18]라고 하여 쓴맛을 제거하기 위해서 진액인 고를 짜낸 것임을 알 수 있다.

오대五代(907~960) 시기인 935년경 저술된 모문석毛文錫의 『다보茶譜』에서는 중부지역인 호남성湖南省 악주岳州와 형주衡州에서 연고차를 만들었다고 기록했다.[19] 지금까지 살펴본 송대 다서들의 내용을 통해 볼 때 복건성에서 만들었던 건차는 완성된 차와 차탕의 색을 흰색에 가깝도록 만들었으며, 쓰고 강한 맛을 제거하기 위해서 자차榨茶 공정을 통해서 진액을 제거하였다. 하지만 중부지역에서 생산되었던 강차는 진액을 제거하는 자차 공정을 하지 않고 연고차를 제작했던 것으로 보인다.

한편 연고차가 처음 만들어졌을 때는『북원별록』에서 설명하고 있는 제다법과는 다른 방법으로 만들어졌던 것으로 보인다. 북송시대 장순민張舜民은『화만록畫墁錄』에서 연고차가 처음으로 만들어진 시기와 제다법에 관해서 다음과 같이 말했다.

정원 연간에 건주자사 상곤이 처음으로 찌고 불에 쬐어 말리고 갈아서 연고차라고 하였다.
貞元中, 常衮爲建州刺史, 始蒸焙而硏之謂硏膏茶.[20]

건주자사建州刺史였던 상곤常衮이 처음 연고차를 만들었으며, 찻잎을 찌고[蒸] 불에 쬐어 말린[焙] 후에 건조된 찻잎을 갈아서[硏] 만들었다고 하였다. 정원貞元은 당나라 9대 황제 덕종德宗(재위 779~805)의 세 번째 연호年號로, 785년부터 805년까지 21년간 사용되었다.『화만록』에 기록된 내용을 통해서 연고차가 상당히 이른 시기에 만들어진 것을 알 수 있다. 당나라 16대 황제 선종宣宗(재위 846~859) 시기에 활동했던 이영李郢이 지은「다산공배가茶山貢焙歌」에서도 "(차를) 찌는 향기는 매화 향보다 더 좋은 향이다. 천둥과 같은 소리가 나면 연고차를 만든다[蒸之馥之香胜梅 研膏架動轟如雷]"라고 연고차를 언급하고

있는 것을 볼 때 당대唐代에 이미 연고차가 만들어졌던 듯하다.[21]

『화만록』에 기록된 내용이 중요하다고 생각하는 이유는 바로 초기 연고차 제다법을 구체적으로 파악할 수 있게 되었다는 점이다. 초기 연고차 제다법은 『북원별록』에서와 같이 찻잎을 쪄서[蒸茶] 진액을 짜낸[榨茶] 후에 젖은 상태의 찻잎을 질동이에서 물을 첨가하면서 아주 곱게 가는[研茶] 복잡한 방법이 아니었다. 찻잎을 쪄서[蒸] 불에 쬐어 말린[焙] 후 건조된 찻잎을 곱게 갈아서[研] 반죽하여 틀에 넣고 찍어서 만드는 비교적 간단한 방법이었다. 그런데 『화만록』에서 설명하고 있는 초기 연고차 제다법은 휘종徽宗의 『대관다론』에서는 조금 발전된 형태로 나타난다. 내용은 이렇다.

> 차에는 진향이 있으니 용뇌나 사향도 견줄 수 있는 것이 아니다. 쪄서 익기까지 기다려 이를 누르고, 마른 뒤에 갈아야 한다. 곱게 갈아서 만들면 부드럽고 아름다움이 충분히 갖추어져, 잔에 넣으면 그윽한 향기가 사방으로 퍼져 가을 공기처럼 상쾌하고 시원하다.
>
> 茶有眞香, 非龍麝可擬. 要須蒸及熟而壓之, 及乾而研. 研細而造, 則和美具足, 入盞則馨香四達, 秋爽灑然.[22]

위 내용에 나타난 제다법은 『화만록』의 초기 연고차 제다법인 찌고[蒸] 불에 쬐어 말린[焙] 후에 갈아서[研] 만드는 공정에 누르는[壓] 공정이 추가되었음을 알 수 있게 해준다. 이는 완성된 차와 차탕의 색상을 흰색에 가깝게 만들고 쓰고 강한 맛을 제거하기 위해서 진액인 고를 짜내는 공정이 추가된 것으로 짐작된다.

『화만록』에 기록된 연고차 제다법은 명나라 시대인 1595년경에 저술된 장원張源의 『다록茶錄』「탕용노눈湯用老嫩」 항목에서도 보인다. 해당 내용만 읽어본다.

> 대개 옛사람이 제다할 때는, 만들고 나서 반드시 빻고, 빻고 나서는 반드시 갈며, 갈고 나면 꼭 체에 쳐서, 차가 먼지처럼 날리는 가루가 되었기 때문이다. 여기에 약제를 섞어서 용봉단龍鳳團으로 찍어 만든다.
>
> 蓋因古人製茶, 造則必碾, 碾則必磨, 磨則必羅, 則茶爲飄塵飛粉矣. 于是和劑, 印作龍鳳團.[23]

위 내용에서 설명한 "옛사람의 제다[古人製茶]"로 용봉단차를 만드는 방법은 『북원별록』에서 설명한 연고차 제다법이 아니라 『화만록』에서 말한 초기 연고차 제다법과 유사하다. 『북원별록』에서 연고차를 만드는 8단계 공정 중에서 찻잎을 쪄서[蒸茶] 진액을 짜낸[榨茶] 후에 찻잎을 고膏 상태가 될 때까지 곱게 갈아서[研茶] 틀에 넣어 고형차로 만들기[造茶]까지는 찻잎이 젖은 상태에서 이뤄지는 공정이다. 젖은 상태에서는 「탕용노눈」에서 설명한 것처럼 갈아서 체로 칠 수가 없고 날리는 가루처럼 될 수가 없다. 이러한 작업은 건조된 찻잎을 가루 낼 때만 가능하다. 따라서 「탕용노눈」에서 설명한 제다법은 먼저 찻잎을 쪄서 건조시킨 후에 건조된 찻잎을 갈아서 체질을 하여 바람에 날릴 정도의 고운 가루로 만들고, 이 찻가루에 약제를 섞어서

용과 봉황 무늬가 새겨진 틀에 넣어서 만드는 방법이다. 이로 보아 「탕용노눈」에서 설명한 제다법은 『화만록』에서 "찌고 불에 쬐어 말리고 갈아서 연고차라고 하였다"라고 한 초기 연고차 제다법과 매우 유사함을 알 수 있다.

지금까지 살펴본 내용들을 통해서 송대 연고차 제다법은 처음에는 찌고[蒸] 불에 쬐어 말린[焙] 후에 갈아서[研] 만들던 비교적 간단한 방법에서 진액을 짜내기 위한 누르는 자차榨茶(차짜기) 공정과 진액을 짜낸 찻잎을 질동이[盆]에서 물을 첨가하면서 아주 곱게 가는 연차研茶(차갈기) 공정이 추가된 『북원별록』에서 설명하고 있는 연고차 제다법으로 발전한 것으로 보인다.

〈표 1〉 문헌에 나타난 연고차 제다법의 발전 과정

	『畵墁錄』	『大觀茶論』	『北苑別錄』
제다법	蒸 - 焙 - 研	蒸 - 壓 - 研	蒸 - 榨 - 研
추가된 공정		壓	榨
특징	찻잎을 찐 후 불에 쬐어 말린 후 건조된 찻잎을 갈아서 만드는 초기 연고차 제다법.	찻잎을 찐 후 진액을 짜내기 위해 찻잎을 누르고 마른 뒤 곱게 갈아서 만든다.	찻잎을 찐 후 진액을 짜낸 후 질동이에서 고膏 상태가 될 때까지 곱게 갈아서 만든다.

『화만록』에 기록된 초기 연고차 제다법에 주목해야 하는 이유는 바로 다산의 고형차 제다법과 매우 유사하기 때문이다. 다산이 직접 만들고 가르쳤던 고형차 제다법에서 찌고 말리는 공정을 여러 번 반복하는 특징을 제외한다면 찌고 말린 후에 갈아서 만드는 방법은

<표 2> 『화만록畫墁錄』과 다산 정약용의 고형차 제다법 비교

	『畫墁錄』	「茶山의 書札」	「茶茶辨證說」
제다법	蒸 － 焙 － 研	蒸 － 曬 － 研	蒸 － 焙 － 團
명칭	研膏茶	茶餅	萬佛茶
특징	찌고 말린 후에 갈아서 만드는 초기 연고차 제다법.	찌고 말리는 과정을 세 번 반복한 후에 갈아서 만든다.	찌고 말린 후에 덩이를 짓는다. 덩이를 짓기 위해서는 가루로 만들어 반죽해야 하므로 가는 [研] 공정이 있음에도 언급하지 않았다.

『화만록』에 기록된 초기 연고차 제다법과 매우 유사하다.

다산이 찌고 말리는 과정을 여러 번 반복한 이유는 차의 성질이 강했기 때문에 고안해낸 방법이었다. 다산이 「범석호의 병오서회 10수를 차운하여 송옹에게 부치다[次韻范石湖丙午書懷十首簡寄淞翁]」란 시에서 "지나침을 덜려고 차는 구증구포를 거치고[洩過茶經九蒸曝]"[24]라고 말한 내용을 통해서 확인된다. 즉 차의 성질이 강한 것을 없애려고 여러 번 찌고 말리는 과정을 반복했다고 말한 것이다. 이러한 방법은 『북원별록』과 『품다요록』에서 설명한 연고차 제다 과정 중 자차榨茶 공정으로 차의 쓰고 강한 맛을 없애기 위해서 차의 진액인 고膏를 짜냈지만, 진액을 짜내게 되면 차의 유효성분도 함께 빠져나가게 된다. 그러므로 다산은 차의 강한 성질은 없애고 유효성분을 그대로 유지하기 위해 자차 공정 대신 찌고 말리는 과정을 여러 번 반복했던 듯하다.

또 한 가지 중요한 점은 『화만록』에 기록된 초기 연고차 제다법과

〈표 3〉 다산 정약용의 고형차 제다법 재현

세 번 찌고 세 번 말린 후 곱게 간 찻가루	반죽(1)	반죽(2)
반죽(3)	작은 형태로 빚은 고형차	건조된 고형차
탕수에서 저절로 풀어지는 고형차(1)	탕수에서 저절로 풀어지는 고형차(2)	탕수에서 저절로 풀어지는 고형차(3)

유사하게 만든 다산의 고형차는 마실 때 가루내지 않아도 끓인 물인
탕수湯水에 덩어리째 넣으면 저절로 풀어지기 때문에 비교적 손쉽게
음용할 수 있었다.

〈표 3〉은 다산의 삼증삼쇄 제다법을 재현해 본 것이다. 다산의 제다법으로 만든 떡차를 가루내지 않고 그대로 끓인 물에 넣자 천천히 풀어졌다.

이상으로 다산 정약용이 직접 만들고 가르쳤던 고형차 제다법을 조선 후기 차와 관련된 문헌자료와 함께 다산의 고형차 제다법에 영향을 미쳤을 것으로 생각되는 중국의 연고차 제다법과 관련된 다서茶書들을 통해서 고찰하였다.

조선 후기 차와 관련된 문헌자료들을 통해서 당시의 일반적인 제다법이 증청법이었음을 확인하였다. 다산 역시 증청법으로 고형차를 만들었으며 찌고 말리는 방법을 여러 번 반복한 후에 아주 곱게 갈아서 만들었다.

다산의 여러 번 찌고 말린 후 곱게 갈아서 만드는 고형차 제다법은 북송시기 장순민이 저술한 『화만록』에 기록된 초기 연고차 제다법과 매우 유사한 방법이었다. 이로 보아 다산은 초기 연고차 제다법을 응용해서 직접 고형차를 만들었던 듯하다.

다산이 찻잎을 여러 번 찌고 말리는 방법을 사용한 이유는 차의 성질이 강하다고 생각했기 때문이었다. 이러한 방법은 송대 연고차 제조과정 중 차의 강한 맛을 없애기 위해서 진액을 짜내기 위한 자차 공정 대신 고안해낸 방법으로 보인다.

다산이 초기 연고차 제다법을 응용하여 고형차를 만든 가장 큰 이유는 차의 유효성분은 그대로 유지하면서도 좀 더 손쉽게 음용하기 위함이었다.

　이같이 다산이 중국의 초기 연고차 제다법을 응용하여 고형차를 만들 수 있었던 이유는 중국의 차 전매제도를 역사적으로 고찰한 「각다고」를 저술할 만큼 중국 차문화에 관하여 해박한 지식을 가지고 있었기 때문이다.

7

다신계_{茶信契}가
강진지역 다사_{茶史}에 미친 영향

다신계茶信契가 강진지역 다사茶史에 미친 영향

이 글은 다산茶山 정약용丁若鏞(1762~1836)이 1818년 해배解配되어 강진의 제자들과 함께 '다신계茶信契'란 모임을 결성하면서 작성한 『다신계절목茶信契節目』의 내용을 검토하고, 다신계의 약속이 제자들에 의해서 어떻게 지켜지고 전승되었는지를 살피는 데 목적이 있다. 아울러 문헌자료를 중심으로 다산의 제다법과 그 제다법이 강진의 제자들에게 전해진 이후 전승된 과정 또한 함께 살펴보겠다.

다신계茶信契는 다산 정약용이 강진에서 18년간의 유배생활을 마치고 고향으로 돌아가면서 제자들과 맺은 계회契會로 우리나라 최초의 차茶로 맺은 계이다. 다산과 제자들은 1818년 8월 그믐날 다신계의 취지와 운영과 규칙, 그리고 참가자 명단과 약조 등을 담은 『다신계절목茶信契節目』을 작성하였다.

『다신계절목』에는 다산의 초당草堂 제자와 읍중邑中 제자 그리고 방외方外의 인연을 나눈 승려들과 맺은 전등계傳燈契에 대해서도 적어 놓았다. 하지만 전등계에 대해서는 아직까지도 명확하게 실체가 밝혀지지 않았다.

『다신계절목』에서는 매년 제자들이 잊지 말고 다산에서 모임을 갖도록 하였으며, 차와 면포綿布 그리고 비자榧子를 다산에게 보내도록 하는 제자들이 지켜야 할 규약規約도 분명하게 명시했다.

제자들은 다신계의 약조에 따라서 다산에게 약속한 물품들을 보냈으며, 다산에게 차를 보내는 약조는 1920년대까지 다산뿐만 아니라 그 후손들에게까지 지켜지고 있었다. 이처럼 강진에서 다신계의 약속이 100여 년간 지속되고 있었다는 사실은 우리 차문화사에 있어서 달리 그 유례를 찾아보기 힘든 독특한 사례이다.

『다신계절목茶信契節目』의 구성

『다신계절목茶信契節目』[1]은 서문序文과 「좌목座目」, 「약조約條」, 「읍성제생좌목邑城諸生座目」으로 구성되었다. 서문과 「좌목」, 「약조」는 다산이 직접 작성한 것은 아니고 다산초당에서 가르친 제자 가운데 한 사람이 작성한 것으로 보인다. 서문의 내용 중에 스승인 다산을 가리키는 '함장函丈'과 제자들 자신을 뜻하는 '오배吾輩'라는 단어가 보이기 때문이다.[2]

이제 스승께서 북쪽으로 돌아가니 우리 무리가 별처럼 흩어져서 마침내 아득히 서로를 잊어 생각지 않는다면 신의를 강구하는 도리가 또한 경박하지 않겠는가? 작년 봄, 우리가 이 같은 일을 미리 염려해서 돈을 모아 계契를 만들었다.
今函丈北還, 吾輩星散, 若遂漠然相忘不思, 所以講信之道, 則不亦佻乎. 去年春, 吾輩預慮此事, 聚錢設契.[3]

이 서문 가운데 "작년 봄, 우리가 이 같은 일을 미리 염려해서 돈을 모아 계를 만들었다"라고 한 내용을 통해서 다신계가 다산이 해배된 1818년에 결성된 것이 아니라, 이미 1817년 봄에 제자들에 의해서 결성되었음이 확인된다. 다만 '다신계'라는 계契의 정식 명칭은 1818년 『다신계절목』이 작성될 무렵에 지어진 듯하다.⁴⁾ 제자들이 미리 계를 만들었던 이유는 다산이 해배되어 고향으로 돌아간 뒤의 일을 대비하려고 했기 때문이다.

「좌목」에서는 다산초당 시절의 제자 18명의 명단⁵⁾을 적었다. 「좌목」의 명단에는 빠져 있지만, 자이당自怡堂 이시헌李時憲(1803~1860)도 다산초당 시절의 제자였다.⁶⁾ 이시헌은 다산의 막내 제자로 다산이 알려준 제다법으로 차를 만들고 다산뿐만 아니라 그 후손에게까지 지속적으로 차를 보내준 제자이다. 또한 이시헌은 이덕리李德履(1725~1797)가 1785년경 유배지 진도에서 저술한 차 무역에 관한 다서茶書 『기다記茶』가 수록된 문집 『강심江心』을 필사하여 전했다.

「약조」는 제자들이 지켜야 할 규약을 8개 항목으로 성문화한 것이다. 이 가운데 세 번째와 여섯 번째 항목이 차와 관련된 규약이다. 내용은 이렇다.

곡우 날엔 어린 차[嫩茶]를 따서 1근을 불에 쬐어 말려 만든다. 입하 전에는 늦차[晚茶]를 따서 떡차 2근을 만든다. 잎차 1근과 떡차 2근을 시와 편지와 함께 부친다.
穀雨之日, 取嫩茶, 焙作一斤. 立夏之前, 取晩茶, 作餠二斤. 右葉茶一斤, 餠茶二斤, 與詩札同付.

차茶를 채취하는 일은 각 사람이 분량을 나눠 직접 마련한다. 직접 마련하지 못한 사람은 돈 5푼을 신동信東에게 주어 귤동 마을 아이를 고용하여 찻잎을 따서 숫자를 채우게 한다.

探茶之役, 各人分數自備. 而其不自備者, 以錢五分, 給信東, 令雇橘洞村兒, 探茶充數.

「약조」의 내용을 통해서 제자들은 해배되어 고향으로 돌아가는 다산에게 매년 잎차[葉茶] 한 근과 떡차[餠茶] 두 근을 보내고자 했음이 확인된다. 잎차와 떡차를 만드는 찻잎은 제자들 각자가 맡은 양을 마련하고, 마련하지 못할 경우에는 귤동 마을의 어린이를 고용하여 차를 채취하게 하였다. 이 모든 일은 신동信東, 즉 윤종진尹鍾軫(1803~1879)이 맡아서 하였다. 이처럼 차에 관한 일을 구체적이고도 자세하게 적은 것은 제자들에게 있어서 스승인 다산에게 차를 보내는 일이 매우 중요한 약속 사항이었음을 뜻한다.

「읍성제생좌목」은 다산이 직접 적은 것이다. 내용을 읽어보자.

내가 가경嘉慶 신유년(1801) 겨울에 강진에 유배되어 와서 동문 밖 술집에 붙어 살았다. 을축년(1805) 겨울은 보은산방寶恩山房에서 지냈고, 병인년(1806) 가을에 이학래李鶴來의 집으로 이사했다. 무진년(1808) 봄에 다산에 깃들었다. 합쳐서 헤아려 보니 귀양지에 있었던 것이 18년인데, 읍중에서 지낸 것이 8년이고, 다산에서 산 것이 11년이었다. 처음 왔던 초기에는 백성들이 모두 두려워해서 문을 부수고 담을 헐면서 편안히 지내는 것을 허락지 않았다. 이 당시에 좌우가 되어준 사람이 손병조와 황상 등 네 사람이다. 이로 말미암아 말하자면, 고을 사람은 더불어 우환을 함께 한 사람들이다. 다산의 여러 사람은 오히려 조금 평온해진 뒤에 서로 알게 된 사람들이니, 고을 사람을 어찌 잊을 수 있겠는가? 이에 다신계 절목의 끝에 또 고을 사람 6명을 기록하여 훗날 증거하는 글로 삼는다. 또 여기 적힌 여러 사람들이 마땅히 다신계의 일에 대해 한마음으로 살펴 관리하라는 것이 내가 남기는 부탁이다. 소홀히 할 수 있겠는가.

余於嘉慶辛酉冬, 到配于康津, 寓接于東門外酒家. 乙丑冬, 棲寶恩山房. 丙寅秋, 徙寓鶴來之家. 戊辰春, 乃寓茶山. 通計在謫十有八年, 其居邑者八年, 其居茶山者十有一年. 始來之初, 民皆恐懼, 破門壞墻, 不許安接. 當此之時, 其爲左右者, 孫黃等四人也. 由是言之, 邑人是與共憂患者也. 茶山諸人, 猶是稍平後相知者也. 邑人何可忘也. 玆於茶信契憲之末, 又錄邑人六員, 以爲徵後之文. 又此諸人, 應於茶信契事, 同心照管, 是余之留託也. 其可忽諸.

다산은 강진에서 18년간 유배 생활하는 동안 전전輾轉한 내용과 자신과 우환을 함께 나누었던 사람들이라고 밝힌 읍중 시절 제자 6명[7])을 적으면서 다산초당 제자들과 읍중 제자들이 다신계의 일을 서로 합심하여 협력하도록 간곡하게 당부하였다. 「읍성제생좌목」에 다산은 5개의 규약을 적었다. 그중 차와 관련된 내용은 다음과 같다.

입하가 지난 뒤에 잎차와 떡차를 읍내로 들여 보내, 읍내에서 인편을 구해 유산에게 부쳐 보낸다.

立夏之後, 葉茶餠茶, 入送于邑中. 自邑中討便, 付送于西山.

다산은 다산초당 제자들이 「약조」에서 "잎차 1근과 떡차 2근을 시와 편지와 함께 부친다"고 적은 내용을 좀더 구체적으로 읍내의 인편으로 유산酉山에게 보내라고 하였다. 여기서 '읍내의 인편'이란 읍중 제자들을 말한다. 읍중 제자들이 대부분 아전 신분이었으므로 유산에게 물건을 보내는 일에 읍중 제자들의 도움을 받을 수 있었기 때문이다. 이같이 제자들이 만든 차를 자신에게 보내는 방법을 반복해서 적고 있다는 것은 다산에게 있어서 차가 얼마나 중요했었는지를 확인할 수 있는 내용이다.

「읍성제생좌목」의 규약 중에는 전등계에 관한 내용도 들어있다. 그 내용은 이렇다.

> 수룡袖龍과 철경掣鯨 무리 또한 방외方外에 인연이 있는 자이다. 전등계傳燈契의 전답에 근심할 만한 일이 있을 경우, 읍내에 들어가 알려, 읍내에서 주선하여 잘 살피게 한다.
> 袖龍掣鯨亦方外之有緣者也. 其傳證契田畓, 如有可憂之事, 入告邑中, 自邑中周旋顧護.

다산은 전등계원으로 아암兒庵 혜장惠藏(1772~1811)의 제자이자 만덕사 승려인 수룡袖龍 색성賾性(1777~1846)과 철경掣鯨 응언應彦을 적었다. 전등계에 대해서는 지금까지『다신계절목』이외에는 문헌자료가 발굴되지 않고 있어 정확한 실상을 파악하지 못하고 있는 실정이다. 다만 선행연구에서는 다신계와 유사한 형태로 다산과 인연을 맺은 승려들의 모임이 결성되어 이를 전등계로 일컬었던 것으로 추정할 뿐이다.[8] 그동안 전등계 승려들에 관한 선행연구는 두 가지로 대

별된다.

첫 번째는 전등계에 속한 승려들로 수룡 색성과 철경 응언 외에 다산과 사제師弟관계로 여겨지는 만덕사萬德寺와 대둔사大芚寺 승려[9]들을 모두 전등계원으로 보는 시각이다.[10]

두 번째는 아암 혜장의 제자들인 만덕사 승려들[11]로 전등계가 이루어진 것으로 보는 시각이다.[12]

필자는 두 번째 선행연구 의견에 동의한다. 다산이 「읍성제생좌목」에 읍중 제자들을 꼼꼼하게 기록한 사실로 볼 때, 전등계가 다산과 방외方外의 인연을 맺은 만덕사와 대둔사의 여러 승려로 이루어졌다면, 전등계원으로 만덕사 승려 수룡 색성과 철경 응언만을 기록하지는 않았을 것이다. 특히 대둔사 승려 초의草衣 의순意恂(1786~1866)에 대한 애정이 누구보다도 각별했던 다산이[13] 전등계원으로 초의를 기록하지 않은 이유도 전등계가 아암 혜장의 제자들인 만덕사 승려들을 중심으로 이루어졌기 때문으로 보인다.

다산이 「읍성제생좌목」에 읍중 제자들과 전등계원을 함께 적은 이유가 분명하게 있었던 듯하다. 읍중 제자들을 자신이 어려울 때 우환을 함께했던 사람들이라고 밝혔던 것처럼 전등계 승려들 역시 자신이 어려울 때 돌봐준 승려들을 말하는 것으로 보이기 때문이다. 수룡 색성은 1805년 봄부터 다산의 지도를 받고 차를 만들어 주었으며,[14] 같은 해 겨울에는 다산이 큰아들 유산酉山 정학연丁學淵(1783~1859)과 함께 아암 혜장의 후원으로 사의재四宜齋에서 고성암高聲菴 보은산방寶恩山房으로 거처를 옮겼을 때 다산을 돌봐준 적이 있었다. 이러한 사실은 정학연이 1846년 2월 수룡 색성이 입적하였다는 소식을 듣고 초의에게 보낸 편지의 내용을 통해서 확인된다.

> 수룡이 입적하였다니 천리에서도 마음이 아프오. 이 노승은 일찍이 고성암 보은산방에서 선친을 모신 사람이기에 사랑함이 남달랐다오. 오랜 벗이 영락하였다니 어찌 슬퍼하며 탄식하지 않겠소.
>
> 袖龍笙寂, 千里傷神. 此老曾侍先人於山房野寺者, 而眷愛出衆矣. 舊交零落, 寧不悲歎.[15]

정학연은 수룡 색성을 아버지 다산을 돌봐주었던 오랜 벗이라고 말했다. 다산이 1808년 봄 다산초당으로 거처를 옮겼을 때도 아암 혜장은 만덕사 승려를 초당에 머물면서 부엌일을 돕도록 하였다. 이때의 정황이 다산이 지은 「다산화사20수茶山花史二十首」에 잘 묘사되어 있다.

대숲 속 부엌일을 중 하나가 돕는데	竹裏行廚仗一僧
수염 터럭 나날이 꺼칠해짐 민망하다	憐渠鬢髮日鬅鬙
이제는 불가의 계율일랑 다 버리고	如今盡破頭陀律
생선을 잡아다가 손수 찜을 하누나	管取鮮魚首自蒸[16]

다산은 승려의 신분으로 물고기를 잡아 손수 요리까지 하면서 자신을 돌보아준 만덕사 승려에 대해서 적었다. 이로 보아 다산이 힘들고 어려울 때 다산을 돌보아준 아암 혜장의 제자들, 즉 만덕사 승려

들로 전등계가 이루어졌다고 보는 것이 합당하다고 본다.

강진 다사茶史의 배경

다산은 1808년 봄 다산초당으로 거처를 옮기면서 차를 직접 생산하기 시작하였다. 1810년 동짓날에 쓴 편지 「경오지일서간庚午至日書簡」의 내용을 통해서 당시 다산초당에서 수백 근의 차를 만들고 있었음이 다음과 같이 확인된다.

바삐 쓴 몇 글자의 편지라도 세밑의 위로로 오히려 충분합니다. 들자니 걸쭉한 죽처럼 진한 차를 몇 사발씩 매일 마신다니 이것이 어떤 법입니까? 아무리 고기국을 매일 먹는다 해도 기가 깎일까 오히려 두려운데, 하물며 채소로도 (배를) 채우지 못하면서 말입니다. 나는 이와 같이 곤궁해서 다른 사람을 도와줄 물건이 없습니다. 다만 좋은 차 수백 근을 쌓아두고 다른 사람의 요구를 들어주니 부자라 할 만하지요. 윤경輪卿(윤종벽의 字)이 이번에 부쳐달라고 청했지만 서로 아낌이 깊어서 팔고 싶지는 않습니다. 양해하여 주십시오.

草草數字書, 猶足以慰歲暮也. 聞濃鬻釅茶, 日飲數椀, 此何法也. 雖晩饘日進, 猶懼氣削, 況藜莧不充哉. 吾窮如此, 無物濟人. 唯蓄佳茗數百觔, 以索人求可謂富矣. 輪也請付此回, 而相愛之深, 不欲沽惠, 諒之如何.[17]

다산이 이처럼 다산초당에서 좋은 차 수백 근을 만드는 것이 가능했던 이유는 제자들의 노동력과 다산초당 주변에 많은 양의 찻잎을 손쉽게 조달할 수 있는 다원茶園이 있었기 때문이다.

다산초당에서 수백 근에 달하는 차를 만들기 위해서는 제자들의 노동력이 없이는 불가능한 일이다. 많은 양의 찻잎을 따서 차를 만드는 일은 많은 시간과 노동력이 필요하기 때문이다. 제자들은 다산의 가르침에 따라 차를 만들고 제다법을 익혔으며, 다산이 해배될 무렵에는 능숙하게 차를 만들게 되었을 것이다. 『다신계절목』「약조」에서 "곡우 날엔 어린 차[嫩茶]를 따서 1근을 불에 쬐어 말려 만든다. 입하 전에는 늦차[晩茶]를 따서 떡차 2근을 만든다"라고 비교적 간략하게 제다법을 적은 이유도 다산초당에서 오랜 시간 동안 차를 만들면서 능숙하게 익힌 제다법을 굳이 자세하게 적을 필요가 없었기 때문이다.

"어린 차[嫩茶]를 따서 1근을 불에 쬐어 말려 만든다"라고 한 것은 찻잎을 찐 후 불기운에 건조시켜 만든다는 뜻이다. 다산의 제다법은 쪄서 만드는 증청법蒸靑法이었다. 이러한 사실은 다산과 관련된 많은 문헌자료를 통해서 확인된다. 1807년 봄에 지은 「유합쇄병을 부쳐온 운에 화답하다[和寄餾合刷瓶韻]. 내가 앓고 있는 고질적인 옴이 근래에는 더욱 심해져 손수 신이고를 만들어 바르고는 나았으므로 이를 자산에게도 나누어 주었다[余宿疾瘡疥 近益熾苦 手製神異膏以療之 分寄玆山]」라는 시에서는 다산의 제다법을 확인할 수 있는 내용이 보인다.

근질근질 가려운 옴 늙도록 낫지 않아 　　　　　　癬疥淫淫抵老頹
몸을 차와 같이 찌고 불에 쬐어 말리곤 했다네 　身如茶荈備蒸焙
따뜻한 물에 소금을 타 고름도 씻어내고 　　　溫湯淡鹵從淋洗
썩은 풀 묵은 뿌리 안 뜬 뜸이 없다네 　　　　腐草陳根莫炙煨

벌집을 촘촘히 걸러 그 즙을 짜내고　　　　　　　密濾蜂房須取汁
뱀허물을 재가 안 되게 살짝만 볶은 다음　　　　輕熬蛇殼恐成灰
단사 넣어 만든 약을 동병상련 마음으로　　　　丹砂已熟憐同病
자산의 심부름꾼 오기만 기다린다네　　　　　　留待玆山使者來[18]

　　2구에서 "몸을 차와 같이 찌고 불에 쬐어 말리고 했다네"라고 한 내용을 통해서 다산이 차를 찐 후 불에 쬐어 건조시켜 만들었던 것을 알 수 있다. 1828년 지은 「범석호의 병오서회 10수를 차운하여 송옹에게 부치다[次韻范石湖丙午書懷十首簡寄淞翁]」에서는 여러 번 찌고 말리는 방법으로도 차를 만들었다.

가랑비가 뜨락에 내리니 이끼가 초록 옷에 넘치니　小雨庭莎漲綠衣
나약한 여종에게 느지막이 밥을 짓도록 하였네　　任敎房婢日高炊
게을러져 책을 내던지고 여러 번 아이 부르고　　　懶拋書冊呼兒數
병으로 쉬느라 의관 벗어 손님맞이 늦어진다　　　病却巾衫引客遲
지나침을 줄이려고 차는 구증구포를 거치고　　　　洩過茶經九蒸曝
번잡함을 싫어해 닭은 한 쌍만 기른다네　　　　　厭煩雞畜一雄雌
전원의 잡담이야 저속하고 천한 것 많아서　　　　田園雜話多卑瑣
점차 당시唐詩를 물리고 송시宋詩를 배우네　　　漸閣唐詩學宋詩[19]

　　5구에서 "지나침을 줄이려고 차는 구증구포를 거치고"라고 한 것은 차의 강한 성질을 없애려고 아홉 번 찌고 아홉 번 말리는 과정을 반복했다는 의미다.[20] 1830년 3월 15일 막내 제자 이시헌에게 보낸 편지에서도 "모름지기 세 번 찌고 세 번 말려서 아주 곱게 갈고, 또 반드시 돌 샘물로 고르게 조절하여 진흙같이 짓이겨서 작은 병餅으로 만든 뒤에야 찰져서 마실 수가 있다네[須三蒸三曬 極細研 又必以石泉水 調勻 爛搗如泥 乃卽作小餅然後 稠粘可嚥]"[21]라고 여러 번 찌고 말려서 차를 만드는 방법을 설명했다. 1834년 두릉杜陵으로 자신을 찾아왔던 철선鐵船 혜즙惠楫(1791~1858)에게 써준 「득의得意」라는 글에서도 다산은 증청법으로 차를 만들라고 하였다. 내용은 이렇다.

생각이 떠오르면 고시 몇 장과 근체시 서너 수를 짓는다. 매년 봄 곡우 때가 되면 아차芽茶를 따서 찌고 볕에 말리기를 법대로 하여 시고詩稿와 함께 싸서 봉하여 열상冽上 노인에게 보낸다면 또한 좋은 일이다.

意到作古詩數章, 近體詩三四首. 每春至谷雨時, 取芽茶蒸晒如法, 幷詩稿封裏, 以寄冽上老人, 亦善事也.[22]

위 내용에서 "매년 봄 곡우 때가 되면 아차를 따서 찌고 볕에 말리기를 법대로 하여 시고와 함께 싸서 봉하여 열상 노인에게 보낸다"라고 한 내용은 『다신계절목』 「약조」 세 번째 항목과 매우 유사하다. 이로 보아 『다신계절목』 「약조」에서 매년 다산에게 보내는 잎차와 떡차도 증청법으로 찌고 불에 쬐어 말리거나 햇볕에 건조하여 만들어졌던 듯하다. 이외에도 많은 문헌자료에서 다산이 증청법으로 차를 만들고 가르쳤음을 한결같이 증언하고 있다.

다산초당 주변에 다원茶園이 있었음을 짐작할 수 있는 이유는 다산초당이 위치한 귤동마을[柚子里]에 처음 터를 잡은 해남윤씨 19세世

윤취서尹就緒(1688~1766)가 이곳에 산정山亭을 짓고 차를 심고 가꾸었다고 전하기 때문이다.[23] 이러한 이유로 예전부터 차나무가 많았기 때문에 '다산茶山'으로 불렸다.[24]

다산초당 주변에 차나무가 많이 자라고 있었던 사실은 다산이 1808년 3월 16일 다산초당을 처음 방문했을 때 지은 「삼월 십육일 윤문거 규로의 다산서옥에서 놀았는데 공윤도 병 치료차 이곳에 있었다. 이틀을 묵었는데 마침내 열흘을 넘게 되었다. 점차 이곳에서 일생을 마쳤으면 하는 생각이 들었다. 그리하여 두 편을 지어 공윤에게 보였다[三月十六日 游尹文擧奎魯茶山書屋 公潤調息在此 因仍信宿遂踰旬日 漸有終焉之志 聊述二篇示公潤]」라는 시의 내용을 통해서 확인된다.

사는 곳을 정하지 않고 연하를 따르는데　　　　　幽棲不定逐煙霞
하물며 다산에는 차가 골짜기에 가득하네　　　　況乃茶山滿谷茶
하늘 멀리 물가 섬엔 수시로 돛이 뜨고　　　　　天遠汀洲時有帆
봄이 깊은 울 안에는 여기저기 꽃이로세　　　　春深院落自多花
싱싱한 새우무침 병 앓는 자 입에 맞고　　　　　鮮鮮蝦菜堪調病
못과 누대 초초해도 이만하면 사는 게지　　　　草草池臺好作家
뜻에 맞는 이 놀이가 내 분수엔 넘치나 싶어　　適意更愁微分濫
북인을 향해서는 자랑하지 말아야겠네　　　　　玆游莫向北人誇[25]

2구에서 "하물며 다산에는 차가 골짜기에 가득하네"라고 말한 것으로 보아 당시에 다산초당 주변에 차나무가 많이 자라고 있었던 것으로 보인다. 비슷한 시기에 지은 「다산화사20수茶山花史二十首」에서도 "산속에는 일만 그루 차가 있기 때문이라네[爲有山中萬樹茶]"[26]라고 한 것을 볼 때 다산초당 주변에 수많은 차나무가 자라고 있는 환경이 다산에게는 매우 인상 깊었던 듯하다. 이러한 내용을 통해서 다산초당 근처에 실제로 다원이 존재했을 것으로 짐작된다.

1817년에 지어진 「만덕사고려팔국사각상량문萬德寺高麗八國師閣上樑文」에서도 다원의 존재를 분명하게 적었다. 그 내용은 다음과 같다.

이에 이름을 이정李晴이라 하는 과학소인跨鶴騷人과 기어선자騎魚禪子가 있어 다원茶園 근처에 살면서 혹 직접 서울로 들어가 오래된 장서 속에서 비서秘書를 엿보고, 혹 불승을 손에 들고서 남아 있는 사실을 새 책에 서술하였다.
乃有跨鶴騷人, 名爲李晴, 騎魚禪子, 居近茶園, 或身入王城, 窺秘書於舊藏, 或手持佛乘, 述遺事於新編.[27]

다산의 읍중 제자 이정李晴과 만덕사 승려 기어騎魚 자홍慈弘이 "다원 근처에 산다[居近茶園]"고 했다. 이는 당시에 이정과 기어 자홍이 다산초당에서 『만덕사지萬德寺志』의 편집 작업을 진행하고 있었기 때문이다.[28] 그렇다면 왜 "다원 근처 다산초당에 산다"라고 하지 않고 "다원 근처에 산다"라고 했을까? 정민 교수는 다산초당에서 승려들과 함께 불교 관련 저술 작업을 진행한 사실을 드러내고 싶지 않았기 때문에 다산초당이라고 분명하게 기록하지 않고 '다원 근처'라고 모호하게 표현한 것"이라는 견해를 밝혔다.[29] 하지만 다원이 다산초당을 가리키는 의미로 사용한 것이라면 "다원 근처에 산다"보다는 "다원에 산다"라고 하는 것이 적절한 표현일 것이다. 필자의 생각으로는

"다원 근처에 산다"라고 적은 이유는 다산초당 근처에 실제로 다원이 존재하고 있었기 때문에 다원 근처에 있는 다산초당을 암시하고자 "다원 근처"라고 표현했던 것으로 보인다.

다신계茶信契

강진에서 해배되어 고향으로 돌아간 다산에게 제자들은 다신계의 약속에 따라서 차를 만들어 보내주었다.

1823년 4월 두릉으로 찾아온 초당 제자 윤종삼尹鍾參(1798~1878)과 윤종진 형제에게 써준 증언 「기숙과 금계 두 제자에게 써서 주다[書贈旗叔琴季二君]」에서 "올 적에 이른 차를 따서 말려두지 않았느냐?[來時摘早茶付晒否]"[30]라고 다산은 제자들에게 다신계의 약속에 따라서 차를 만들었는지 확인하고 있다. 여기서 금계琴季는 『다신계절목』에서 찻잎을 마련하는 일을 전담했던 신동, 즉 윤종진을 가리킨다. 1828년 5월 5일에 지은 「단오일에 육방옹의 「초하한거」 시 8수를 차운하여 송옹에게 부치다[端午日次韻陸放翁初夏閑居八首寄淞翁]」라는 시를 통해서도 다신계의 약속이 지켜지고 있었음이 확인된다.

아손에게 살림을 주관하도록 일임하여　　　　　一任兒孫自幹家
땔나무 팔아 쌀과 바꿔 먹는 게 생활인데　　　　販樵兌糴是生涯
서쪽 백성은 풍속 후해 오히려 꿀을 보내고　　　西氓俗厚猶貽蜜
남녘 선비는 정이 깊어 늘 차를 부쳐온다　　　　南士情深每寄茶
지위 없어 가마꾼들 애쓰는 게 부끄럽고　　　　無位肩輿羞鱉蔞
때로는 작은 배 끌고 깊은 골짜기에 노니네　　　有時划艇弄谽谺

아, 길같이 쌓인 서적이 무슨 도움이 되랴　　等身書在嗟何補

한 푼 돈을 샀을 땐 또한 스스로 자랑한다오　　直一錢時也自誇[31]

4구에서 "남녘 선비는 정이 깊어 늘 차를 부쳐온다"라고 한 것은 강진의 제자들이 다신계의 약속을 지키고 있었던 사실을 말한 것으로 보인다. 다산이 "남녘 선비"라고 지칭한 제자들 중에서 이시헌은 다신계의 약조에 따라서 지속적으로 스승인 다산에게 월출산 백운동 대숲에서 자라는 찻잎으로 차를 만들어 보냈던 막내 제자이다. 다산은 1827년 3월경 이시헌에게 보낸 편지 「두릉에서 보낸 안부 편지[杜陵候狀]」에서 "차의 일은 이미 해묵은 약속이 있었으니 이번에 환기시켜 드리네. 조금 많이 보내주면 고맙겠네[茶事旣有宿約 玆以提醒 優惠幸甚][32]라고 다신계의 약속을 언급하면서 차를 부탁하였다. 1830년 3월 15일에 보낸 편지 「강진 백운동 이대아의 책상에 공손하게 바치다[康津白雲洞李大雅書几敬納]」에서는 이시헌에게 제다법을 상세하게 설명하면서 차를 부탁하고 있다. 편지의 내용 중 해당 대목만 읽어 본다.

올 들어 병으로 체증이 더욱 심해져서 잔약한 몸뚱이를 지탱하는 것은 오로지 차병茶餠에 의지하고 있네. 이제 곡우 때가 되었으니 다시 계속해서 보내주기 바라네. 다만 지난번 보내준 차병은 가루가 거칠어 심히 좋지가 않았네. 모름지기 세 번 찌고 세 번 말려서 아주 곱게 갈고, 또 반드시 돌 샘물로 고르게 조절하여 진흙같이 짓이겨서 작은 병餠으로 만든 뒤에야 찰져서 마실 수가 있다네. 살펴주면 좋겠네.

年來病滯益甚, 殘骸所支, 惟茶餅是靠. 今當穀雨之天, 復望續惠. 但向寄茶餅,
似或粗末, 未甚佳. 須三蒸三曬, 極細研, 又必以石泉水調勻, 爛搗如泥, 乃卽作
小餅然後, 稠粘可嚥, 諒之如何.[33)

    편지의 내용 중에 "이제 곡우 때가 되었으니 다시금 이어서 보내주
기 바라네. 다만 지난번 부친 차병은 가루가 거칠어 썩 좋지가 않더
군"이라는 내용을 통해서 이시헌이 스승인 다산에게 지속적으로 차
를 만들어 보내주고 있었던 정황이 확인된다. 다산은 이시헌에게 삼
증삼쇄三蒸三曬의 방법으로 차를 만들어 달라고 부탁하였다. 이는 앞
에서 살펴본 바와 같이 여러 번 찌고 말리는 다산 제다법의 특징이었
다. 1857년 11월 22일 다산의 큰아들 정학연이 이시헌에게 보낸 편지
「백운산관에 보내는 답장[謹拜謝上白雲山館經几下]」에서는 "네 첩의
향기로운 차와 여덟 개의 참빗은 마음의 선물로 받겠소. 깊이 새겨
감사해 마지않소[四帖香茗 八箇細篦 仰認心貺 鐫感曷極]"[34)라고 적었다.
이로 보아 이시헌은 다산 사후死後에도 계속해서 두릉杜陵으로 차를
보냈던 것을 알 수 있다. 이시헌이 월출산 백운동 대숲에서 자라는
찻잎으로 차를 만들어서 다신계의 약속을 지키고 있었던 사실을 범
해梵海 각안覺岸(1820~1896)은 「다가茶歌」에서 "월출산에서 나온 것은
신의 막힘 일 없다네[月出出來阻信輕]"[35)라고 말했다. 이는 다신계의
약속이 지켜지고 있었던 사실을 증언한 것으로 보인다.
    강진에서 『다신계절목』의 「약조」에 따라서 다산에게 차를 보내는
전통은 일제강점기인 1920년대까지 이어졌다. 이러한 사실은 일본의
학자 아유카이 후사노신[鮎貝房之進, 1864~1946]의 「차이야기[茶の話]」[36)

를 통해서 다음과 같이 확인된다.

나는 몇 해 전 다산 정약용의 저서를 조사하기 위해서, 그의 현
손에 해당하는 규영씨가 있는 경기도 양근 마현리를 방문하였
다. 정약용의 별호 다산은 사실 전남 강진에서 귀양살이하던 산
의 이름에서 따온 것으로서, 지금도 강진 다산의 마을 사람이
다산 선생의 유덕을 경모해서 매년 이른 봄에는 선생 유법의 차
를 보내온다고 하며 보여준 것은 세로 5촌(15㎝), 가로 2촌(6㎝) 정
도의 종이봉투 표면에 붉은색으로 '금릉월산차金陵月山茶'라고 찍
혀있는 봉투에 넣어져 있었다. 이것을 열어 점검해보니 싹은 굵
고 길어 1촌(3㎝) 정도가 되는 자못 훌륭한 것으로서, 시험 삼아
그것을 달여서 맛보았더니, 차의 향기 등은 거의 없고, 달지도
쓰지도 떫지도 않았기 때문에, 이것은 차가 아닌 산차(동백)의
어린싹[嫩芽]으로 만든 것이라는 생각이 들었다.

私は先年茶山丁若鏞の著書を調査せんが爲めに, 其の玄孫に當る奎英氏を
京畿道楊根馬峴里に往訪いたしましたが, 丁若鏞の別號茶山は全く全南康
津謫居の山名に取つたもので, 今も康津茶山の村民が茶山先生の遺德を景
慕し, 年々早春には先生の遺法の茶を贈り來るとて示されしは, 縱五寸
幅二寸許の紙袋の表面に朱にて「金陵月山茶」と印したるに封入してあり
ました. 之を開き點檢せしに, 芽は太く長く寸許もあり, 如何にも見事な
もので, 試に之を煎じて味ひましたが, 茶の香氣などは殆んど無く, 甘く
も苦くも澁くも無きもので, 是は茶で無い山茶(ツバキ)の嫩芽を製した
ものであることに思ひ付きました.[37]

위 내용은 아유카이 후사노신이 다산의 현손玄孫 정규영丁奎英(1872
~1927)을 방문했을 때 보았던 '금릉월산차金陵月山茶'에 대해서 기록

한 내용이다. 정규영은 금릉월산차가 다산 선생의 유덕遺德을 경모하여 매년 이른 봄 강진 다산의 마을 사람이 보내준 것이라고 아유카이 후사노신에게 설명하였다. 그런데 아유카이 후사노신은 금릉월산차를 시음한 후 "차의 향기 등은 거의 없고, 달지도 쓰지도 떫지도 않았기 때문에 이것은 차가 아닌 산차(동백)의 어린싹[嫩芽]으로 만든 것이라는 생각이 들었다"라고 하였다. 금릉월산차가 차싹으로 만든 것이 아니고 동백의 싹으로 만들어진 것으로 생각한 셈이다. 하지만 다산의 현손 정규영이 금릉월산차가 다산의 유법으로 만들어진 차라고 분명하게 밝혔던 것으로 볼 때, 동백의 싹으로 만들어진 것은 아닐 것이다. 앞에서 살펴보았듯이 다산이 강진에서 만들고 가르쳤던 제다법은 구증구포九蒸九曝 또는 삼증삼쇄三蒸三曬의 여러 번 찌고 말리는 방법이었다. 따라서 다산의 유법으로 만들어진 것이라고 밝힌 금릉월산차도 여러 번 찌고 말리는 방법으로 만들어졌다면 향과 맛이 부드럽게 변했을 것이므로, 다산의 제다법을 몰랐던 아유카이 후사노신은 금릉월산차가 차가 아닌 동백의 싹으로 만들었다고 오해했던 것으로 보인다.

이후 1940년 모로오카 다모쓰[諸岡存]와 이에이리 가즈오[家入一雄]가 공저한 『조선의 차와 선』에서도 금릉월산차에 관한 내용이 보인다. 이에이리 가즈오는 1939년 2월 25일 전남 강진군 성전면 월남리에서 백운옥판차白雲玉版茶를 만들어 판매하고 있던 이한영李漢永(1868~1956)을 방문하여 면담한 내용을 기록하였다. 그 기록 중 금릉월산차에 관한 내용은 다음과 같다.

옥판차의 주인은 이한영 노인(71세)이다. 조선어밖에 말할 수 없으므로, 윤선생의 통역으로 온 뜻을 알리고, 병중의 면회를 사례하고 이야기를 들었다. (중략) 노인이 만들고 있는 이외에 '금릉월산차'라고 하는 목판으로 옛날에 만들었었는데 영암군 미암면 봉황리의 이낙림이라는 사람이 가지고 갔다. 아마도 그 집을 찾는다면 있을 것이 틀림없다. (노인은 이 월산차를 바꾸어 이름 붙인 것으로서, 그 시기는 백 년 전으로 말하고 있는 점이 조금 이야기가 부합하지 않는 곳이 있다.)

玉版茶の御主人は, 李漢永老人(七十一歳)である. 鮮語しか話せぬので, 尹先生の通譯で來意を告げ, 病中の面會を謝し話をおきゝした. (中略) 老人の造つてゐる以外に「金陵月山茶」と云つて, 木版が昔造られて居たけれども, 灵岩君美岩面鳳凰里の李落林なる人が持ち去つた. 多分其家を探したならば在るに違ひない.(老人は此の月山茶を命名替したもので, その時期は百年前と云つてゐる點が少し話が符合せぬところがある.)[38]

이한영은 백운옥판차를 만들게 된 동기가 먼저 만들었던 금릉월산차 목판을 이낙림李落林이 가지고 갔기 때문에 새롭게 백운옥판차라는 목판을 만들어서 사용한 것이라고 분명하게 증언하였다. 이한영의 증언을 통해서 금릉월산차가 백운옥판차보다 먼저 만들어졌던 차였음이 확인된다.

한편 이한영은 금릉월산차에서 백운옥판차로 바뀐 시기를 자신이 태어나기 전인 100년 전이라고 말했다. 때문에 이에이리 가즈오도 "조금 이야기가 부합하지 않는 곳이 있다"라고 의문을 표시했던 것으로 보인다. 이한영의 증언대로라면 백운옥판차의 생산 시기는 1830년대로, 지금까지 알려진 것보다 이른 시기에 생산된 것이 된다. 이에

금릉월산차와 백운옥판차 상표.

관해서는 좀더 면밀한 검토가 필요하다고 본다.

금릉월산차에 이어서 만들어진 백운옥판차는 금릉월산차와 포장법이 동일했던 듯하다. 금릉월산차의 포장 크기[세로 5촌(15㎝), 가로 2촌(6㎝)]와 백운옥판차의 포장틀 크기[세로 5.2촌(15.6㎝), 가로 2촌(6㎝)]가 거의 동일하기 때문이다.[39] 이로 보아 금릉월산차에서 백운옥판차로 상표가 바뀌었지만, 포장방법은 그대로 유지했던 것으로 보인다.

여기서 몇 가지 살펴보아야 할 문제가 있다. 첫 번째는 1920년경 아유카이 후사노신이 보았던 금릉월산차의 제조자에 관한 문제이다. 정규영은 아유카이 후사노신에게 금릉월산차에 대해서 "강진 다산의 마을 사람이 다산 선생의 유덕을 경모해서 매년 이른 봄에는 선생 유법의 차를 보내온다"고 말했다. 여기서 '강진 다산의 마을'이란 귤동橘洞을 뜻하는 것으로, 귤동에서 매년 금릉월산차를 보내주었다고 말한 것이다. 1939년 2월 25일 강진군 성전면 월남리로 이한영을 방문했던 이에이리 가즈오에게 이한영은 분명하게 100년 전 이낙림이 금릉월산차 목판을 가지고 가서 새롭게 백운옥판차 목판을 만들게 된 것이라고 증언하였다. 이 같은 증언들을 종합해 볼 때 1920년경 아유카이 후사노신이 보았던 금릉월산차는 이한영이 만든 것이 아닌 이낙림 집안에서 만든 것을 귤동에서 구입하여 정규영에게 보내준 것으로 짐작된다. 두 번째는 금릉월산차와 백운옥판차의 선후관계다. 아유카이 후사노신과 이한영의 증언을 통해 볼 때 금릉월산차가 백운옥판차보다 먼저 만들어졌던 것이 분명하다. 하지만 금당錦堂 최규용崔圭用(1903~2002)이 1978년 저술한 『금당다화錦堂茶話』에서 백운옥판차를 '한국 최초의 상표'라고 주장[40]한 이후 최근까지도 별다른 논의 없이 백운옥판차를 최초의 상표로 인정하고 있다.[41] 금릉월산차와 백운옥판차의 선후관계에 대한 문제제기는 이미 2007년 오사다 사치코[長田幸子]에 의해서 제기된 바 있었지만,[42] 지금까지도 차계에서는 금릉월산차와 백운옥판차의 선후관계에 대해 명확한 결론을 내리지 못하고 있으며, 이한영 집안에서도 백운옥판차를 최초의 차 상표로 홍보하고 있는 실정이다. 이 문제에 대한 심도 있는 논의가 필요한 이유는 금릉월산차와 백운옥판차의 선후관계를 밝히는 것뿐만 아니라, 다산의 현손 정규영이 밝힌 것처럼 금릉월산차가 강진에 전해진

다산의 제다법으로 만든 차라면 면밀한 연구를 통해서 그 제다법을
명확하게 밝히는 것이 무엇보다도 중요하기 때문이다.

전등계傳燈契

만덕사에서 차를 만들게 된 직접적인 계기는 다산과 아암 혜장의
교유에서 비롯되었다. 또한 전등계원인 만덕사 승려들이 다신계의 약
속에 따라서 다산에게 차를 보내게 되면서 만덕사에서 지속적으로
차를 만들게 되었던 듯하다.

다산은 1805년 봄 아암 혜장을 처음 만난 직후부터 차를 구해 마셨
다. 이러한 사실은 1805년 4월 아암 혜장에게 보낸 「혜장상인에게 차
를 청하며 부치다[寄贈惠藏上人乞茗]」라는 걸명시乞茗詩의 내용을 통
해서 확인된다.

전하여 듣자니 석름봉 아래에서	傳聞石廩底
예전부터 좋은 차가 난다고 하네	由來產佳茗
지금은 보리를 말릴 시기라서	時當晒麥天
기旗도 펴고 또한 창槍도 돋았겠네	旗展亦槍挺
궁핍한 생활로 굶는 것이 습관이 되어	窮居習長齋
누린내 나는 것은 이미 생소해졌네	羶臊志已冷
돼지고기와 닭죽은	花猪與粥雞
사치스러워 함께 먹기 어렵네	豪侈邈難竝
다만 오랜 체증으로 인하여 괴롭고	秖因痃癖苦
때때로 술이 깨지 않는다오	時中酒未醒
바라건대 기공己公의 숲 속 차를 빌려서	庶藉己公林

육우의 솥을 조금 채웠으면 하오	少充陸羽鼎
보시해주면 참으로 질병을 없앨 수 있으니	檀施苟去疾
뗏목으로 건져줌과 어찌 다르리	奚殊津筏拯
불과 볕에 쬐어 말리기를 마땅히 법대로 하여야만	焙晒須如法
물에 담그면 색이 맑으리라	浸漬色方瀅[43]

다산은 아암 혜장에게 차를 청하면서 "불과 볕에 쬐어 말리기를 마땅히 법대로 하여야만"이라고 차를 만드는 법에 관해서 설명하였다. 단순하게 차만 요청한 것이 아니라 제다법을 가르쳤던 셈이다. 다산으로부터 걸명시를 받은 아암 혜장은 답장을 보내 다산이 가르쳐준 제다법대로 차를 만들었음을 다음과 같이 말했다.

늦물 차는 이미 쉬었을까 염려됩니다. 다만 늦물차를 불과 볕에 쬐어 말리기가 잘 되면 삼가 받들어 올리겠습니다. 이만 줄입니다. 晚茗恐已老蒼. 但其焙晒如佳, 謹玆奉獻也. 不備.[44]

아암 혜장은 "다만 늦물차를 불과 볕에 쬐어 말리기가 잘 되면 삼가 받들어 올리겠습니다"라고 하여 다산이 가르쳐준 "불과 볕에 쬐어 말리기를 마땅히 법대로 하여야만"이라고 설명한 제다법을 그대로 따라서 차를 만들었다. 여기서 "불과 볕에 말린다[焙晒]"란 어떤 뜻일까? 송대 의학서 『태평혜민화제국방太平惠民和劑局方』에 관련 용례가 보인다.

인삼, 당귀, 후박, 길경, 계심, 궁궁, 방풍, 감초, 백지, 위 열 가지

선별한 약재를 정성껏 모두 물에 씻고 불과 볕에 쬐어 완전하게
말린다.

人參當歸厚朴桔梗桂心芎藭防風甘草白芷, 右十味選藥, 貴精皆取洗, 焙曬極
燥.[45]

위 내용을 통해서 '배쇄焙晒'는 완전하게 말린다는 의미임을 알 수
있다. 오늘날과 같이 저장 용기가 발달하지 못한 당시의 사정상 차의
변질을 최대한 막기 위해서 차를 완전하게 건조하라는 뜻이다.

다산이 만덕사 승려들에게 제다법을 가르쳤다는 사실을 이규경李
圭景(1788~1856)은 『오주연문장전산고五洲衍文長箋散稿』「도차변증설
茶茶辨證說」에서 다음과 같이 말했다.

교남 강진현에는 만불사萬佛寺가 있는데 차가 난다. 다산 정약용
이 귀양살이할 때 쪄서 불에 쬐어 말려 덩이 지어서 작은 병餠으
로 만들게 하고는 만불차萬佛茶로 이름 지었다. 다른 것은 들은
바가 없다.

嶠南康津縣, 有萬佛寺出茶. 丁茶山若鏞謫居時, 敎以蒸焙爲團, 作小餠子, 名萬
佛茶而已. 他無所聞.[46]

만불사萬佛寺는 만덕사의 별칭이다. 이규경은 만덕사에서 만들어지
던 만불차가 다산 정약용이 가르쳐서 만들어진 것이라고 분명하게
증언했다. 더욱이 "다른 것은 들은 바가 없다"라고 단언할 정도로 당
시에 만불차가 경향간에 널리 알려졌던 사실도 적었다. 범해 각안도
「다가茶歌」에서 "강진 해남 만든 것은 서울까지 알려졌지[康海製作北

京啓]"[47]라고 하여 강진에서 만들어진 차가 서울까지 알려질 정도로 유명했던 사실을 말했다.

만덕사에서 다산의 지도로 만들어진 차가 유명해지자 차의 생산량도 많아지게 되었다. 1818년 지어진 『육로산거영六老山居咏』에 실려있는 수룡 색성의 시에서 "1백 꿰미 향기로운 차가 푸른 산에서 난다[百串香茶産碧山]"[48]라고 한 것을 볼 때 만덕사에서 많은 양의 떡차가 생산되었던 듯하다.[49] 수룡 색성은 1805년부터 차를 만들어서 다산에게 보내준 전등계원으로 다신계의 약속에 따라서 다산에게 차를 보냈다. 이러한 사실은 다산이 1834년 호의縞衣 시오始悟(1778~1868)와 수룡 색성에게 보낸 「두 승려가 돌아감으로 인하여, 대둔산 산중의 호의와 수룡 두 장로에게 부쳐 보이다[因二衲之歸寄示大芚山中縞衣袖龍二長老]」라는 시의 내용을 통해서 확인된다.

여전히 명차를 번거롭게 먼 데까지 보내오고 있으나　　猶有名茶煩遠寄
다만 지금은 겨울 국화만 쇠약해진 나의 벗이라네　　秖今寒菊伴衰容
창주에서 학 돌아옴 다시금 더뎌지니　　　　　　　滄洲定復遲歸鶴
비구름 마침내 게으른 용 일으키소　　　　　　　　雲雨終須起懶龍

　호의는 성이 정씨인지라 학이라고 했다. 내가 호의에게 답장한 편지에 금강산 유람을 권하면서 "수룡 또한 두 스님을 위해 부끄러움을 씻어줌이 옳으리라"라고 썼다[縞衣姓丁是鶴也 余答縞衣書 勸游金剛 袖龍亦爲二衲雪恥可].[50]

위 시의 내용 중 "여전히 명차를 번거롭게 먼 데까지 보내오고 있으나"라고 한 내용을 통해서 수룡 색성이 지속적으로 다산에게 차를 보내고 있었던 사실을 알 수 있다.

그런데 만덕사에서 만들어진 차가 유명해지면서 여러 가지 문제점이 나타나게 된다. 이러한 문제점은 『만덕사지萬德寺志』에 기록된 내용을 통해서 확인된다. 그 내용은 이렇다.

> 차의 품질이 매우 좋다. 여러 해 전부터 따는 사람이 점차 많아져서 승려들도 감당할 수가 없었으며, 차 또한 줄어들었다. (중략) 태삼의 안 : 차와 비자는 여러 곳에서 요구가 몰려들어 절의 승려들이 괴로워하였다. 이에 차와 비자가 소모되어 줄어들었기 때문에 무성할 수가 없는 것이다.
>
> 茶品甚佳. 年來採者漸多, 僧不能堪, 茶亦以衰. (中略) 泰森案: 茶与榧子, 微求四集, 寺僧病之. 此其所以衰耗, 而不能茂盛者也.[51]

만덕사에서 만들어지던 차의 품질이 좋았기 때문에 만덕사뿐만 아니라 주위에서 차나무가 줄어들 정도로 지나치게 찻잎을 수확하고 있었던 당시의 상황을 말했다. 또한 만덕사 승려 태삼泰森은 사방에서 차를 만들어달라는 요구가 많아져 만덕사 승려들이 고통을 겪고 있었음을 적었다. 하지만 이러한 여러 가지 문제점에도 불구하고 만덕사 승려들은 지속적으로 차를 만들었던 것으로 보인다. 이러한 정황은 1851년경 석오石梧 윤치영尹致英(1803~1856)이 지은 「용단차기龍團茶記」를 통해서 확인된다.

> 금릉의 만덕산에는 차나무가 있는데, 홍아紅鵝가 무성한 것과 같다. 매번 청명 이전에 따서 만드는 것을 산인山人들이 업業으로

삼는다. 그 향기는 소형素馨, 즉 재스민과 같고, 그 맛은 운병芸餠
과 다름없다.

金陵萬德之山, 有茶樹, 如紅鵝之盛. 每淸明前, 摘以焙之, 山人以爲業. 其臭如
素馨, 其味如芸餠.[52]

금릉金陵은 강진의 옛 이름이며, 만덕산의 산인山人이란 강진 만덕
사의 승려를 가리킨다. 만덕사에서 만들어졌던 용단차에서 자스민과
같은 향이 나고, 맛은 향초로 빚은 떡(운병)과 같다고 했다. 그런데
1816년경에 지어진 『만덕사지』에서는 찻잎의 지나친 수확으로 차나
무가 줄어들었다고 기록했지만, 「용단차기」에서는 차나무가 무성하
다고 언급하고 있는 것을 볼 때 만덕사 승려들에 의해서 차나무가
잘 관리되고 있었던 듯하다.

　흥미로운 점은 만덕사 승려들이 차를 만드는 일을 "업業으로 삼는
다"라고 말한 대목이다. 차가 금전적 가치가 있는 경제적인 물품이었
다는 뜻이다. 다산도 『목민심서牧民心書』에서 "작설차는 마땅히 약방
에서 구입해야 한다[雀舌宜貿於藥鋪]"[53]고 언급했던 것을 볼 때, 당시
에 차가 금전적인 교환가치가 있었던 물품이었다는 것을 알 수 있다.
1847년경 추사秋史 김정희金正喜(1786~1856)가 초의에게 차를 청하는
편지의 내용을 통해서도 당시에 차가 금전적 가치를 지녔던 물품이
었음이 짐작된다. 편지의 내용은 이렇다.

차에 관한 일은 앞의 편지에서도 여러 차례 언급하였소. 소단小
團 수십 덩이로는 몇 차례 먹을거리도 지탱하지 못할 것이오. 100

원圓을 한정해서 살 수 있다면 좋을 것 같소. 거듭 깊이 생각해
보시는 것이 어떻겠소.

茶事前書亦有縷及. 而小團數十片, 恐不支幾時供. 限百圓可以買取則似好. 再深
商之, 如何如何.[54]

추사는 초의에게 대둔사에서 만들어진 소단小團[55] 백원百圓어치를
살 수 있도록 부탁했다. 이러한 내용을 통해서도 분명하게 당시에 차
가 경제적 가치를 지닌 물품으로 인식되고 있었던 것으로 보인다.

다산의 가르침으로 차를 만들게 된 만덕사의 전등계 승려들은 다
신계의 약조에 따라서 지속적으로 차를 만들어 다산에게 보냈으며,
차를 상업적으로도 이용하고 있었던 셈이다.

이상으로 1818년 다산이 해배되어 고향으로 돌아가면서 제자들과
맺은 다신계가 강진지역 차사에 미친 영향을 문헌을 중심으로 살펴
보았다.

다산은 1808년 봄 다산초당으로 거처를 옮기면서 수백 근의 차를
직접 생산하였다. 이는 제자들의 노동력과 다산초당 근처에 찻잎을
대량으로 조달할 수 있는 다원이 있었기에 가능했던 일이었다. 다산
의 제다법은 증청법이었으며, 여러 번 찌고 말리는 구증구포 또는 삼
증삼쇄의 방법으로 차를 만들었다. 제자들 또한 다산의 제다법에 따
라서 차를 만들었다. 제자들은 다산이 해배된 이후 다신계의 약조에
따라서 다산에게 차를 만들어 보냈으며, 다산의 후손들에게까지 지속
되었다. 강진에서 다산에게 차를 만들어 보내는 전통은 1920년대까지

이어지고 있었다.

다산과 아암 혜장의 제자들인 만덕사 승려들이 결성한 것으로 여겨지는 전등계에서도 지속적으로 다산에게 차를 만들어 보냈다. 만덕사에서는 다산의 가르침으로 차를 만들게 되면서 차의 생산량도 많아졌고, 경향 간에 널리 알려지게 되어 사방에서 차를 구하는 요구도 많아지게 되었다.

이처럼 강진지역에서는 다신계의 약속에 따라서 차를 만들던 전통으로 인해서 일찍부터 차를 경제적인 가치를 지닌 물품으로 인식하고 상업적으로 이용하게 되는 계기가 되었다.

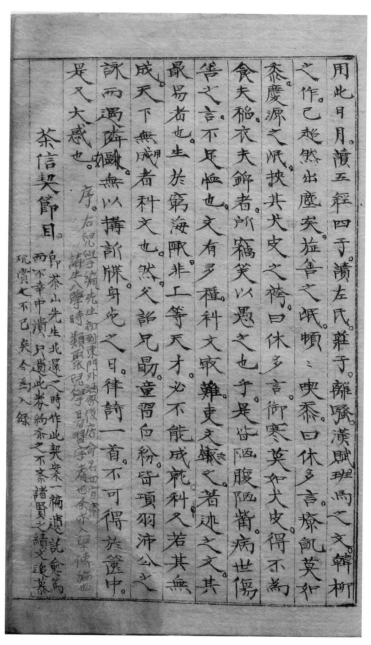

낙천 윤재찬의 『귤림문원』에 수록된 『다신계절목』. 정민 제공.

戊寅八月晦日僉議

耶貴于人者以有信也若羣聚而相樂既散而相忘是禽獸之
道也吾輩數十人粤自戊辰之春至于今日羣居積文如兄若
弟今　函丈北還吾輩星散若遂漠然相忘不思所以講信之
道則不亦愧于去年春吾輩預慮此事聚錢設契其始也人出
錢一兩三年生息令其錢爲三十五兩第念旣散之後錢貨出
納未易如意方以爲憂而　函丈於寶巖西村有溥田數區歸
行放賣多不能售於是吾輩以三十五兩之錢納于行裝　函
丈以西村數區之錢留作契物名之曰茶信契以爲日後講信
之資若其條例及田土綜負之數詳錄下方

228　조선 음다풍속의 재발견

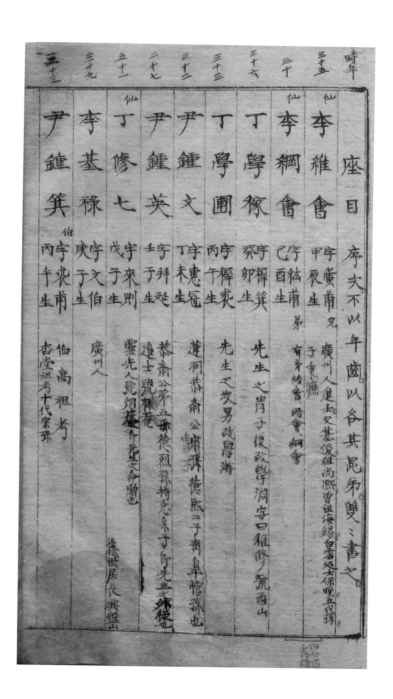

永業坪字畓三斗落稅額五負三束 庚午三月成文 賣於庚
本價六兩

辰十二月十九日 稅米代白給
以下其十八斗落也後以稅米代錢
年加歲增以白文處分也

巨古坪篤字畓二斗落稅額七負二束 庚午四月成文
本價九兩

青龍坪給字畓四斗落稅額十七負七束 丙子三月成文
本價二十三兩

大川坪昌字畓五斗落稅額二十五負 丙子三月成文
本價二十五兩

毛木洞克家畓念兩字畓四斗落稅額十四負 壬午三月成文
本價二十八兩

約條

一, 右畓其在寶嚴者李德芸照管其在白道者李文伯照管每

年秋收歛待春作錢

一, 每年清明寒食之日契員會于茶山以修契事出韻賦詩

名作書送于酉山。右會之日。魚價錢一兩自契中上下糧

米一升殷各自持來。

一、穀雨之日取嫩茶焙作一斤。立夏之前取晚茶作餅二斤。右

粢茶一斤餅茶二斤。與詩札同付。

一、菊花開時契員會于茶山以修契事。出韻賦詩聯名作書送

于酉山　右會之日魚價錢一兩自契中上下糧米一升各

自持來

一、霜降之日買新棉布一疋其麤細視年穀多則買細布穀少

則買麤布。白露之日取椪子五升與棉布同送于酉山

椪子則憲冠拜延年々進排而此兩人則除其茶役。

一、採茶之役、各人分數、自備而其不自備者、以錢五分、給信東

小淳菴令橋洞崔邨兒採茶充載、

一、東菴盖草價一兩、立冬日自契中上下、使橋洞六員董督編

皆必於冬至前新獲而若過冬至則明春茶役、六人全當而

他契員勿為助役。

一、右諸役所用上下之後、若有餘錢、著實契員處、使之殖利而

一、人所掇利之錢、母過二兩、錢滿十五兩、或二十兩、即為買畓付之

契中其殖利之錢、母過二十兩。

邑城諸生座目。

孫秉藻 字 小宇俊燁

黃裳　兄字　小字山石　號蓓園處士　晚居大口一栗山房

黃聚　字　小字安石　號醉夢齋　善書圖篆休

黃之楚　家字　小字完聘　今諡名基楚　字曰之楚　號硯養　仁坪子　子鶴崩　曾搖鏑政　錯軒

李晴　字　小字鶴來　字琴招壬于生

金載靖　字　小字尚主　乙上六八

余於嘉慶辛酉冬到配于康津寓接于東門外酒家乙丑冬

棲寶恩山房丙寅秋徙寓鶴來之家戊辰秋乃寓茶山通計

在謫十有八秊其居邑者八秊其居茶山者十有一秊狗來

之初民甚恐惧怕彼門壞墻不許安接當此之時其為左右者

孫黃等四人也由是言之邑人是與共憂患者也茶山諸人

猶是稍平後相却者也邑入何可選也兹於茶信契憲之末

又錄邑入六員以爲徵後之文又此諸入應於茶信契事同

心卿管是余之留託也其可怨諸。

一立夏之後葉茶餅茶入送于邑中自邑中討便付送于酉山。

一霜降之後棉布橝子入送于邑中自邑中討便付送于酉山。

一茶信契田番如有負束之差誤收拾之散落則契員入言于

邑中周旋顧護。

一袖龍製鮮亦方外之有緣者也其傳燈契田番如有可慶之

事入告邑中自邑中周旋顧護。

一茶信契田番稅穀每年冬契員與邑中相議善處俾無陳荒

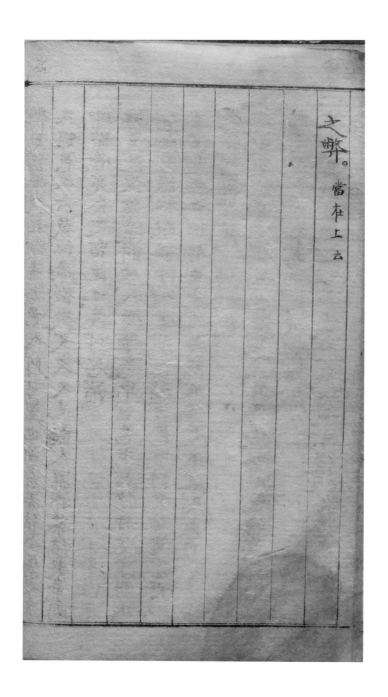

之弊。當在上云

미주

1. 『동의보감東醫寶鑑』을 통해 본 조선시대 음다풍속

1) 1610년(광해군 2년) 허준許浚이 지은 의서醫書로 모두 25권 25책이다. 『동의보감』에 기록된 약재는 중국의 약재를 당약唐藥으로, 조선에서 생산된 약재는 향약鄕藥으로 구별하여 기록했다. 특히 탕액편湯液篇에서는 향약명鄕藥名 649개가 한글로 적혀 있어 국어사 연구에 도움을 주고 있다. 『동의보감』은 중국과는 다른 우리나라의 독자적 이론체계와 고유한 임상경험이 녹아 있어 우리 체질을 가장 잘 고려한 의서이다. 『동의보감』에서 차의 활용도 당시 조선에서 생산된 토산차土産茶였으며, 종류에 따라 세밀하게 사용되었다.

2) 박경련, 「『東醫寶鑑』의 書誌學的 硏究」, 전남대학교 대학원 박사학위논문, 2006, p. 103.

3) 김종태, 『차의 과학과 문화』, 보림사, 1996, p. 17.

4) 고명석, 『現代生活과 茶의 效能 −『東醫寶鑑』을 中心으로 −』, 태평양박물관, 1982, pp. 155~166.

5) 가천박물관 학예연구실, 「한의학 정립을 위한 위대한 여정 − 의서로 보는 조선시대 한의학 −」, 『차문화』 2012년 11~12월호, p. 33.

6) 『향약집성방鄕藥集成方』 목부중품木部中品 「명고차명茗苦㯃茗」 "맛은 달고 쓰며, 조금 차고 독이 없다. 누창瘻瘡을 치료하고, 소변이 잘 나오게 하며, 담열痰熱과 갈증을 제거하고, 사람으로 하여금 잠이 적게 한다. 봄에 채취한다. 고차苦㯃는 기를 내리고, 오래 정체된 음식을 소화시킨다. 마실 때 수유茱萸, 파[葱], 생강[薑] 등을 더하면 좋다[味甘苦, 微寒, 無毒. 主瘻瘡, 利小便, 去痰熱渴, 令人少睡. 春採之. 苦㯃, 主下氣, 消宿食. 作飮加茱萸葱薑等良]." (한국한의학연구원).

7) 김종오, 「동의보감에 나타난 차의 의학적 운용」, 경희대학교 대학원 석사학위논

문, 2006, p. 5.

8) 유희춘柳希春,『미암집眉巖集』6권卷「무진하戊辰下」. (송재소·조창록·이규필 옮김,
『한국의 차문화 천년 5』, 돌베개, 2013, p. 76.).

9) 도륭屠隆,『고반여사考槃餘事』차품茶品「육안六安」. (김명배,『중국의 다도』, 명문당,
2007, p. 321.).

10) 허차서許次紓,『다소茶疏』「산차産茶」. (김명배, 앞의 책, 2007, p. 356.).

11) 중국과 조선시대 문헌에 보이는 '陸安茶'와 '六安茶'의 두 가지 이름에 관하여, 송해
경은『동다송의 새로운 연구』에서 '陸安茶'는 '六安茶'를 잘못 표기한 것이라는 견
해를 밝혔다. 하지만 김대성은『초의선사의 東茶頌』에서 명대의 다서『考槃餘事』
와『茶疏』에서는 '六安茶'로 기록하고 있으며, 조선시대『東醫寶鑑』,『記茶』,『東茶頌』
에서는 '陸安茶'로,『조선왕조실록』에서는 '六安茶'로 기록하고 있는 것을 볼 때 '六
安茶'와 '陸安茶'는 같은 차로 혼용해서 썼던 것이라는 견해를 밝히고 있다.

12)『동의보감東醫寶鑑』「고차苦茶」항목에서는 "몽산차는 성질이 따뜻하여 병을 치료
하기에 가장 좋다. 의흥차, 육안차, 동백산차, 신화산차, 용정차, 민랍차, 촉고차, 보
경차, 여산운무차 등은 모두 맛이 좋아서 이름이 널리 알려졌다[蒙山茶, 性溫, 治病最
好. 宜興茶, 陸安茶, 東白山茶, 神華山茶, 龍井茶, 閩臘茶, 蜀苦茶, 寶慶茶, 廬山雲霧茶, 俱以味佳 得
名]"고 기록하고 있다.『기다記茶』에서는 "육안차는 맛이 좋고, 몽산차는 약용으로
좋다[陸安茶以味勝, 蒙山茶以藥用勝]"고 기록하였고,『동다송東茶頌』에서는 "육안차는
맛, 몽산차는 약[陸安之味蒙山藥]"이라고 하였다.

13)『승정원일기承政院日記』영조 28년(1752) 4월 10일(신축) 원본1081책/탈초본59책.
(국사편찬위원회).

14) 허준 저, 조헌영·김동일 외 10인 공역,『東醫寶鑑 內景·外形篇』, 여강출판사, 2005,
pp. 53~54.

15) 탕액편湯液篇에 수록된 약재는 수부水部 33種, 토부土部 18種, 곡부穀部 107種, 인부人
部 23種, 금부金部 107종, 수부獸部 236종, 어부魚部 53種, 충부蟲部 95種, 과부果部 91種,
채부菜部 122種, 초부草部 267種, 목부木部 156種, 옥부玉部 4種, 석부石部 55種, 금부金部
33種으로 총 1,400種이다.

16) 김종오, 앞의 논문, 2006, p. 18.

17) 허준 저, 구본홍 감수,『국역한글초판 동의보감』, 민중서각, 1992, p. 1209.

18) 도원석,『한의학으로 본 차와 건강』, (사)한국차인연합회, 2010, p. 28.

19) 최립崔岦,『간이집簡易集』7권卷「입춘일차동파운立春日次東坡韻」. (한국고전번역원).

20) 오준吳竣,『죽남당고竹南堂稿』2권卷「야좌호운주필夜坐呼韻走筆」. (한국고전번역

원).

21) 윤순지尹順之, 『행명재시집涬溟齋詩集』 2권卷 「가야가기구유伽倻歌記舊遊」. (한국고전
번역원).

22) 서거정徐居正, 『사가집四佳集』 40권卷 「전다煎茶」. (한국고전번역원).

23) 소갈병消渴病은 소消와 갈渴을 주증主症으로 하는 병의 증상으로 당뇨병과 같은 뜻
이다. 소消란 내장기에 형성된 열에 의하여 혈액 등의 체액이 마르고 음식물도 먹
자마자 곧 소화되는 증상이다. 소갈병에 걸리면 음식을 매우 많이 먹는 증상을 보
이지만 몸은 오히려 야위는 현상이 나타나게 된다. 갈渴은 목이 말라 물을 자꾸 마
시려고 하는 증상이 나타나는데, 오장육부에 형성된 열에 의하여 체액이 고갈되
거나 소변을 너무 자주 보기 때문에 체액이 결핍되어 이를 보충하고자 계속 물을
마시려는 증상이 생기는 것이다. (최한영 외, 『알기 쉬운 우리의 한의학韓醫學』, 대
한의사협회, 1998, pp. 120~121.).

24) 황유黃儒, 『품다요록品茶要錄』 「채조과시采造過時」. (짱유화, 『點茶學』, 普洱世界, 2008,
pp. 125~127.).

25) 서거정徐居正, 『사가집四佳集』 29권卷 「사진원박태수기차謝珍原朴太守寄茶」. (한국고
전번역원).

26) 허균許筠, 『성소부부고惺所覆瓿稿』 2권(卷) 「음신차飮新茶」. (한국고전번역원).

27) 제호탕은 오매육烏梅肉, 초과草果, 백단향白檀香, 축사縮砂를 곱게 갈아 꿀에 넣고 끓
여 고膏 상태가 될 때까지 졸여 만든다. 더위를 피하게 하고 갈증을 그치게 하는 효
능으로 여름철에 마시던 전통 음료였다. (한국의 맛 연구회, 『전통 건강 음료』, 대
원사, 1996, pp. 100~101.) ; 『동의보감』 잡병편雜病篇 3권卷 「서暑」에서는 "더위 먹어
서 나는 열을 풀며 번갈煩渴을 멎게 한다[解暑熱止煩渴]"라고 제호탕의 효능을 적고
있다. (한국한의학연구원).

28) 김안국金安國, 『모재집慕齋集』 1권(卷) 「차사상취승정야연운次使相聚勝亭夜宴韻」. (한
국고전번역원).

29) 이덕형李德馨, 『한음문고漢陰文稿』 10권卷 간독簡牘 「답김창원서答金昌遠書」. (한국고
전번역원).

30) 정약용丁若鏞, 「강진백운동이대아서궤경납康津白雲洞李大雅書几敬納」. (정민, 『새로
쓰는 조선의 차문화』, 김영사, 2011, p. 120.).

31) 정민·유동훈, 『한국의 다서』, 김영사, 2020, p. 408.

32) 김령金坽, 『계암집溪巖集』 3권卷 「춘일春日」. (한국고전번역원).

33) 정약용丁若鏞, 『다산시문집茶山詩文集』 1권卷 「미천가尾泉歌」. (한국고전번역원).

34) 최한영 외, 앞의 책, 1998, pp. 116~117.

35) 『동의보감東醫寶鑑』 내경편內景篇 담음痰飮 「주담酒痰」. (한국한의학연구원).

36) 『동의보감東醫寶鑑』 잡병편雜病篇 서불 「서열통치약暑熱通治藥」. (한국한의학연구원).

37) 『동의보감東醫寶鑑』 내경편內景篇 신형身形 「선현격언先賢格言」. (한국한의학연구원).

38) 『동의보감東醫寶鑑』 잡병편雜病篇 내상內傷 「내상장리법內傷將理法」. (한국한의학연구원).

39) 문위세文緯世, 「다부茶賦」. (정민·유동훈, 앞의 책, 2020, p. 48.).

40) 아암兒菴 혜장惠藏, 「탁옹이여시, 구득가명. 적색상인선헌지, 지화기시, 불부이명 [籜翁貽余詩, 求得佳茗. 適蹟上人先獻之, 只和其詩, 不副以茗.]」. (정민, 앞의 책, 2011, pp. 180~181.).

41) 노수신盧守愼, 『소재집蘇齋集』 권하卷下 「치심양위보신지요治心養胃保腎之要」. (송재소·조창록·이규필 옮김, 『한국의 차문화 천년 5』, 2013, p. 80.).

42) 기모경綦毋熲은 「벌다음서伐茶飮序」 서문에서 "체한 것 풀어주고 막힌 것 뚫는 것은 하루의 이로움으로 잠시 좋은 것이고, 기를 마르게 하고 정기를 소모시키는 것은 평생의 누가 큰 것이다[釋滯消壅, 一日之利暫佳, 瘠氣耗精, 終身之累斯大]"라고 했다. (정민, 앞의 책, 2011, p. 517.).

43) 정약용丁若鏞, 「걸명소乞茗疏」. (정민·유동훈, 앞의 책, 2020, p. 154.).

44) 윤형규尹馨圭, 「다설茶說」. (정민·유동훈, 앞의 책, 2020, pp. 172~173.).

2. 문위세文緯世의 「다부茶賦」를 통해 본 장흥지역 음다풍속

1) 조선시대 1454년(단종2년)에 편찬된 『세종실록지리지』에는 전라도 지역의 16개소와 경상도지역의 3개소가 고려시대의 茶所로 기록되어 있다. (김명배, 『다도학』, 학문사, 1987, p. 177.).

2) 『세종실록지리지』에 기록된 장흥지역의 다소茶所는 요량饒良, 수태守太, 칠백유七

百乳, 정산井山, 가을평加乙坪, 운고雲高, 정화丁火, 창거昌居, 향여香餘, 웅점熊岾, 가좌加佐, 거개居開, 안칙곡安則谷으로 13개의 茶所가 있었다. (정영선, 『한국차문화』, 너럭바위, 1992, p. 113.).

3) 박용서 외, 『1000년 신비의 전통차 돈차 청태전』, 중앙생활사, 2008, pp. 40~42.

4) 최계원, 『우리茶의 再照明』, 삼양출판사, 1983, pp. 219~220.

5) 명태조 주원장이 홍무24년(1391) 9월 16일 정식으로 단차의 제조를 금지하고 잎차의 제조를 지시하는 포고령을 내려 더이상 단차가 만들어지지 않게 되었다.

6) 「다부」는 『풍암선생유고』 권1에 실려 있다. 한국전통문화대학교 최영성 교수가 발굴하여 (사)한국차문화협회에서 발행하는 『차문화』2009년 5·6월호(통권83호)에 공개하였다.

7) 『초사楚辭』에서 발전한 시詩 형식의 일종이다. 한 행行은 4~6자 내외이고 운韻이 있다. 일반 문장인 산문과 시의 중간 형태라고 할 수 있으며, 작가의 생각이나 눈앞의 경치 같은 것을 있는 그대로 드러내 보이는 특징을 가진다.

8) 문위세文緯世, 「다부茶賦」. (정민·유동훈, 『한국의 다서』, 김영사, 2020, pp. 42~48.).

9) 채양蔡襄, 『다록茶錄』 「차잔茶盞」. (짱유화, 『點茶學』, 普洱世界, 2008, p. 94.).

10) 채양蔡襄, 『다록茶錄』 「점다點茶」. (짱유화, 앞의 책, 2008, pp. 88~89.).

11) 정영선, 앞의 책, 1992, p. 173.

12) 1653년 네덜란드의 무역선이 제주도에서 난파되어 하멜과 그의 동료 선원들이 제주도에 표류하여 13년간 조선에서 억류되었다가 하멜을 비롯한 8명이 탈출하여 본국으로 돌아간 후, 그 일행 중 두 명이 조선에 대하여 증언한 내용을 기록한 책이다.

13) 신한균, 『사기장 신한균의 우리사발이야기』, (주)가야넷, 2005, p. 524.

14) 허준 저, 구본홍 감수, 『국역한글초판 동의보감』, 민중서각, 1992, p. 1209.

15) 『동의보감』에서 '細茶', '芽茶(茶芽·細茶芽)', '雀舌茶', '春茶', '好茶' 등의 이름은 모두 어린 싹과 잎으로 만든 차를 지칭하며, 늙은 잎으로 만든 차는 '茗'으로 기록했다. 『동의보감』을 비롯한 조선시대에 저술된 의서에서 '의학적 용도로 쓰인 차'가 일반적인 차와 다른 점에 대해 따로 언급한 내용은 어디에도 보이지 않는다. 뿐만 아니라 음료로서 차를 언급할 때에도 구별 없이 그냥 茶로 쓰고 있다. 오히려 의서에서 약재를 법제하거나 환·산제를 만들 때, 또는 약을 음용할 때도 '차의 방법과 같게 하라[如茶法]'는 설명을 찾아볼 수 있다. 그러므로 약재로 사용된 차는 일상적으로 음용되는 차와 만드는 방법에 있어 큰 차이는 없던 것으로 보인다. 이처럼 『동의보

감』에는 차에 대한 연구 경험이 상당히 많이 축적되어 있었다. (김종오, 「동의보감에 나타난 차의 의학적 운용」, 경희대학교 대학원 석사학위논문, 2006, pp. 8~14.)

16) 이만부李萬敷. 「답리생문목荅李生問目」. (류건집, 『한국차문화사 하』, 이른아침, 2007, pp. 333~334.).

17) 이규경李圭景, 『오주연문장전산고五洲衍文長箋散稿』 인사편人事篇 「도차변증설荼茶辨證說」. (정민·유동훈, 앞의 책, 2020, p. 408.).

18) 김명배, 『中國의 茶道』, 명문당, 2001, pp. 218~220.

19) 이유원李裕元, 『임하필기林下筆記』 제32권卷 순일편旬一編 「호남사종湖南四種」, (한국고전번역원).

20) 보림사는 전라남도 장흥군 유치면 봉덕리 가지산 남쪽 기슭에 위치한다.

21) 이유원李裕元, 『가오고략嘉梧藁略』 4책册 「죽로차竹露茶」. (정민·유동훈, 앞의 책, 2020, pp. 468~472.)

22) 허준의 『동의보감』 잡병편雜病篇 「잡방雜方」과 탕액편湯液篇 「초부草部」에 각각 '숙지황'과 '황정'을 구증구포로 만드는 방법이 기록되어 있는 것으로 볼 때, 구증구포는 동양의학에서 약재를 만드는 전통적인 방법 가운데 하나였다.

23) 이덕리李德履, 『기다記茶』 「다사茶事」 10번째 항목. (정민·유동훈, 앞의 책, 2020, p. 96.).

24) 이유원李裕元, 『임하필기林下筆記』 제32권卷 순일편旬一編 「삼여탑三如塔」. (한국고전번역원).

25) 김윤식, 『음청사 상』. (김명배, 『茶道學論攷 II』, 대광문화사, 2001, p. 157.).

26) 中尾萬三, 「仁和寺御室御物目錄의 陶瓷(追加)」, 『大乘』 第十二卷 第八號, 1933년 8월, pp. 22~30.

27) 최계원, 앞의 책, 1983, p. 219.

3. 이운해李運海의 『부풍향차보扶風鄕茶譜』

1) 이운해는 1754년 10월 3일 부안현감으로 부임하여 2년 후 사헌부司憲府 정사품正

四品 관직 장령掌令에 제수되어 1756년 10월 9일 서울로 올라갔다.

2) 정민, 「최초의 茶書『扶風香茶譜』」, 월간 『차의 세계』 2008년 5월, pp. 68~76.

3) 정민, 『새로 쓰는 조선의 차문화』, 김영사, 2011, pp. 27~40.

4) 변주승 역주, 『여지도서 전라도 II』, 디자인흐름, 2009, p. 283.

5) 조선시대 객사는 일반적으로 3개의 지붕을 가진 3채의 독립적인 집을 맞붙여 놓은 형식이다. 가운데 지붕이 높은 곳이 국왕을 상징하는 전패殿牌를 모신 전청으로 사당의 성격을 가진 가장 중요한 건물이며, 전청 좌우 채가 중앙에서 파견된 관리들을 위한 관영 숙소로 사용되었다. (안길정, 『관아를 통해서 본 조선시대 생활사 상』, 사계절출판사, 2000, pp. 194~112.)

6) 안길정, 앞의 책, 2000, pp. 104~105.

7) 석용운, 『韓國茶藝』, 도서출판 艸衣, 1998, p. 33.

8) 『강희자전康熙字典』에서는 "1사는 30리[一舍三十里]"라고 설명하고 있다. 하지만 30리는 기준거리였지 실제의 거리를 나타내는 것은 아니다. 부풍현에서 무장현까지 3숨의 실제적인 거리를 조선시대 지리지를 바탕으로 계산해보면, 1454년(단종 2년)에 편찬된 『세종실록지리지』에서는 부안현에서 고부군까지 13리, 고부군에서 흥덕현까지 13리, 흥덕현에서 무장현까지 16리로 3숨의 거리는 42리이다. (한국고전번역원). 1530년(중종 25)에 편찬된 『신증동국여지승람』에서는 부안현에서 고부군까지 18리, 고부군에서 흥덕현까지 18리다. (석용운, 『한국茶文化자료집 8』, 도서출판 艸衣, 2006, pp. 302~323). 1757년(영조 33)부터 1765년(영조 41)에 걸쳐 편찬된 『여지도서』에서는 부안현에서 고부군까지 18리, 고부군에서 흥덕현까지 18리로 기록하고 있다. (변주승 역주, 앞의 책, 2009, p. 279.), (변주승 역주, 『여지도서 전라도보유 II』, 디자인흐름, 2009, p. 121.) 다만 『신증동국여지승람』과 『여지도서』에서는 흥덕현에서 무장현까지의 거리는 기록하지 않았다.

9) 이덕리李德履, 『기다記茶』 「다설茶說」. (정민·유동훈, 『한국의 다서』, 김영사, 2020, pp. 78~83.).

10) 서유구徐有榘, 『임원경제지林園經濟志』 5권卷 「잡식 차雜植 茶」. (정민·유동훈, 앞의 책, 2020, pp. 194~195.).

11) 『세종실록지리지世宗實錄地理志』 「부안현扶安縣」 "土宜, 五穀, 麻, 苧, 楮. 土貢, 狐狸水獺皮, 沙魚, 天鵝, 黃毛, 茶, 席. 藥材, 麥門冬, 天門冬, 茯苓, 鹿茸, 鯉膽. 土産, 簜." (국사편찬위원회).

12) 1530년 『신증동국여지승람新增東國輿地勝覽』, 1613년 『고사촬요攷事撮要』, 1656년 『동

국여지지東國輿地誌』, 1674년 『고사촬요攷事撮要』, 1757~1765년 『여지도서輿地圖書』, 1771년 『고사신서攷事新書』, 1864년 『대동지지大東地志』, 1893년 『여재촬요輿載撮要』.

13) 박영식,「조선시대 茶産地와 貢納茶에 관한 연구」, 원광대학교 대학원 박사학위논문, 2014, p. 35.

14) 부안현이 『세종실록지리지』 이외의 지리지에서는 차 산지에서 제외되었지만, 1611년 허균許筠(1569~1618)이 우리나라 팔도의 명물 토산품과 별미음식의 특징과 산지를 기록한 『도문대작屠門大嚼』에서는 "차는 순천에서 나는 작설이 가장 좋고 변산이 다음이다[茶, 雀舌產于順天者最佳, 邊山次之]"라고 기록하고 있는 것을 볼 때 부안현 변산에서 품질 좋은 작설차가 생산된 적도 있었다.

15) 박영식, 앞의 논문, 2014, pp. 30~35.

16) 이덕리李德履, 『기다記茶』「다사茶事」 3번째 항목. (정민·유동훈, 앞의 책, 2020, p. 88.).

17) 『동의보감』 서문에 "우리나라에 향약이 많이 나는데, 사람들이 능히 알지 못할 뿐이다. 마땅히 종류를 나누고 향명을 함께 써서 백성들로 하여금 쉬 알게 하도록 하라[我國鄕藥多産, 而人不能知爾. 宜分類並書鄕名, 使民易知]"고 적었다.

18) 유동훈,「『東醫寶鑑』을 통해 본 조선시대 음다풍속 고찰 – 藥用을 중심으로 –」,『한국차문화』 제5집, 2014, p. 110.

19) 도원석,『한의학으로 본 차와 건강』, (사)한국차인연합회, 2010, pp. 28~29.

20) 『세종실록지리지世宗實錄地理志』,「고부군古阜郡」 "藥材, 雀舌茶, 天門冬, 茅香, 麥門冬."(한국고전번역원).

21) 류건집,『한국차문화사 하』, 이른아침, 2007, pp. 333~334.

22) 정약용丁若鏞,『목민심서牧民心書』 6권卷 호전육조戶典六條「평부平賦」. (한국고전번역원).

23)「차명」에서 나열한 약재 중 표점을 찍은 약재들의 효능에 대해서는 졸고「조선시대 文獻에 나타난 茶의 약리적 활용에 관한 연구」, 목포대학교 대학원 박사학위논문, 2014, pp. 76~79 참고 바람.

24) 『고려사高麗史』 30권卷 세가世家「충렬왕忠烈王 18년十八年 10월十月」 "을사일(18일)에 홍군상洪君祥이 원元으로 돌아갔다. 장군將軍 홍선洪詵을 파견하여 홍군상과 함께 원元에 가서 향차香茶와 모과木果 등의 물품을 바치게 하였다[乙巳, 洪君祥還. 遣將軍洪詵, 偕君祥如元, 獻香茶木果等物]."(국사편찬위원회).

25) 『음선정요飮膳正要』 2권卷 제반탕전諸般湯煎「향차香茶」. (陳祖槼·朱自振 編,『中國茶葉歷史資料選輯』, 弘益齋, 1995, p. 363.).

26) 일제강점기 전라남도 지역에서 만들어지고 음용된 고형차固形茶를 현지 답사한 내용이 실려 있는『조선의 차와 선[朝鮮の茶と禪]』에는 장흥군 유치면 송정리 보림사 부근에서는 떡차를 만들 때 쑥이나 식물의 줄기와 잎, 또는 과실 등을 넣어서 만들었으며, 장흥군 유치면 단산리 부근에서는 생강, 유자, 참죽나무 잎 등을 넣어서 만들었다. (諸岡存·家入一雄 共著,『朝鮮の茶と禪』, 日本の茶道社, 1940, pp. 90~98.).

27) 전라남도 백양사白羊寺에 전승된 향약차는 찻잎을 곱게 찧은 후 가루 낸 곽향, 정향, 계피, 감초, 건강 등 5가지 약재를 섞어서 다식판에 박아서 만든다. (조기 정·이순옥,「전통 향약차香藥茶 고찰」,『한국차학회지』제17권 제1호, 2011년, p. 6.)

28)「차구茶具」항목에서 '잔은 1홉이 들어간다[盞入一合]'고 했으므로 1홉은 약 180cc 이다.

29) 왕상진王象晉,『군방보群芳譜』10책册「반차拌茶」.

30) 오늘날 화차花茶 제조과정 가운데 찻잎에 꽃향기를 흡착시키는 공정을 '음화窨花' 또는 '음제窨製'라고 한다. (짱유화,『차과학개론』, 普洱世界, 2010, p. 433.).

31) 諸岡存·家入一雄 共著, 앞의 책, 1940, pp. 93~107.

32) 김홍도金弘道(1745~1806)의「십로도상첩十老圖像帖」, 유숙劉淑(1827~1873)의「수계도 권修禊圖卷」과「벽오사소집도碧梧社小集圖」, 작자미상의「괴원성회도槐園盛會圖」등 이 전한다.

33) 김두량金斗樑(1696~1763)의「사계산수도四季山水圖」, 심사정沈師正(1707~1769)의「송 하음다도松下飮茶圖」, 김홍도金弘道(1745~1806)의「취후간화醉後看花」,「군현도群賢 圖」,「장조평고사도張肇平故事圖」,「초원시명蕉園試茗」,「초하전다蕉下煎茶」,「전다한 화煎茶閒話」등이다.

34) 아사카와 다쿠미 지음·심우성 옮김,『조선의 소반·조선도자명고』, 학고재, 1996, p. 143.

35) 아사카와 다쿠미 지음·심우성 옮김,『조선의 소반·조선도자명고』, 학고재, 1996, p. 143.

36)『세종실록世宗實錄』제128第一百二十八, 오례五禮 길례서례吉禮序例 낙기도설樂器圖說 「부缶」. (국사편찬위원회).

37) 아사카와 다쿠미 지음·심우성 옮김, 앞의 책, 1996, pp. 155~156.

38) 육우陸羽,『다경茶經』「육지음六之飮」 "마시는 것에는 추차, 산차, 말차, 병차가 있 다. 따고, 찌고, 말리고, 찧어서 병이나 부缶 안에 넣고 끓인 물을 부어서 마시는

것을 암차라 한다[飲有觕茶, 散茶, 末茶, 餅茶者. 乃斫, 乃熬, 乃煬, 乃舂, 貯於瓶缶之中, 以湯沃焉, 謂之瘂茶].”(류건집, 『茶經註解』, 이른아침, 2010, p. 276).

39) 도륭屠隆, 『고반여사考槃餘事』「차구茶具」“운둔雲屯은 샘을 담는 부이다[雲屯泉缶].” (김명배, 『中國의 茶道』, 명문당, 2001, p. 222.)

40) 허차서許次紓, 『다소茶疏』「덜어 쓰기[取用]」“만약 덜어서 쓰려 한다면 반드시 활짝 개어 따스하여 청명하고, 밝고 화창하며, 높고 명랑한가를 살핀 연후에 부缶를 연다[如欲取用, 必後天氣淸明, 融和高朗, 然後開缶]”.「임시 편의[權宜]」“만약 배로 출입하거나 수레나 말로 길을 가는 것이 아니면 옹기 재질의 부缶를 사용한다[若舟航出入, 及非車馬修途, 仍用瓦缶]”. (김명배, 앞의 책, 2001 pp. 290~306.).

41) 국립중앙박물관 소장(신수-014856-000) 나주반이다.

42) 소반의 종류는 산지·형태·용도에 따라 분류하며, 지방색을 띠게 되는데 경상남도의 통영반統營盤, 전라남도의 나주반羅州盤, 황해도의 해주반海州盤이 지방색이 두드러지게 나타난다. 다리는 모양에 따라 구족반狗足盤·호족반虎足盤·죽절반竹節盤·단각반單脚盤 등으로 불린다. 경상도는 죽절형, 전라도는 호족형, 강원도·경기도·충청도는 구족형이 주로 나타나고 있다. (아사카와 다쿠미 지음·심우성 옮김, 앞의 책, 1996, pp. 18~40.).

43) 정민, 앞의 책, 2011, p. 32.

44) (재)경기문화재단 실학박물관 실학자 연보.

45) 본고에서 인용한 『이재난고』의 내용들은 박희준 교수가 2008년도 제1회 국제차문화학술대회에서 발표한 논문 「황차변증설」을 자신의 블로그 '일완다(http://blog.naver.com/algacha/)'에 내용을 보충해서 올린 「황차변증설 – 황차의 유입」에서 재인용한 것이다.

4. 『상두지桑土志』의 국방강화 재원마련 방안 『기다記茶』

1) 정민, 『잊혀진 실학자 이덕리와 동다기』, 글항아리, 2018, pp. 8~9.

2) 정민. 「이덕리 저 『동다기』의 차문화사적 자료 가치」, 『문헌과 해석』 36호, 2006, pp. 307~308.

3) 이덕리李德履, 『상두지桑土志』 1권卷 「치둔전置屯田」. (이덕리 지음, 정민·강진선·민선홍 외 옮김, 『상두지桑土志』, Humanist, 2020, pp. 69~70.) 이하 『상두지』의 번역문과 원문은 '이덕리 지음, 정민·강진선·민선홍 외 옮김, 『상두지桑土志』'를 참조하였다.

4) 이덕리李德履, 『기다記茶』 「다설茶說」 1번째 항목. (정민·유동훈, 『한국의 다서』, 김영사, 2020, p. 76.). 이하 『기다記茶』의 번역문과 원문은, 정민·유동훈의 『한국의 다서』를 참조하였다.

5) 『선조실록』 101권, 선조 31년(1598) 6월 23일 병자 2번째 기사. (국사편찬위원회).

6) 『동국여지승람』에 기록된 차산지는 영남 8지역과 호남 25지역이며, 『고사촬요』에는 영남 10지역과 호남 25지역이다.(박영식, 「조선시대 茶産地와 貢納茶에 관한 연구」, 원광대학교 대학원 박사학위논문, 2014, pp. 25~28.)

7) 김명배, 『증보판 茶道學論攷』, 대광문화사, 2005, pp. 368~369.

8) 서유구徐有榘, 『임원경제지林園經濟志』 「만학지晩學志」. (정민·유동훈, 앞의 책, 2020, pp. 194~195.).

9) 당대唐代 피광업皮光業이 차를 "입에 쓴 스승", 즉 고구사苦口師라고 부른 데서 나온 별칭이다.

10) 당대唐代 손초孫樵가 초형부焦刑部에 차를 보내며 함께 보낸 편지에서 차를 의인화하여 "단맛이 늦은 제후", 즉 만감후晚甘侯라고 한 데서 나온 별칭이다.

11) 선성宣城 사람 하자화何子華가 "마땅히 육우를 일러 '감초벽'이라 하는 것이 좋겠습니다[宜追目陸氏爲甘草癖]"라고 한 데서 나온 별칭이다.

12) 송대宋代 연고차研膏茶가 색이 희었던 것은 향약을 넣어서가 아니라 제조 공정 중 압착 공정에서 찻잎의 진액을 모두 짜냈기 때문에 흰색에 가깝게 된 것이다. (짱유화, 『點茶學』, 普洱世界, 2008, pp. 136~138.).

13) 초의는 『동다송』 40구 협주에서 "東茶記云: 或疑東茶之效, 不及越産. 以余觀之, 色香氣味, 少無差異. 茶書云: 陸安茶以味勝, 蒙山茶以藥勝. 東茶盖兼之矣. 若有李贊皇陸子羽, 其人必以余言爲然也."로 인용하였다. 다만 서명書名을 『기다』가 아닌 『동다기』로 적었다.

14) 이덕리는 7번째 항목 말미에 "이는 고금의 사람이 논하지 않았던 것으로 내가 몸소 징험한 바이다[則古今人之所未論. 而余所親驗者也]"라고 밝히고 있다.

15) 상고당은 조선 후기 골동품 수장가로 유명했던 김광수金光遂(1699~1770)의 당호堂號이다.

16) 이덕리李德履, 『기다記茶』 「다사茶事」 9번째 항목 "차는 능히 사람의 잠을 적게 한다. 혹 밤새도록 눈을 붙일 수 없게 한다. 책 읽는 사람이나 부지런히 길쌈하는 사람이 차를 마시면 한 가지 도움이 될 만하다. 참선하는 자 또한 이것이 적어서는 안 된다. 뒤에 개고한 조항과 함께 참고해서 볼 것[茶能使人少睡. 或終夜不得交睫. 讀書者, 勤於紡績者, 飮之可爲一助. 禪定者亦不可少是. 與下改稿條參看]."

17) 이덕리李德履, 『기다記茶』 「다조茶條」 7번째 항목 "차는 능히 사람의 잠을 적게 한다. 혹 밤새도록 눈을 붙일 수 없게 한다. 새벽부터 밤까지 공무에 있거나, 혼정신성하며 어버이를 봉양하는 사람에게는 모두 필요한 것이다. 닭이 울자마자 물레에 앉는 여자나 한묵의 장막 아래서 학업에 힘 쏟는 선비도 모두 이것이 적어서는 안 된다. 만약 성대히 돌아보지 않고 쉬지 않고 밤을 새우는 군자라면 즉시 받들어 받아들여야 할 것이다. 이 단락은 앞쪽의 '少睡'로 시작되는 조목을 개고한 것이다[茶能使人少睡, 或終夜不能交睫. 夙夜在公, 晨昏趨庭者, 咸其所需, 而鷄鳴入機之女, 墨帳勤業之士, 俱不可少. 是若夫厭厭無歸, 頷頷罔夜之君子, 則有不暇奉聞焉. 此段卽上少睡條改稿也]."

18) 조선시대 논밭의 수확 및 과세 단위에는 把(벼 한 줌), 束(벼 한 단), 負(벼 열 단), 結(벼 천 단) 등이 있었다.

19) 조익趙翼, 『포저집浦渚集』 2권卷之二 「선혜청의 일을 논한 소[論宣惠廳疏]」 "신이 삼가 살펴보건대, 우리나라의 재정 정책은 법도가 없다고 여겨집니다. 田稅의 제도를 보면, 1결당 下等田에는 4두를 부과하고 中等田에는 6두를 부과하는데, 하등전이 거의 대부분을 차지하고 중등전은 매우 드문 형편입니다. 1결의 농지에는 볍씨를 30두에서 40두까지 파종할 수가 있는데, 토질이 비옥하고 풍년이 들었을 경우에는 곡물을 40석에서 50석까지 수확할 수 있고, 토질이 보통이고 평년작일 경우에는 20석에서 30석까지 수확할 수 있으며, 토질이 척박하고 흉년이 들었을 경우에는 간혹 10석이나 20석에 차지 않을 수도 있습니다. 토질이 보통인 농지에 평년작을 기준으로 해서 계산할 경우, 1결에 4두를 부과하는 것은 40 혹은 50분의 1에 해당하니 너무 가볍다고 말할 수도 있을 것입니다[臣伏見我國理財無法. 田稅之制, 每結下則四斗, 中則六斗, 而下田皆是中田甚罕. 夫一結之地, 可種稻三四十斗, 土沃年豐則可出穀四五十石, 常田中歲則可出二三十石, 土瘠年凶則或不滿一二十石. 以常田中歲計之, 則一結四斗, 乃四五十分之一也, 可謂太輕]."(한국고전번역원).

20) 『승정원일기承政院日記』 영조 46년(1770) 3월 11일(무자) 원본1302책(탈초본72책). (국사편찬위원회).

21) 윤형규尹馨圭, 「다설茶說」. (정민·유동훈, 앞의 책, 2020, p. 171.).

22) 차 1냥(37.5g)을 1첩으로 포장하면 1근(600g)은 16첩이 되고 1만 근은 160,000첩이 되므로, 160,000첩 × 0.2냥 = 32,000냥이 된다.

23) 『인조대왕실록仁祖大王實錄』에 의하면, 인조 5년(1627) 정묘호란 이후 조선에서는

天池茶와 雀舌茶를 각각 50봉씩 청나라에 세폐歲幣로 보냈으며, 인조 15년(1637) 병자호란 이후부터는 청나라의 요구로 茶 千包를 세폐로 보냈다. 이후 인조 23년(1645)에 세폐로 보내던 차 1천 포를 면제받았다.

24) 이덕리李德履, 『상두지桑土志』 1권卷 "45개의 둔에서 4,500명을 양성할 경우 돈 13만 5,000냥이 든다[若四十五屯, 養四千五百人, 則用錢十三萬五千兩]."

25) 이덕리李德履, 『상두지桑土志』 1권卷 "둔전마다 5만 냥이 들게 되므로 45개의 둔전일 경우 마땅히 225만 냥이 든다[每屯當爲五萬兩, 四十五屯, 當用二百二十五萬]."

26) 백운동본은 정민, 앞의 논문, 2006, pp. 323~330. ; 의암본은 정민, 앞의 책, 2018, pp. 398~414.에 영인하여 소개하였다.

27) 법진본 『다경합』의 목차는 「다병탕후」와 「다법수칙」은 빠지고, 「다경」, 「다탕」, 「다보」, 「다기」, 「다론」, 「다송」, 발문으로 되어 있다.

28) 초의의 유품을 정리한 『일지암서책목록一枝庵書册目錄』 중 초의가 소장했던 책을 정리한 「명한시초明翰詩抄」에 『다경茶經』 일규一糾가 "이 일곱 권은 옻칠한 오동나무 함에 함께 보관한다[此七卷同貯梧桐漆函]"라는 설명과 함께 기록되어 있다. (박동춘, 『초의선사의 차문화 연구』, 일지사, 2010, pp. 91~105.).

29) 정민, 앞의 책, 2011, p. 641.

5. 다산茶山 황차黃茶의 특징과 전승

1) 이 글에서는 다산이 직접 만들었던 고형차를 '다산 황차'로 명명하여 표기하였다.

2) 김종태, 『차의 과학과 문화』, 보림사, 1996, p. 120.

3) 일본인 모로오카 다모스[諸岡存]와 이에이리 가즈오[家入一雄]가 공저하여 1940년에 출간한 『조선의 차와 선[朝鮮の茶と禪]』에 이 당시 돈차[錢茶] 생산지역을 현지 조사한 내용을 통해서 확인된다.

4) 이덕리, 『기다』. (정민·유동훈, 『한국의 다서』, 김영사, 2020, pp. 96~97.).

5) 이규경李圭景, 『시가점등詩家點燈』. (정민, 『새로 쓰는 조선의 차문화』, 김영사, 2011, p. 521.)

6) 조재삼趙在三, 『송남잡지松南雜識』 화약류花藥類 「황차黃茶」. (송재소·유홍준·정해 렴 외, 『한국의 차문화 천년 2』, 돌베개, 2009, p. 218.).

7) 이덕리는 『기다』 중 「다사」 14번째 항목에서 "다서에 또 편갑이란 것이 있으니 이른 봄에 딴 황차. 표류선의 차가 오자 온 나라 사람들이 황차라고 일컬었 다. 하지만 창이 가지로 이미 자라, 결코 이른 봄에 딴 것이 아니었다. 당시 표 류해온 사람이 과연 그 이름을 이같이 전했는지는 모르겠다[茶書又有片甲者, 早春黃 茶. 而舶茶之來, 舉國稱以黃茶. 然其槍枝已長, 決非早春採者. 未知當時漂來人, 果傳其名如此否也]"라 고 하였다.

8) 중국 송대宋代(960~1279) 황유黃儒의 『품다요록品茶要錄』 「압황壓黃」 항목에 "찌고 난 후에 익은 찻잎을 가리켜 차황이라고 한다[茶已蒸者爲黃]"는 내용이 보인다. (짱유화, 『점차학』, 普洱世界, 2008, pp. 135~136.)

9) 이규경李圭景, 『오주연문장전산고五洲衍文長箋散稿』 인사편人事篇 「도차변증설茶茶辨 證說」. (정민·유동훈, 앞의 책, 2020, p. 408.).

10) 「이산창수첩」은 당시 영암군수로 있던 아들에게 와서 머물던 이재의가 다산초당 의 아름다운 풍광에 대한 소문을 듣고 백련사 유람길에 초당을 찾아 다산과 서로 주고받은 각 12수씩의 시를 하나로 묶은 창수첩이다. (정민, 앞의 책, 2011, pp. 679~680.)

11) 정민, 앞의 책, 2011, p. 161.

12) 정약용丁若鏞, 「강진백운동이대아서궤경납康津白雲洞李大雅書几敬納」. (정민, 앞의 책, 2011, p. 120.).

13) 정약용丁若鏞, 「차운범석호병오서회십수간기송옹次韻范石湖丙午書懷十首簡寄淞翁」. (정 민, 앞의 책, 2011, p. 128.)

14) 정민, 앞의 책, 2011, p. 136.

15) 이유원李裕元, 『임하필기林下筆記』 제32권卷 순일편旬一編 「호남사종湖南四種」, (한국 고전번역원).

16) 이유원李裕元, 『가오고략嘉梧藁略』 4책冊 「죽로차竹露茶」. (정민·유동훈, 앞의 책, 2020, pp. 468~472.)

17) 김경선金景善(1788~1853)의 『연원직지燕轅直指』에 "차의 품질도 한 가지가 아니다. 황차·청차는 흔히 쓰이며, 그 다음은 묘편차이고, 보이차가 가장 진귀하지만, 또한 가짜도 많다[茶品不一. 而黃茶 青茶爲恒用, 其次杳片茶, 而普洱最珍貴 然而亦多假品]"라고 기록되어 있다. (한국고전번역원).

18) 허준의 『동의보감』 잡병편 「잡방」과 탕액편 「초부」에 각각 '숙지황'과 '황정'을 구

증구포로 만드는 방법이 기록되어 있는 것으로 볼 때 구증구포는 한의학에서 약
재를 만드는 전통적인 방법 가운데 하나였다.

19) 1798년(정조 22년) 다산 정약용이 저술한 의서로서 마진麻疹(홍역)의 치료법을 상
세히 기술하였다. 우리나라 마진학의 최고봉이라는 평가를 받았다. 6권 3책이
다.

20) 이규경李圭景, 『오주연문장전산고五洲衍文長箋散稿』 인사편人事篇 「도차변증설茶茶辨
證說」. (정민·유동훈, 앞의 책, 2020, p. 408.).

21) 정약용丁若鏞, 『다산시문집茶山詩文集』 제1권卷 「미천가尾泉歌」. (한국고전번역원).

22) 정약용丁若鏞, 『다산시문집茶山詩文集』 제5권卷 「기증혜장상인걸명寄贈惠藏上人乞茗」.
(한국고전번역원).

23) 정약용丁若鏞, 「걸명소乞茗疏」, 『항암비급航菴秘笈』. (정민·유동훈, 앞의 책, 2020,
pp. 153~156.)

24) 정민, 앞의 책, 2011, pp. 165~166.

25) 박영보朴永輔, 「남차병서南茶并序」. (정민·유동훈, 앞의 책, 2020, pp. 458~462.)

26) 김명배, 『中國의 茶道』. 明文堂, 2001, p. 153.

27) 신위申緯, 「남차시병서南茶詩并序」. (정민·유동훈, 앞의 책, 2020, pp. 280~286.).

28) 신위申緯, 『경수당전고警修堂全藁』 17책冊 북선원속고1北禪院續稿一. (정민, 앞의 책,
2011, p.285.).

29) 이유원李裕元, 『임하필기林下筆記』 32권卷 순일편旬一編 「삼여탑三如塔」. (한국고전번
역원).

30) 김상현, 「다산과 불교와 차」, 한국차문화학회 창립 학술대회, 2009, p. 18.

31) 범해梵海 각안覺岸의 「초의차草衣茶」는 스승 초의가 입적入寂 후 12년이 지난 1878
년에 지은 작품이다. (정민, 앞의 책, 2011, p. 643.).

32) 김정희金正喜, 『완당전집阮堂全集』 제5권卷 서독書牘 「여초의26與草衣二十六」, (한국고
전번역원.).

33) 유홍준, 『완당평전 3』, 학고재, 2002. pp. 20~21.

34) 『나가묵연那伽墨緣』. (정민, 앞의 책, 2011, p. 387.).

35) 김정희金正喜, 『완당전집阮堂全集』 제5권卷 서독書牘 「여초의29與草衣二十九」. (한국고
전번역원.).

6. 다산 정약용의 고형차固形茶 제다법

1) 이덕리李德履, 『기다記茶』 「다조茶條」 2번째 항목. (정민·유동훈, 『한국의 다서』, 김영사, 2020, pp. 100~101.).

2) 윤형규尹馨圭, 「다설茶說」. (정민·유동훈, 앞의 책, 2020, p. 171.).

3) 정민, 『새로 쓰는 조선의 차문화』, 김영사, 2011, p. 521.

4) 초의草衣, 『다신전茶神傳』. (정민·유동훈, 앞의 책, 2020, pp 309~310.).

5) 정민, 『새로 쓰는 조선의 차문화』, 김영사, 2011, p. 161.

6) 유동훈, 「조선시대 황차黃茶의 음용 양상과 전승 연구」. 목포대학교 대학원 석사학위논문, 2011, p. 34.

7) 이규경李圭景, 『오주연문장전산고五洲衍文長箋散稿』 인사편人事篇 「도차변증설茶茶辨證說」. (정민·유동훈, 앞의 책, 2020, p. 408.).

8) 이유원李裕元, 『임하필기林下筆記』 제32권卷 순일편旬一編 「호남사종湖南四種」, (한국고전번역원).

9) 이유원李裕元, 「죽로차竹露茶」. (정민·유동훈, 앞의 책, 2020, p. 468.).

10) 윤영희尹永僖, 「햇차[新茶]」. (한국고전번역원).

11) 정약용丁若鏞, 「각다고権茶考」. (정민·유동훈, 앞의 책, 2020, pp. 136~137.).

12) 조여려趙汝礪, 『북원별록北苑別錄』 「자차榨茶」. (류건집, 『宋代茶書의 註解 下』, 이른 아침, 2012, p. 49.).

13) 짱유화, 『點茶學』, 普洱世界, 2008, p. 301.

14) 채양蔡襄, 『다록茶錄』 「색色」. (류건집, 앞의 책, 2012, p. 29.).

15) 휘종徽宗, 『대관다론大觀茶論』 「색色」. (류건집, 앞의 책, 2012, p. 153.).

16) 황유黃儒, 『품다요록品茶要錄』 「후론後論」. (짱유화, 앞의 책, 2008, pp. 144~146.).

17) 짱유화, 앞의 책, 2008, p. 144.

18) 황유黃儒, 『품다요록品茶要錄』 「지고漬膏」. (짱유화, 앞의 책, 2008, pp. 137~138.).

19) 김명배, 『中國의 茶道』. 明文堂, 2001, pp. 91~96.

20) 장순민張舜民, 『화만록畫墁錄』. (文淵閣, 『四庫全書』 電子版.).

21) 송해경, 「중국 점차문화 발전사에 관한 연구」, 한서대학교 대학원 석사학위논문,

2005, p. 38.

22) 휘종徽宗, 『대관다론大觀茶論』 「향香」. (류건집, 앞의 책, 2012, p. 151.).

23) 류건집·신미경, 『茶錄 註解』, 이른아침, 2015, pp. 71~73.

24) 정약용丁若鏞, 「차운범석호병오서회십수간기송옹次韻范石湖丙午書懷十首簡寄淞翁」. (정민, 앞의 책, 2011, p. 128.).

7. 다신계茶信契가 강진지역 다사茶史에 미친 영향

1) 낙천樂泉 윤재찬尹在瓚(1902~1993) 선생이 소장하고 있었던 『다신계절목』 원본은 겉면에 '다신계茶信契'라고 적은 가로 15cm, 세로 35cm 크기의 장지 6장을 접어서 앞뒤로 내용을 기록한 별도의 책으로 존재했다. (이을호, 「全南 康津에 남긴 茶信契節目考」, 『호남문화연구』 Vol. 1, 1963, p. 31.) 현재는 낙천 선생의 문집 『귤림문원橘林文苑』에 필사된 필사본만 전해진다. 이 글에서 인용한 『다신계절목』은 『귤림문원』에 필사된 필사본이다.

2) 이을호, 앞의 논문, 1963, p. 35.

3) 『다신계절목』 서문序文. 이하 본문에서 인용한 『다신계절목』은 『귤림문원』에 필사된 『다신계절목』의 원문을 인용하였다. 번역은 정민·유동훈의 『한국의 다서』 111~126면을 참고하였다.

4) 『다신계절목』 서문에 "스승께서는 서촌의 밭 몇 구역을 계의 물건으로 남겨 두셨다. 이를 이름하여 다신계茶信契라 하고, 이후 신의를 강구하는 밑천으로 삼았다[函丈以西村數區之田, 留作契物, 名之曰茶信契, 以爲日後講信之資]"라고 한 내용이 보인다.

5) 「좌목座目」에 기록된 제자 18명은 이유회李維會, 이강회李綱會, 정학가丁學稼, 정학포丁學圃, 윤종문尹鍾文, 윤종영尹鍾英, 정수칠丁修七, 이기록李基祿, 윤종기尹鍾箕, 윤종벽尹鍾璧, 윤자동尹玆東, 윤아동尹我東, 윤종심尹鍾心, 윤종두尹鍾斗, 이택규李宅逵, 이덕운李德芸, 윤종삼尹鍾參, 윤종진尹鍾軫이다.

6) 임형택, 「丁若鏞의 康津 流配時의 교육활동과 그 성과」, 『한국한문학연구』 제21권, 1998, p. 129.

7) 다산이 직접 적은 읍중 제자들은 손병조孫秉藻, 황상黃裳, 황취黃聚, 황지초黃之楚,

이정李晴, 김재정金載靖이다.

8) 임형택, 앞의 논문, 1998, p. 131.

9) 다산의 승려 제자들로 수룡袖龍 색성賾性, 기어騎魚 자홍慈弘, 철경掣鯨 응언應彦, 침교枕蛟 법훈法訓, 철선鐵船 혜즙惠楫, 호의縞衣 시오始悟, 초의草衣 의순意恂, 풍계楓溪 현정賢正 등의 존재가 확인된다. (정민, 「다산 逸文을 통해본 승려와의 교유와 강학」, 『한국한문학연구』 제50권, 2012, p. 101.).

10) 임형택, 「丁若鏞의 康津 流配時의 교육활동과 그 성과」, 『한국한문학연구』 제21권, 1998, p. 131. ; 윤효진, 「다산茶山의 전등계傳燈契 제자에 대한 연구」, 성균관대학교 대학원 석사학위논문, 2016, p. 17 ; 윤효진·조희선·박동춘, 「다산茶山의 전등계傳燈契 제자와 그 특징」, 『한국차학회지』 제22권 제1호, 2016. 3, p. 1.

11) 수룡 색성과 철경 응언 외에 기어 자홍, 침교 법훈, 일규逸蚪 요운擾雲, 철선 혜즙 등이 알려졌다.

12) 석용운 엮음, 『한국茶文化자료집10』, 도서출판 艸衣, 2006, p. 483. ; 박희준, 「석오石梧 윤치영尹致英을 통해 본 강진의 차문화」, 『한국차문화』 제7집, 2016, pp. 18~19.

13) 정민, 『다산의 재발견』, Humanist, 2013, pp. 157~163.

14) 수룡이 다산에게 차를 만들어 주었던 사실은 다산이 지은 「색성이 차를 부쳐준 것에 감사하며[謝賾性寄茶]라는 시를 통해서 다음과 같이 확인된다. "장공의 여러 제자 중에[藏公衆弟子], 색성이 제일로 기특하다네[賾也最稱奇]. 화엄의 교리를 이미 깨닫고[已了華嚴敎], 겸하여 두보의 시도 배우네[兼治杜甫詩]. 초괴도 자못 잘 만들어서[草魁頗善焙], 고맙게도 외로운 나그네를 위로하였네[珍重慰孤羈]."

15) 윤효진, 「다산茶山의 전등계傳燈契 제자에 대한 연구」, 성균관대학교 대학원 석사학위논문, 2016, p. 32.

16) 정약용丁若鏞, 『다산시문집茶山詩文集』 5권卷 「다산화사20수茶山花史二十首」. (정민, 앞의 책, 2013, p. 707.).

17) 정약용丁若鏞, 「경오지일서간庚午至日書簡」. (정민, 『강진 백운동 별서정원』, 글항아리, 2015, pp. 263~264.).

18) 정약용丁若鏞, 『다산시문집茶山詩文集』 5권卷 「화기류합쇄병운和寄餾合刷瓶韻」. (한국고전번역원).

19) 정약용丁若鏞, 『다산시문집茶山詩文集』 6권卷 「차운범석호병오서회십수간기송옹次韻范石湖丙午書懷十首簡寄淞翁」. (정민, 앞의 책, 2011, p. 128.)

20) 정민, 앞의 책, 2011, pp. 128~129.

21) 정약용丁若鏞, 「강진백운동이대아서궤경납康津白雲洞李大雅書几敬納」. (정민, 앞의 책, 2011, p. 120.)

22) 정약용丁若鏞, 「득의得意」. (정민, 『다산 증언첩』, 휴머니스트, 2017, pp. 394~395.).

23) 양광식, 『귤동은 다산은인』, 문사고전연구소, 2015, pp. 15~17.

24) 다산이 아암 혜장에게 보낸 「혜장상인에게 차를 청하며 부치다[寄贈惠藏上人乞茗]」
라는 걸명시乞茗詩에서 "전하여 듣자니 석름봉 아래에서[傳聞石廩底], 예전부터 좋
은 차가 난다고 하네[由來産佳茗]"라고 한 내용에서 '석름봉'은 다산초당 뒤편에서
만덕사로 넘어가는 산자락에 위치한 곳이다. 따라서 다원茶園은 만덕사와 다산
초당 사이에 존재했을 것으로 추정된다.

25) 정약용丁若鏞, 『다산시문집茶山詩文集』 5권卷 「삼월십육일, 유윤문거규로다산서옥.
공윤조식재차. 인잉신숙수유순일. 점유종언지지, 료술이편시공윤 三月十六日, 游尹
文擧奎魯山書屋. 公潤調息在此. 因仍信宿逾旬日. 漸有終焉之志. 聊述二篇示公潤」. (한국고전번
역원).

26) 정약용丁若鏞, 『다산시문집茶山詩文集』 5권卷 「다산화사20수茶山花史二十首」. (한국고
전번역원).

27) 정민, 「『萬德寺高麗八國師閣上梁文』攷」, 『불교학보』 제78집, 2017, pp. 124~125.

28) 정민, 「『만덕사지萬德寺志』의 편찬 경과」, 『불교학보』 제79집, 2017, pp. 116~118.

29) 정민, 앞의 논문, 2017, p. 125.

30) 정약용丁若鏞, 「서증기숙금계이군書贈旗叔琴李二君」. (정민, 앞의 책, 2017, pp. 93~94.)

31) 정약용丁若鏞, 『다산시문집茶山詩文集』 5권卷 「단오일차운육방옹초하한거팔수기송
옹端午日次韻陸放翁初夏閒居八首寄淞翁」. (한국고전번역원).

32) 정약용丁若鏞, 「두릉후장杜陵侯狀」. (정민, 앞의 책, 2015. p. 268.).

33) 정약용丁若鏞, 「강진백운동이대아서궤경납康津白雲洞李大雅書几敬納」. (정민, 앞의 책, 2011, p. 120.)

34) 정학연丁學淵, 「근배사상백운산관경궤하謹拜謝上白雲山館經几下」. (정민, 『강진 백운
동 별서정원』, 글항아리, 2015. p. 270.)

35) 범해梵海 각안覺岸, 「다가茶歌」. (정민·유동훈, 『한국의 다서』, 김영사, 2020, p. 489.)

36) 아유카이 후사노신[鮎貝房之進]의 「차 이야기[茶の話]」는 1932년 6월호 『조선朝鮮』에
실은 「조선에서의 차에 대하여[朝鮮に於ける茶に就いて]」에서 도판圖版을 뺀 후 같

은 해『잡고雜攷』제5집에「차 이야기[茶の話]」로 제목을 바꿔서 실은 것이다. 이 글에서는「차 이야기[茶の話]」를 참고하였다.

37) 鮎貝房之進,『雜攷』第五輯「茶の話」, 近澤出版部, 1932, pp. 104~105.

38) 諸岡存·家入一雄 共著,『朝鮮の茶と禪』, 日本の茶道社, 1940, p. 129.

39) 諸岡存·家入一雄 共著, 앞의 책, 1940, p. 132.

40) 최규용,『錦堂茶話』, 錦堂茶寓, 1978, pp. 200~210.

41) 김영숙,『백운옥판차 이야기』, 다지리, 2008, pp. 17~69. ; 이현정,「강진 백운옥판차 고찰」, 목포대학교 대학원 석사학위논문, 2015, p. 40. ; 김철,「국내 최초 녹차 브랜드 '백운옥판차' 복원에 나선다」, 강진신문, 2017년 7월 14일자 기사.

42) 오사다 사치코,「이한영과 최초의 차 브랜드 문제」,『차와 문화』2007년 가을, pp. 104~117.

43) 정약용丁若鏞,『다산시문집茶山詩文集』 5권卷 「기증혜장상인걸명寄贈惠藏上人乞茗」. (한국고전번역원).

44) 아암兒庵 혜장惠藏,「답동천答東泉」. (정민, 앞의 책, 2011, p. 179.).

45) 『태평혜민화제국방太平惠民和劑局方』8권卷「자부子部」. (文淵閣,『四庫全書』電子版).

46) 이규경李圭景,『오주연문장전산고五洲衍文長箋散稿』인사편人事篇「도차변증설茶茶辨證說」. (정민·유동훈, 앞의 책, 2020, p. 408.).

47) 범해梵海 각안覺岸,「다가茶歌」. (정민·유동훈, 앞의 책, 2020, p. 488.).

48) 정민, 앞의 책, 2011, pp. 200~201.

49) 이유원李裕元이「죽로차竹露茶」에서 "끈에 이를 꿰어 꾸러미로 포개니[貫之以索疊而疊], 주렁주렁 달린 것이 일백열 조각일세[纍纍薄薄百十片]"라고 한 내용과, 황상黃裳이「벽은이 병차를 보내다[碧隱惠餠茶]」에서 "백 개 포갠 자용향이 꿰미에 가득해도[百疊紫茸香滿串]"라고 말한 내용을 통해서 1꿰미는 떡차 100~110개로 이루어졌던 것을 알 수 있다. 이러한 내용을 통해서 1백 꿰미의 양이 가늠된다.

50) 정약용丁若鏞,「인이납지귀기시대둔산중호의수룡이장로因二衲之歸寄示大芚山中縞衣袖龍二長老」.(정민, 앞의 책, 2013, p. 369.).

51) 李晴 輯·慈宏 編,『萬德寺志』卷之五「茶」, 국립중앙도서관, 1934, pp. 49~50.

52) 윤치영尹致英,「용단차기龍團茶記」. (정민·유동훈, 앞의 책, 2020, pp. 448~449.).

53) 정약용丁若鏞,『목민심서牧民心書』6권卷 호전육조戶典六條「평부平賦」. (한국고전번역원).

54) 『나가묵연那伽墨緣』. (정민, 앞의 책, 2011, p. 387.)

55) 추사는 앞선 편지에서 "절(대둔사)에서 만든 소단 30~40편을 조금 좋은 것으로 가려서 보내주시기를 간절히 바라오[寺中所造小團三四十片, 稍揀其佳, 惠及切企]"라고 초 의에게 소단小團을 부탁했다.

참고문헌

金坽, 『溪巖集』.

金安國, 『慕齋集』.

李德履, 『江心漫錄』.

李德履, 『桑土志』.

徐居正, 『四佳集』.

徐有榘, 『林園經濟志』.

吳竣, 『竹南堂稿』.

王象晋, 『群芳譜』.

尹順之, 『涬溟齋詩集』

李德馨, 『漢陰文稿』.

李時憲, 『江心』.

李裕元, 『林下筆記』.

李晴 輯・慈宏 編, 『萬德寺志』.

張舜民, 『畫墁錄』.

丁若鏞, 『茶山詩文集』.

丁若鏞, 『牧民心書』.

丁若鏞, 『牧民心書』.

丁若鏞, 『經世遺表』.

趙翼, 『浦渚集』.

崔岦, 『簡易集』.

許筠, 『惺所覆瓿稿』.

許浚, 『東醫寶鑑』.

고명석, 『現代生活과 茶의 效能 -『東醫寶鑑』을 中心으로 -』, 서울, 태
　　　평양박물관, 1982.

김대성 역, 『초의선사의 東茶頌』, 서울, 동아일보사, 2004.

김명배, 『韓國의 茶書』, 서울, 探求堂, 1992.

김명배, 『茶道學』, 서울, 학문사, 1987.

김명배, 『茶道學論攷 II』, 서울, 대광문화사, 2001.

김명배, 『中國의 茶道』, 서울, 明文堂, 2001.

김명배, 『증보판 茶道學論攷』, 서울, 대광문화사, 2005.

김영숙, 『백운옥판차 이야기』, 서울, 다지리, 2008.

김종태, 『차의 과학과 문화』, 서울, 보림사, 1996.

도원석, 『한의학으로 본 차와 건강』, 서울, (사)한국차인연합회, 2010.

류건집, 『韓國茶文化史 上』, 서울, 이른아침, 2007.

류건집, 『韓國茶文化史 下』, 서울, 이른아침, 2007.

류건집, 『茶經 註解』, 서울, 이른아침, 2010.

류건집, 『宋代茶書의 註解 上』, 서울, 이른아침, 2012.

류건집, 『宋代茶書의 註解 下』, 서울, 이른아침, 2012.

류건집·신미경, 『茶錄 註解』, 서울, 이른아침, 2015.

문위세 저, 풍암선생유고발간위원회, 『풍암선생유고』, 광주, 호남문화
　　　사, 1995.

박동춘, 『초의선사의 차문화 연구』, 서울, 일지사. 2010.

박용서 외, 『1000년 신비의 전통차 돈차 청태전』, 서울, 중앙생활사,
　　　2008.

변주승 역주, 『여지도서 전라도Ⅱ』, 전주, 디자인흐름, 2009.

변주승 역주, 『여지도서 전라도보유Ⅱ』, 전주, 디자인흐름, 2009.

석용운 엮음, 『한국茶文化자료집 8』, 서울, 도서출판 艸衣, 2006.

석용운 엮음, 『한국茶文化자료집 10』, 서울, 도서출판 艸衣, 2006.

석용운, 『韓國茶藝』, 서울, 도서출판 艸衣, 1998.

송재소·유홍준·정해렴 외 옮김, 『한국의 차문화 천년 1』, 파주, 돌베개, 2009ㄱ.

송재소·유홍준·정해렴 외 옮김, 『한국의 차문화 천년 2』, 파주, 돌베개, 2009ㄴ.

송재소·조창록·이규필 옮김, 『한국의 차문화 천년 5』, 파주, 돌베개, 2013.

송해경, 『동다송의 새로운 연구』, 서울, 지영사, 2009.

신한균, 『사기장 신한균의 우리사발이야기』, 서울, (주)가야넷, 2005.

아사카와 다쿠미 지음, 심우성 옮김, 『조선의 소반·조선도자명고』, 서울, 학고재, 1996.

안길정, 『관아를 통해서 본 조선시대 생활사 상』, 서울, 사계절출판사, 2000.

양광식, 『귤동은 다산은인』, 강진, 문사고전연구소, 2015.

유홍준, 『완당평전 3』, 서울, 학고재, 2002.

이덕리 지음, 정민·강진선·민선홍 외 옮김, 『상두지桑土志』, 서울, Humanist, 2020.

鮎貝房之進, 『雜攷』 第五輯 「茶の話」, 近澤出版部, 1932.

정민, 『18세기 조선지식인의 발견』, 서울, 휴머니스트, 2007.

정민, 『새로 쓰는 조선의 차 문화』, 서울, 김영사, 2011.

정민, 『다산의 재발견』, 서울, Humanist, 2013.

정민, 『강진 백운동 별서정원』, 서울, 글항아리, 2015.

정민, 『다산 증언첩』, 서울, 휴머니스트, 2017.

정민, 『잊혀진 실학자 이덕리와 동다기』, 서울, 글항아리, 2018.

정민·유동훈, 『한국의 다서』, 서울, 김영사, 2020.

정약용 저·민족문화추진회 편, 『국역 다산시문집 3』, 서울, 솔, 1996.

정영선, 『한국 차문화』, 서울, 너럭바위, 1992.

정영선 편역, 『동다송』, 서울, 너럭바위, 2007.

諸岡 存·家入一雄 共著, 『朝鮮の茶と禪』, 東京, 日本の茶道社, 1940.

諸岡 存·家入一雄 共著, 金明培 譯, 『朝鮮의 茶와 禪』, 서울, 보림사,
    1991.

陳祖槼·朱自振 編, 『中國茶葉歷史資料選輯』, 서울, 弘益齋, 1995.

쌍유화, 『中國古代茶書精華』, 상주, 남탑산방, 2000.

쌍유화, 『茶經講說』, 서울, 차와사람, 2008.

쌍유화, 『點茶學』, 서울, 普洱世界, 2008.

쌍유화, 『차과학개론』, 서울, 普洱世界, 2010.

최계원, 『우리茶의 再照明』, 광주, 삼양출판사, 1983.

최규용, 『錦堂茶話』, 부산, 錦堂茶寓, 1978.

최한영 외, 『알기 쉬운 우리의 한의학韓醫學』, 서울, 대한한의사협회,
    1998.

한국의 맛 연구회, 『전통 건강 음료』, 서울, 대원사, 1996.

허준 저, 구본홍 감수, 『국역한글초판 동의보감』, 서울, 민중서각, 1992.

허준 저, 조헌영·김동일 외 10인 공역, 『東醫寶鑑 內景·外形篇』, 서울,
    여강출판사, 2005.

김상현, 「다산과 불교와 차」, 한국차문화학회 창립 학술대회, 2009,

13~22면.

김종오, 「동의보감에 나타난 차의 의학적 운용」, 경희대학교 대학원 석사학위논문, 2006.

박경련, 「『東醫寶鑑』의 書誌學的 研究」, 전남대학교 대학원 박사학위논문, 2006.

박영식, 「조선시대 茶産地와 貢納茶에 관한 연구」, 원광대학교 대학원 박사학위논문, 2014.

박희준, 「석오石梧 윤치영尹致英을 통해 본 강진의 차문화」, 『한국차문화』 제7집, 한국차문화학회 2016년 10월, 1~44면.

송해경, 「중국 점차문화 발전사에 관한 연구」. 한서대학교 대학원 석사학위논문, 2005.

유동훈, 「조선시대 황차黃茶의 음용 양상과 전승 연구」. 목포대학교 대학원 석사학위논문, 2011.

유동훈, 「『東醫寶鑑』을 통해 본 조선시대 음다풍속 고찰 -藥用을 중심으로-」, 『한국차문화』 제5집, 한국차문화학회 2014년 5월, 105~122면.

유동훈, 「조선시대 文獻에 나타난 茶의 약리적 활용에 관한 연구」, 목포대학교 대학원 박사학위논문, 2014.

유동훈, 「다산 정약용의 고형차固形茶 제다법 고찰」, 『한국차학회지』 제21권 제1호, 한국차학회 2015년 3월, 34~40쪽.

윤효진, 「다산茶山의 전등계傳燈契 제자에 대한 연구」, 성균관대학교 대학원 석사학위논문, 2016.

윤효진·조희선·박동춘, 「다산茶山의 전등계傳燈契 제자와 그 특징」, 『한국차학회지』 제22권 제1호, 한국차학회 2016년 3월, 1~12면.

이을호, 「全南 康津에 남긴 茶信契節目考」, 『호남문화연구』 Vol 1. 전남대학교 호남문화연구소 1963, 31~38면.

이현정, 「강진 백운옥판차 고찰」, 목포대학교 대학원 석사학위논문, 2015.

임형택, 「丁若鏞의 康津 流配時의 교육활동과 그 성과」, 『한국한문학연구』 제21권, 한국한문학회 1998, 113~150면.

정민, 「『萬德寺高麗八國師閣上梁文』攷」, 『불교학보』 제78집, 동국대학교 불교문화연구원 2017년 3월, 117~152면.

정민, 「『만덕사지萬德寺志』의 편찬 경과」, 『불교학보』 제79집, 동국대학교 불교문화연구원 2017년 6월, 107~131면.

정민, 「다산 逸文을 통해본 승려와의 교유와 강학」, 『한국한문학연구』 제50권, 한국한문학회 2012, 101~127면.

정민, 「이덕리 저 『동다기』의 차문화사적 자료 가치」, 『문헌과 해석』 36호, 문헌과해석사, 2006년 가을호, 297~330면.

조기정·이순옥, 「전통 향약차香藥茶 고찰」, 『한국차학회지』 제17권 제1호, 한국차학회 2011년 3월, 1~7면.

가천박물관 학예연구실, 「한의학 정립을 위한 위대한 여정 – 의서로 보는 조선시대 한의학」, 『차문화』 2012년 11~12월호, 32~37면.

김철, 「국내 최초 녹차 브랜드 '백운옥판차' 복원에 나선다」, 강진신문, 2017년 7월 14일자 기사.

석용운, 「東茶記 드디어 세상에 빛을 보다」, 月刊 『茶談』, 1991년 12월호, 48~51면.

오사다 사치코 ,「이한영과 최초의 차 브랜드 문제」, 『차와 문화』 2007년 가을, 104~117면.

운암, 「구증구포, 그것은 전설이 아니었다」, 월간 『차의 세계』 2004년 11월, 24~26면.

정민, 「최초의 다서茶書 『부풍향차보扶風香茶譜』」, 월간 『차의 세계』
    2008년 5월, 68~76면.
최영성, 「문위세의 다부」, 『차문화』 2009년 5~6월호, 34~41면.
(재)경기문화재단 실학박물관 실학자연보(http://silhak.ggcf.kr/).
국사편찬위원회(http://www.history.go.kr/).
文淵閣, 『四庫全書』 電子版.
일완다(http://blog.naver.com/algacha/).
한국고전번역원(http://www.itkc.or.kr/).
한국한의학연구원(http://www.kiom.re.kr/).

찾아보기

조선 음다풍속의 재발견

초판 1쇄 발행 2023년 3월 10일

지 은 이   유동훈 ⓒ 2023

펴 낸 이   김환기
펴 낸 곳   도서출판 이른아침
주   소   경기 고양시 덕양구 삼원로 63 고양아크비즈 927호
전   화   031-908-7995
팩   스   070-4758-0887
등   록   2003년 9월 30일 제313-2003-00324호
이 메 일   booksorie@naver.com

ISBN 978-89-6745-141-7 (93810)